ノンフィクション

特型駆逐艦「雷」海戦記

一砲術員の見た戦場の実相

橋本 衛

潮書房光人社

まえがき

名もない一下士官として、私は駆逐艦「雷《いかずち》」とともに大戦の中を、南に北に、さらに南に北へと転戦、望みも思考もない兵器の一部品として戦い、生き残った。

十八歳で志願兵として横須賀海兵団に入り、海軍砲術学校を卒業して、第六駆逐隊「雷」の射撃幹部付となり、苦しい艦隊訓練の日々をかさねた。太平洋戦争がはじまり、ジャワ海に、ソロモン海に、アリューシャンに苦闘をつづけたが、とくにソロモンでは、連日連夜、砲爆撃の中を輸送や哨戒、陸上砲撃など、多岐多様にわたる任務に従事し、ついには第三次ソロモン海戦で被弾、大破して、多数の戦死傷者を出した。

長いような、短いような四年間であったが、駆逐艦「雷」の日々は、私の青春のすべてであった。その思い出をつづり、今もなお南海深く眠る戦友に弔辞としておくりたい。

なお、本書は遠い昔のおぼろげな記憶をたどり、現存の友の話などを加えてまとめたものであるが、正確を期したいため、戦闘経過などは、防衛庁戦史室編纂の「戦史叢書」を参照した。

昭和五十九年二月

橋本衛

特型駆逐艦「雷」海戦記——目次

第四章　ジャワ海の砲声

第五章　ソロモンの波濤

第六章　火炎と砲弾の雨

第七章　霧の中の艦隊

写真提供・雑誌「丸」編集部／著者

特型駆逐艦「雷」海戦記

第一章　駆逐艦乗りの秋

海の男の条件

「半舷水泳用意！」

けだるそうに、伝令の鈴木一水が駆逐艦「雷《いかずち》」の下甲板に入ってきた。だだっぴろい周防灘に錨をおろしている二千トンばかりの駆逐艦は、台風の残したうねりに、ゆっくりと、上下左右にガブっている。

波が打ち込むから、下甲板にある居住室の舷窓は開けられない。扇風機なんていう文明の利器は、士官室に一台あるだけで、下甲板の空気は、暑さとジメジメした台風の名残りの湿気に、どろりとよどみ、たくましい海の若者たちの体臭で、むんむんしている。

腹がたつほど暑苦しい。われわれは訓練に疲れ切っているので、褌一本になって、木でできている衣服箱の上で、昼寝をむさぼっているが、流れ出した汗が箱の中まで浸《し》みとおりそうだ。

「チェッ、もう二時かよ、あと五分、眠らせてくれよ」

いちばん後任の若い鎌田兵曹が、目をつむったまま上体を起こし、首に巻いた手拭で、腹にたまった汗を気持わるそうに拭った。寝台と腰掛けと衣服箱を兼ねる、いわゆる〝チスト〟には、汗で、子供の悪戯書きのような人形が残っている。

「先任下士、今日もタコを採って来ようや」

宇井二等水兵が、半分でほるのをやめてしまった入墨の背中を起こして、ヒゲの飯泉先任下士官をつついた。

「やかましいやいッ」

寝起きのわるい飯泉一曹は、宇井を怒鳴りつけながら上体を起こして、汗でだらしなく垂れさがったヒゲを、べろりとなであげ、

「まだ一分は寝られるわい」

と、ふたたびひっくりかえる。

「橋本兵曹、晩酌のサカナはタコの刺身がいいもんな」

宇井は、こんどは反対側のチストにあぐらをかいて、汗を拭っている私に話しかける。しかし、五分後には水泳の用意をして整列しなければならないのに、一秒でも余分に寝ていないと損をしたようにおもっているのだから、タコぐらいで、よしきた。いこう――と機嫌よく、気合いを入れることなどできない。

もっとも、用意といっても、戦闘服装をするような大そうなものではなく、越中を六尺褌にかえるだけの簡単なことだから、二十秒もあれば整列に間に合うということも、その一因である。

「一、二カッター用意、水泳訓練参加者あがれ」

鈴木応召水兵は、蒸し風呂のような船室に降りるのを嫌って、ラッタル（階段）の上から下をのぞきこんで、しまらない号令を伝達している。

「おいッ、若い者、一カッター用意だ」

先任一水の鈴木が、褌をしめながら真っ先に飛び出していく。彼は、〝役割《やくわり》〟もやっている。

役割なんて時代がかった呼び方をしているが、これは艦の内務の役員で、甲板下士官の助手として、水兵たちの毎日の雑業や内務の仕事の分掌を割り当てたり、規律を自治する監督でもある。水兵間で一番こわい存在なのだ。

軍艦内の勤務は、戦闘に備えての部署と、日常生活をするうえで必要な内務の二つからなっている。

戦闘部署は、われわれ砲術科の場合、艦長から射撃指揮官、射撃指揮官から砲台長、砲台長から射手、砲手、弾薬手という指揮系統になっている。

日常の生活でも、この戦闘単位を基準とした人員の集団を、分隊、班として編制されている。分隊は陸軍の中隊と同格ぐらい、班は陸軍の分隊とみればよい。

そして、毎日の日課は当直将校が指揮し、甲板士官とか甲板下士官、助手などが、日課の遂行と規律の維持を督励している。

このほか、伝令、当番、従兵、厠番といった特別な役員は、一ヵ月交代で勤務する。これらは各班から派出され、乗組員全体のサービスや、作業の責任者的な仕事である。だから、いざ戦闘となれば、固有の戦闘部署につくことになる。

ともあれ、今日の駆逐艦「雷」は第一艦隊の後期艦隊訓練中で、第一水雷戦隊麾下の第六駆逐隊に所属して、僚艦の「暁《あかつき》」「響《ひびき》」「電《いなずま》」などとともに、酷暑日課という結構な日課に入ったところである。

これは、あまり暑いので、訓練は朝晩の涼しいときに短時間やり、日中の暑い盛りは午後二時まで昼寝して、二時から夕食までの間は体育というなかなかさばけたものである。酷暑期の体育は、水泳にきまっている。

暑さにうだって、だらけ切っていた兵隊たちも、舷門に整列して当直将校の注意をうけるころには、しゃんとしてくる。

まもなく、〝上陸札〟をあつめて、人員点呼がはじまる。この上陸札は、三等水兵に任命されて軍艦に乗り組み、また陸上の部隊に配属されると、真っ先に手渡されるものだ。満期除隊になるか、兵曹長にでも昇進しないかぎり、一身同体、己れの分身みたいなものである。その名のとおり、上陸のとき、これを出して外出し、帰ったときに受け取るものだから、だれが上陸し、だれがまだ帰艦してないか、一目瞭然である。

また、物を借用するときには、身がわりにもなるといった至極、便利なものではあるが、これを紛失でもしたら大変である。保管責任者の先任衛兵伍長から、顎のひんまがるほどぶん殴られ、二、三回、上陸を止められた末に、再発行をうけなければならない。

人員点呼のあと、「掛かれ」と当直将校が怒鳴ると、「それっ」と、先をあらそって舷梯を駆けおり、カッターにとび乗る。

べつに、あらそって先にとび乗らなくともよいわけだが、これにも理由がある。

カッターなどの短艇に乗るときには、若い者、すなわち後任者が先に乗って待機し、上級者が乗艇したら、さっと離すという船乗りのエチケットが伝統化しているのだ。

カッターのような手で漕ぐ艇のときは、オールを持って漕ぐことも後任者の役目で、とくに一本のオールに二人ついて漕ぐときなどは、〃ハンドルメン〃という主として漕ぐ者と、それを助ける〃ダブルメン〃とがあり、これも先任、後任の別がやかましい。

それに、八本のオール全部が、漕ぎよいものとは限らない。中にはひん曲がったものや、反対に反っくり返ったものもあるし、自分は右側だけしか漕げないという者もいる。だから、他の水兵よりも早く乗り、自分の得手な漕手座に腰掛け、もっとも漕ぎやすいオールのハンドルメンになることに必死なのだ。

半年でも古い水兵がハンドルメンになり、若い水兵がダブルにでもなったら、大変である。そのときは下士官が、「交代しろ」というだけだが、夜の甲板整列では、

「あやつは新兵のくせに、ダブルに付いていた」

といって引っ張り出され、一等水兵がかわるがわるバッターで尻を叩きのめす。

このような不文律もあるし、時化《しけ》のときには、すばしこく身をこなさないと、命も落としかねないということもある。

それはさておき、舷梯を駆けおりるときだった。

「こらッ、だれだ。バケツなど持っていく奴はッ」

添田が当直将校に見つかった。要領が悪いのか、図々しいのか、堂々とぶらさげて舷梯を通れば、つかまるのが当たり前だ。とくに、今日の当直は先任将校、すなわち水雷長の末次

大尉だ。

「いや、これは身体を洗うときに……」

といいながら、添田はチョコンと敬礼をした。

「陸上で身体を洗うようにはなっておらんぞ」

いつもは、カッターの座席の下に隠しておくのに見咎《とが》められて、あがってこいッ――ということになり、ボカリボカリとアゴを殴られ、バケツは当直先任伍長にとりあげられてしまった。

「艇首《おもて》はなせ」「檣用意」「前え」

鈴木一水の歯切れのよい号令で、カッターは舷側を離れた。

ギラギラと太陽のかがやく海を、オールは白いしぶきを跳ねあげながら、姫島の白い砂浜をめざす。

真っ黒く陽焼けした身体に、白い褌はよく似合う。さしたる苦や悩みなどない男たちは無邪気だ。裸になった解放感からか、童心にかえって浮きうきしてくる。

「おおい、ここで飛び込むぞ」

島まで二千メートルぐらいになったとき、指揮者の飯泉一曹が、両方のカッターに満員の水兵たちに怒鳴り、

「赤帽は千メートルぐらいに寄ったら入れろ」

と言い捨てて、自分から真っ先に飛び込んでいった。

それ、いっちょう行きやすか――などと、どいつもこいつも無駄口をたたきながら、耳に

性能改善工事後の駆逐艦「雷」──昭和14年、本艦に乗り組んだ著者は、開戦とともにジャワ海に、そしてソロモン海に、北方海域に苦闘を続けた。

ツバなどしめして、ドボン、ボシャンと、つぎつぎに藍色の海面めがけて飛び込むと、ぶるるんと頭を出してニヤリとした。

「二列をつくれ、二列になれッ」「下手な奴はまえに出ろ」「ようし、赤線は後尾で、ジャンジャン追いまくれッ」

前に出たり後にいったりして泳ぎながら、ヒゲの飯泉一曹は、なかなかうまい指揮ぶりだ。寝起きはひどく機嫌が悪いが、先任伍長をつとめる人の好い最古参の下士官で、〝フグサメ〟なんていう仇名がある。しかし、鼻の下にたくわえた自慢のヒゲも、水の中ではオットセイぐらいの顔にしか見えない。

〝先任伍長〟というものの実際の〝権力〟は、陸軍でいうなら曹長の上ぐらいにはいく。一等兵曹のうち、いちばん古い下士官が、兵科、機関科からそれぞれ一名ずつ特別役員として選任されて、副長に直率され、艦内の軍規風規を取り締まる任務に当たっているのである。例の上陸札はもちろん、内務の雑事一般を指導監督する任務も受け持つ実力者でもある。

駆逐艦では二名だが、巡洋艦や戦艦、空母といった大艦になると五名となり、寝室も特別な室を持ち、将校と同じく当番もつく。この場合は、従兵とは呼ばず〝掃除番〟という。

さて、水泳の話だが、赤線――といっても、往昔の例のいかがわしい街のことではない。白い水泳帽に赤い線を巻いた者をさしていうことで、一本は二級、二本は一級、三本になると特級者、なんにも巻いてないのは普級――いずれも海軍で決めた距離を、ある決められた時間で泳いだ結果によって区分される。

赤帽は水泳不能者を示す。が、一口に不能者といっても、検定の時期にぜんぜん泳げなかった者のことで、その後、千メートルあるいは二千メートルと泳げるようになった者から、まったくのカナヅチまで幅は広い。

〝カナヅチ〟あるいは〝スキー〟と呼ばれるまったく泳げない者にとって、夏は肩身がせまく、憂うつな季節である。〝スキー〟という仇名の由来は、水泳の話をすると、すぐにスキーなどの他のスポーツに話題を換えることからくる。

広い海で泳ぐときには列を組む。これは外見の体裁ばかりを考えてのことではない。保安上の考慮からなされているのである。途中で痙攣を起こしたり、急に溺れかかったりしたとき、前後左右にいる者がすみやかに発見でき、救助するにも都合がよい。それに、サメに襲われるのを、ある程度ふせぐこともできるし、指揮誘導にも便がよい。

前方に泳ぎの遅い者を、後方に速い者をおくと訓練の成果がよい。上手な者を先頭にすると、遅い者との差が大きくなり、救助艇の監視もままならず、統制もとりにくくなる。だから海軍では、このようなやり方で訓練することになっている。

白い褌が、紺色に染まるような海である。澄みきった水中で、ときどき魚群にぶつかるときもある。そんなときは、ひゃっ、いるぞ、いるぞ——などと、喚声をあげながら前の奴の肩に乗って泳ぐ。

「この野郎、もっと離れろ。そっちはラクチンだが、こっちはブクチンすらァ」

金沢が悲鳴をあげる。

「なにを言いやがる、おまえも前の奴に乗りゃいいじゃねえかよ」

「添田の奴はアフリ（煽り）足だ。腹を蹴っ飛ばされてたまらねえよ」

うねりはゆったりとしており、抜群に爽快な遠泳だ。うねりの頂上に昇ったときには陸が望め、濃緑の松林が絵のように映る。

「休憩だ、休めッ」

先頭について泳いでいた〝オットセイ〟の先任伍長がこっちをふり返って手を振った。

「一休みするかや、佐渡オケサ」

先ほど当直将校にブン殴られたことなどケロリと忘れて、添田が真ん丸い顔に愛嬌のある小さい眼をますます細めて、節をつけていいながら、くるりと逆さにひっくりかえって、浮身になった。

「よくしゃべる野郎だな。顎が疲れやしねえかよ」

「ナニ言ってんの。口から生まれた桃太郎とは俺のこっちゃ」

兵隊たちは他愛のない空言を、大声でたたきながら、それぞれ適当な泳ぎ方で休む。

「列を組めッ、前へ」「速力出せ、そうれ全速だ」「こりゃ遅れるなッ」「列を乱すなッ」

ふたたび前進。先任伍長や班長たちは、怒鳴り散らしながら、自分も懸命に島の砂浜をめざして力泳をつづける。

ここらへんが正念場だ。泳ぎの下手な者は気ばかり焦り、手足の伸びが少ないため、思うように前に進まなくなる。そのあげく、調子をくずして塩からい水をいやというほど呑んで苦しむ。

とにかく、死に物ぐるいに泳ぐ。救助艇のカッターは、われわれの近くにゆっくり漕ぎ寄っている。

「オーイッ、赤帽を飛び込ませろッ」

先任伍長の〝オットセイ〟が、カッターの艇長の鈴木一水に向かって怒鳴った。

「こらッ、お客さんじゃねえぞ。飛び込め、飛び込め」

第一カッターの鈴木一水と、第二カッターの中原一水が、赤帽組に気合いをかけはじめた。

カナヅチの斉藤二水、今野二水の両名は、ぜんぜん海に入ろうとしない。舷側からこわごわ手を出し、海水を手ですくって、ビチャビチャと胸につけ、首をひねって、片手は漕手座にしがみついている。

「まだまだ島まで二千メートルもあんべぃになあ」

大月二水も、心細い声を出す。

「馬鹿野郎、いつまで二千メートルだ。そらカッターは浜にのしあがるぞッ」

鈴木一水の声は、でっかく怖いが、顔はニヤリと笑って、第二カッターの中原と見合わせた。二百や三百メートルはなんとか泳げる者が、ここではじめて無器用に海中に飛び込んだ。

「こらッ、斉藤。今野、入れ。入らんかッ」と、せきたてるが、当人は全然その気なし。

「橈《かい》をあげ。錨を入れ」

艇は、浜から百メートルぐらいのところに錨をおろした。

昨日までの訓練は海辺でおこなわれたため、カナヅチ組も足が立ち助かっていたが、今日はどうしても泳がせられるらしい。白帽組も、先ほど飛び込んだ赤帽も、どんどん砂浜にあがっていった。

「ようしッ、あがった者は休めッ」

先任伍長の号令で、〝屋島の合戦〟と称する芝居が見物できるとあって、カナヅチ組の特訓をニヤニヤしながら見ている。

「こらッ、こいつら、やる気がねえな。よおし、みんなで海に叩き込んでやれ」

若い下士官の佐々木三曹が本気になって怒り出した。彼は水泳は特級で、第六駆逐隊の代表選手として、艦隊の競技大会に出たこともあるし、相撲も選手という張り切りボーイだから、若い者がいじいじしているのを見ると、胸くそが悪くなるらしい。

ちょうど近くにいた今野の後褌《うしろみつ》をとったとおもうと、両手で頭の上に差し上げ、艇外にボインと放り出した。今野は、駄目だや、駄目だ——と、空中で泣き言をわめいたが、引力の法則にしたがって、ドボンと海の中に落ちた。悲鳴をあげながら、いったんは夢中で手足をバタつかせて、水面に首をだしたが、両手で顔を拭《ふ》こうとすると、ふたたび水中に潜《もぐ》ってしまう。

今度は首を出すと同時に、ビューと口と鼻から鯨の潮吹きよろしく、盛大に海水を吐き出した。

「わあい今野の奴、イワシもいっしょに吐き出したぞ」

浜で見物している連中は、呑気にゲラゲラ笑っているが、本人は必死にもがいてカッターに摑まろうとしている。

そんなとき、〝鍾馗兵曹〟という仇名の石田一曹が、まごまごする奴は叩き込めッ——と、乗り出してきた。この鍾馗兵曹の一喝《いっかつ》のあとは、ものすごい〝暴風〟となった。

「入るよ、一人で入るから」

斉藤二水は、海水で頭を冷やしてはいるが、思い切って飛び込む気にはならないようだ。

「この野郎ッ、海軍の兵隊が水をこわがってどうする」

「水を呑んだって死にゃせんわい。おい、手をかせ」

と、五、六人の若い下士官と古参の一等水兵が、手足をもって投げ込もうとしたが、人一倍バカ力のある斉藤二水が死に物ぐるいで漕手座にしがみついているから、めりめりと、カッターが壊れそうな音をたてた。

「ありゃ、カッターが壊れるぞ」

あきれて、だれかが手を放した。

「この野郎ナメてんな、アゴを脱《はず》すぞッ」

だんだんとエキサイトして、雲ゆきが険悪になってきた。

「駆逐艦乗りなら、どうしても泳げなけりゃならん。いいか、綱をつけてやるから入れ」

自分の砲台員でもあるので、先任伍長は斉藤に言い聞かせた。

「斉藤ッ、こっちへこい、綱をつけるんだから沈まねえぞ。死んでも助かるからナ、心配あんめイや」

鈴木と中原が、フンドシの結び目にしっかりと綱をつけ、もう一方の綱の端を爪竿にくくり、釣竿の要領で身体を支えてやろうというのだ。模範技のとき、上手な者は軽く浮いて見せるのだが、もともとそんな器用なことができるぐらいなら、カナヅチにはならない。

当人はそう信じたのか、あきらめたのか、針にかかったダボハゼのように海に投げ込まれた。

「やいやい、綱にばかりしがみつかないで、手足をゆっくり動かしてみろ。そうしないと、いつまでも泳げるようにならないぞ」

佐々木兵曹も、石田兵曹も、なんとか浮くことだけでもできるようにしたいと、手とり足とり熱心に教えようとしているのだが、当人は綱から手をはなさないでしがみつく。

「おおい、だれか手をかしてくれ。二人で持ちきれねえや」

竿を持っている鈴木と中原も、懸命だ。七十キロもある魚を釣ったようなものだ。

「こっちの腕が折れちまうよ。そら斉藤、泳げ」

ときどき竿をぐうと緩《ゆる》めると、ワアッと悲鳴をあげながら、バタバタ手足を動かす。

「なんだ。足がつくんじゃねえかよ」

立ってみると、自分の胸の下までしかない浅いところだ。急に元気の出た斉藤が、「綱をはずしてもいいよ。泳げるよ」といったので、見物の者たちは、どっと笑った。

駆逐艦乗りは、海に落ちたり、波に洗われたりする危険な作業が多いから、泳げない者が一人でもいては大変である。だからこそ、水泳訓練は真剣なのである。意地の悪いイビリとはちがうから、浜で眺めている兵たちもゲラゲラ笑いながらも暗さがない。

「母港」のひびき

「おい、テキ（お前という意味）よ、二、三日のうちに横須賀に帰るらしいぜ」

〝デマ長〟の仇名を持つ操舵員長の酒井一曹が、真っ白い砂浜に寝そべって休憩しながら、意味ありげな薄ら笑いを浮かべていった。

「舵長の話にゃ乗らないよだ。どうせ横須賀に帰ったからって、待ってる彼女がいるわけでもないしな」

わざと素っ気なく私が応じると、

「テキは、だから、善行章二本もつけていて、まだ三等下士よ。これは最新ニュースさ。今年の艦隊訓練は、九月上旬から、どの艦も大々的に修理整備することになったんだ。タコ採《と》りばかりに熱をあげてると、お前さんを残していくよ」

「おお、かまうもんか。今晩のご馳走、お前さんにはやらねえよ。それに、横須賀に帰りゃ上陸だ。小遣い銭の工面で頭を痛めるより、毎日、水泳やって、潜ってタコをとってよ、夜にゃただのビールが飲めるなんて天国よ。どうせチョンガーは、どこに行っても同じだからな」

空威《から》張りはしたものの、五月に横須賀を出発してから連日連夜、宿毛湾や志布志湾を基地に、上陸もない猛訓の連続で、だれも待つ人がいるわけではないが、母港の横須賀といえば、やはり特別のひびきをわれわれの耳に伝える。

「そういうこともあるかも知れんで。今年の艦隊は変だぜ。五月に出港して、すぐに戦技があってよ。宿毛じゃ停泊訓練ばかりで、飛行機だけは毎日ぶんぶん飛びまわってよ」

新婚ホヤホヤで、辛い別れをしてきた水雷の余田兵曹が、金魚みたいに眼玉をむいて、デマ長の話に乗った。

「そうよ。昨年までだったら、いまごろは土佐沖あたりで演習の最中でよ。こってり油をしぼられているはずが、お偉方《えらがた》の図演とか研究会ばかりで、こちとら午睡《ひるね》とタコ採《と》りで、結構な毎日さ。だが、後が怖いな」

駆逐艦「雷」の艤装以来の友人の一人である井口兵曹も、ハゲ頭をふりたてながら腹ばってきた。デマ長はニンマリと満足そうに、私の顔をみた。

ともあれ、寝転がってだべったり、入江の端の岩場に潜ってタコを追っかけまわしたりして、休憩時間をすごす。

入江の突端から西側は岩礁になっていて、水深も四、五メートル、タコがたくさんいた。息をいっぱい吸い込んで、底まで一気に潜り、タコのいそうな穴の中に、握り拳を入れ、息をつめていると、タコがしがみついてくる。しめたとばかり水面に浮かんで手を差し上げると、タコはびっくりして強く拳にしがみつく。簡単に、面白いように獲《と》れる。

やがて、先任伍長の声で、

「整列、人員点呼、帰艦するぞ」

まもなく、タコをとったりしていた者も、みんなゾロゾロ砂浜に集まってきて、分隊ごとに点呼をはじめた。

「おい、艦の近くに行ったら、上衣をつけろ。タコの入ったバケツは、先任将校に見つからないようにしろよ」

先任伍長の注意をうけて、ふたたびカッターに乗り込み、漕ぎだした。

その日の夕食は、採りたての生きのいいタコのサシミで、にぎやかに遠泳の話に華を咲かせる。

夕食をおえると、夜間訓練がはじまるまでには、充分に休憩の時間があり、涼しくなった上甲板の煙草盆のまわりに、空突《そらつ》き仲間が集まる。

「テキ、どうだい俺のアンテナは、いいニュースが入るだろう」

酒井デマ長がにやにやしながら、わたしの肩をポンとたたいた。

「あいたたッ。肩まで皮がむけてんのに、やたらに叩くなよ」

大袈裟に顔をしかめて、私は彼の煙草をもぎとり、自分の煙草に火をつけた。

「ほんと、今度のニュースは甲種合格」

自称〝色男〟の久保兵曹が、金歯を光らせながら舵長をもちあげた。

「六隊（第六駆逐隊）は、古くなったから艦隊から放り出すんだとよ。今度は海南島か仏印行きだってよ」

調子の出たデマ長がまた吹きはじめたが、デマかと思われた〝二、三日中に横須賀に帰る〟という話は、帰艦してみたら本当であることがわかった。

この艦橋まわりの煙草盆に集まる連中は、だいたい顔ぶれが決まっていた。砲術科は、私や三宮兵曹、一番砲の久保兵曹、金沢兵曹、栗林一水、鈴木一水など一、二年ちがいの同輩。石田兵曹や井口兵曹、余田兵曹など水雷科の古参下士官。四年先輩で航海科舵長の酒井兵曹。一年先輩で信号の広瀬兵曹。主計科の烹炊長や岩田一主などである。

煙草盆というのは、三十センチに四十センチぐらいの底の浅い木箱にトタンをはりつけたもので、その日の天気や風向き、陽当たり、季節によって、どこにでも移動できる。夏の夕方は、艦橋の左舷の甲板にある掃除用具を入れる大きな木製の箱に腰をおろす。

ともかく、横須賀に帰る——というニュースがつたわっていたので、いつもは居住区にひっこんでいる老兵曹(三十歳そこそこだが)たちも、今日はじっとしていられないらしく、発射管の風張兵曹とか、方位盤射手の村田兵曹までくわわった。

「いやいや驚きだ。明日は雨だな」

測距長の程谷兵曹が、キンキン声を張りあげた。

例年なら十一月の艦隊演習が終わってから帰港するのだから、まったく夢のような話だった。とくに、妻子のある下士官にとっては、なによりのニュースにちがいない。じっとしていられない、何か、だれかに話しかけなければおさまらない気持なのだろう。

「発射管を改装して九三式魚雷をつんで、新しい水雷戦隊に編成がえするんだってよ」

水雷科の倉庫長をしている余田兵曹が、専門家らしくもったいぶって、みんなの顔を見まわした。

「何いってんのよ。この艦オンボロだから、水雷学校の練習艦で長浦の主になんのよ」
へんな声を発したのは、最近、装備した対潜探知器長の水越兵曹で、別名〝女形《おやま》〟である。

下士官兵たちがくだらない憶測に熱中した翌日、第一艦隊全部の船が、〝開散〟し、わが第六駆逐隊の「暁」「響」「雷」「電」は、台風一過の周防灘《すおうなだ》を抜錨《ばつびょう》し、高速で豊後水道《ぶんごすいどう》を南下、佐田岬を左に見て針路を左にとった。

めずらしく今日は訓練も休みだ。台風の余波がのこる土佐沖は、大きなうねりで艦はすごく動揺するが、一夜明けると横須賀だという嬉しさに、いつもなら船酔い気味になって寝転んでいる者まで起き出してくる。あっちこっちのテーブルに集まって、入港したときの話がはずんで、タネは尽きない。

大島にさしかかる頃になると、第八駆逐隊の「大潮」「荒潮」「朝潮」「満潮」の四隻が、南の水平線に見えてきた。これは、第二水雷戦隊に所属し、横須賀を母港とする新しい駆逐艦だ。

「みろよ、八隊のやつら、うちを追い越して早く入ろうと、速力をあげてやがる」

総員起こし前から起きだした連中が、高速を出しているので艦橋の横にまで上がってくるしぶきを避けて、下のブルワークの中に煙草盆を置いて集まり、がやがやとオダをあげている。

海軍では、〝二人集まると競争〟とよくいわれる。その競争意識も、単純な勝った負けたで溜飲を下げたり上げたりする程度の子供っぽさだ。第八駆逐隊は、別にわが隊を追い越して、先に入港しようと、対抗意識を持っているわけでもないだろうが、帰心矢のごときわれわれには、そのように感じられるのである。

しかし、長浦湾に入ると、四隻の駆逐艦は同時に入港作業にかかり、一分でも早く整備旗をあげることに熱中する。

「水兵員整列五分前」の号令は、入港四十五分前にかかる。

「当直員整列五分前、非番直休暇用意ッ」

伝令の小林が、景気よく号笛を鳴らして走りまわる。

「この野郎、コバ金。号令を間違ってやしねえか」

当直員の山田が、小林を怒鳴った。

乗組員の半数は、休暇の用意を、半数は入港の作業にかかるのだから、両者は、天と地ほどの差となる。この半数を区分するには、各配置を均等に二分し、〝右舷〟と〝左舷〟直が決められている。さらにその〝舷直〟を階級によって二分、三分と区分し、一部、二部、三部、四部というように呼んでいる。そのときの状況によって、二分の一上陸、三分の二上陸というように許可される。

右舷、左舷とか、何部は、艦の編成配員表で明確に定められており、その配置につけば〝何舷何部〟と呼ばれる舷直は、航海当直にも、当然、適用されているから、今日は右舷が当直、左舷は休みという具合で、入港した日によって、先に休暇に出るか、二回目となるかは、運を天にまかせるしかない。

口では不平やグチをこぼしても、さして深く気にとめないのが駆逐艦乗り気質《かたぎ》だから、それほど身にこたえるものでもなく、また一つ憎まれ口をたたく材料が増えたくらいにしか思っていない。

「やいやい、女郎屋じゃあるめえしよ、クリームの臭いをぷんぷんさせてよ」とか、「じゃまだ、入港作業に綱も出せねえよ」などと、久保兵曹と山田兵曹が汚れた手袋で、早々と白い夏服に着替えた者の肩にさわろうとする。

「栗《クリ》ちゃんよ、お金《あし》あんのかよ。なんなら二期と交代しようか」

山田がしつこくからむ。

仲間同士で、急いでバリカンで頭髪をかり合う者、ヒゲをそってクリームを塗りたくり、鏡とにらめっこしている下士官、しわくちゃな夏服の皺をのばすのに口で霧を吹きかけ、食器の底でこすって、アイロン代わりにしている若い兵など、兵員室は喜びに爆発しそうだ。

「おい、今年は長官、ばかに気前いいな。訓練を早めに切りあげ。一週間も休暇を出すなんて」

休暇準備の手を休めずに、私がいった。

「そうよな。いまごろ休暇だとわかってりゃ、別府で有《あ》り金《がね》はたくんじゃなかったな。金もないし、土産なんてなんにも買っていなかったから、二期と交代してもらうしかないよ」

情けない顔で私と金沢を交互に眺めながら、栗林がこぼした。そして、今度は二人を睨みつけるようにしてつづけた。

「おい、五円かせよ」

「バカ。貸す金があったら、こっちが苦労しねえよ」

金沢だって、郷里までの旅費と小遣いで、手いっぱいなのだ。

「そうよな、栗は別府でモテ過ぎたもんナ」

私は、そう言ってからかいながらも、われわれの同年兵でただ一人の徴募兵であり、かつ万年一等水兵、顔はいかついが好人物の栗林に敬意と同情を表し、なけなしの財布の中から三円をつまみ出した。

金沢も財布をのぞき込みながら勘定していたが、「俺も三円だけだぞ」と、しぶしぶ栗林の掌に金をのせた。

「有難や。やはり持つべきものは戦友だや。これで宇都宮まで三人で行けるな」

栗林は、急に元気になって、片手でわれわれを拝む真似をする。

「この野郎、こんなときだけ有難がって、酒を呑むときゃ人の分まで呑んでるくせに」

「まあまあ力《リキ》さん、そうぼやきなさんな。金のないのはお互いさまで、俺たちの財布は自分のであってないようなもんだからな」

私は、白い服の皺を気にしてのばしている金沢にいった。その間に、さっそく栗林は用意をはじめている。

「うわッ、この野郎。こんなところで、ホコリをはたくな」

何年間も用がないので、棚に積んだままになっていたトランクを、栗林が引っ張り出して、すっかり上陸用意をおえ、鏡に向かって襟カラーの具合を気にしている村田班長の頭の上で、ばたばた塵を払いだしたのだ。

「空《から》でも、トランクを持たねえと、休暇気分になんねえからよ」

へらへら笑いながら、栗林はけろりとしている。

すっかり用意ができあがり、そわそわ落ち着かない下士官、まだヒゲを剃《そ》っている水兵、何回も電燈の光に靴の磨き具合を照らして見入る者、突然ふって涌いたような幸運の休暇に、全員、準備でてんてこまいの忙しさである。

「一分隊、前甲板に集合」——飛ぶようにして、伝令が号令を伝えてきた。

「おいおい。まだ頭は半分刈りだぜ」とか、「まだ服の皺がのびていないのにな」などと、悲鳴をあげる若い水兵もいる。

「何をぐずぐずしてるんだ。そのままにして、早くあがれ」

自分は早々と用意を完了した村田班長が、そういってみなを追いあげた。

分隊長は砲術長の田上中尉である。小柄な中に、太い肝っ玉と深い慈愛をたたえた分隊長で、われわれとあまり年齢もちがわない若さだが、分隊の全員から慕われている。

われわれが整列すると、澄んだ大きな目玉で、分隊全員を見まわして、

「今日から半舷ずつ休暇が許される。例年なら艦隊演習の最盛期であるにもかかわらず、このような処置をとられたことは、この休暇が非常に意義ぶかいものであると考えなければならない。休暇が終わり、こんど出港すれば、どのような任務が待っているかわからないが、われわれ軍人は、いつでも身辺を整理しておかなければならない。そして後に心残りのないようにし、すがすがしい心で任務に当たるようにしておかなければならない。そのための休暇であるから、この機会に親兄弟、知人恩師などには充分孝養などを尽くすこと。なお、日ごろ注意してある機密の保持には注意せよ。くりかえすが、心残りのないよう休養と有意義

な日を過ごすように。休暇が終わり、また全員、元気な顔を揃えるように。終わり」
怒鳴るような大声で、簡潔な注意をあたえた。

来年も――また

この日、昭和十六年九月中旬。下士官に任官してからはじめての休暇であり、海軍に入って二回目の、しかも四年ぶりの帰省である。日ごろは、忘れていた肉親や友人、郷里への想いが強く湧きあがってきた。

真っ白い襟カラーのついた詰襟の服、軍帽は鍔つき、金ボタンが輝く下士官姿だ。父も母も弟妹たちも、きっと吃驚《びっくり》するにちがいない。

隣村の仁井田の鈴木一水、東白河郡近津の金沢兵曹、それに宇都宮から烏山線に乗るという栗林がいっしょになり、にぎやかに上野駅から東北線の普通列車に乗り込んだ。横須賀線の列車内にあるうちは、海軍臭さが強くしみこんでいるようで、外面をつくろってなんとなく固苦しかったが、この汽車に乗ると、一歩わが故郷の家に近づいたようでホッとする。

いま私が乗っているこの汽車は、真っ黒い煙を吐きながら、ごうごうとわが村を走り、子供のころ毎朝聞こえて、私の眼をさました汽笛を鳴らしたのと同じ汽車であった。

この汽車に乗っている人たちが、同じ訛《なまり》の言葉で話している。朝、昼、晩、毎日でも呑めれば呑みたいという酒豪の栗林一等水兵も、今日だけは、「おいッ。四合ビンを買ってくっか」と言い出さない。

われわれも別府とか台北など、休養地に何ヵ月ぶりかで上陸したときは、酒をバカ呑みすることもあり、艦内でも巡検後、酒保《しゅほ》が開かれると呑むこともあるが、それほど酒好きにはなっていない。

まして汽車の中にまで酒を持ち込んで飲むというような大人になっていない。もっとも栗林だけは、目下〝金欠病〟のため、自分の腹を痛めて買うことができないので、我慢しているのかもしれない。

宇都宮に着くと、下着の入っているだけの軽いトランクを下げた栗林が、ゴツイ顔に似合わない水兵服の肩を左右に振って、「オスッ」と一言いっただけで、威張りくさって降りていった。

「白河、白河――」

懐かしいくに訛の声である。トランクと風呂敷包みを重そうに両手にさげて、金沢がホームにとび降りた。

「帰りは東京の姉のとこに寄るから、いっしょには帰れないよ」

と大声で言った。

青森行きの普通列車はのんびりしている。金沢が改札口から姿を消してもまだ、旅馴れた人たちはホームにあるソバ屋に群がって、「かけ」や「きつね」を食い、なかにはゆうゆうと燗酒を楽しんでいる人もいる。

「なんだ、まだ白河じゃないか。郡山までまだ一時間以上もあるよ。あわてなさんな。あまり早く着替えると、真っ黒になるよ」

上着を着替えようと、トランクをおろしてそわそわしはじめた私を見て、鈴木が笑いながらそういった。そのくせ自分もチリ紙で靴を磨いてみたり、紐を結びなおしたり落ち着きがない。

馴れ親しんだ東北本線の汽車であるが、石炭の煤煙が風向きによっては車内に舞い込み、せっかくの白服を台なしにするのには閉口だ。暑くとも窓を開けないで我慢するとか、着替え用を一着用意するとか、心づかいをしなければならない。

休暇といえば、昭和十二年の七月二十日という日は、私には忘れられない日である。海軍に入って二回目の休暇になるはずだったのだが、横須賀まで行ったところで休暇取り止めになり、二、三日は残念で眠れなかったのである。

駆逐艦「雷」の一番砲前にて著者(左)と金沢一水。同期で同県人の二人は最も親しかった。

今度の休暇は、はじめて帰郷したときのように、嬉しさで興奮し、数日前からわくわくするとかはないが、それでも鈴木一水が須賀川で下車し、一人きりになると、もうトランクを網棚からおろして切符を出したり、落ち着かない。

子供のころに通った学校が見えて

きた。生家に通じる真っ白い街道の踏切を、チンチン警報を鳴らして汽車が通過すると、胸がドキドキと高鳴ってきた。

郡山駅からのバスは、一日のうち三回ぐらいしか通わないから、実家まで歩くことにする。駅から生まれ故郷の村までは、一里半といわれていたから、歩いても夕食には間にあうだろう。興奮しているからであろう、トランクの重さなど感じない。郡山から、わが村を通るのは長沼街道と呼ばれている。

福島県岩瀬郡の長沼というところで、道は会津の表街道と合し、勢至堂峠越えとなる。

当時、この奥から切り出された木材とか、米などを郡山まで運搬するのは、すべて荷馬車である。このような荷馬車が、朝早く西の方の村を出て、チャリンコ、ゴロゴロと何台も列をつくって、東の町にでていく。

郡山のはずれの小原田には、これら馬方相手の茶屋が軒をつらねている。荷をおろして帰る途中、馬をつないで酒を飲み、飯を食べ、馬にも大きな饅頭《まんじゅう》を食べさせるのが、子供のころはうらやましくてしようがなかった。

この茶屋の前から私の生家の村まで、まっすぐに広い幅の道が延びている。

「おおい。海軍さんでねえか。どこまで行くんだ、空馬車だ、乗って行かんしょ」

一杯ひっかけて上機嫌の荷馬車の親方が、踏切の手前のところで親切にいってくれた。親方たちは空馬車でも、自分は乗らない。

〽ハアー　仁井田三千石　広いようで狭い
　櫓たてるようなところもないヨ

家路につき、気負って急ぐ馬を手綱で上手に制しながら、荷馬車の親方は声を張って盆唄をうたう。

めったに見ることのない海軍さんとあって、色々と話しかける親方の言葉も、帰心矢のごとしの私には、うわの空の返事しかできない。

真っ白い乾いた砂利道が、黄ばんだ田圃の中につづいている。秋の陽は、西の山に斜めに落ちはじめていた。那須山からつらなる山脈は、甲子、高籏、額取などの峰が高さをきそい、直角に右に曲がって安達太良山が広い裾野でこの盆地をつつむ。その曲がったところに、遠く磐梯山が姿をみせる。いちばん早く雪をかぶって白くなり、春はいちばん最後に雪の消える峰である。

これらの連山は、早い紅葉が黄金に輝き、裾野に下るにつれて紫が濃くなる。

村々はいま、夕餉《げ》の煙がたなびき、いぶし銀の色調の中に浮かんでいる。俺の故郷はここなのだ。どんなもんだい──と、「雷」の煙草盆に集まって、それぞれに、故郷を自慢するみんなに、いちど見せてやりたい。

秋紅葉の夕暮れどきも、いまのようによいものだが、花の咲く春もまた素晴らしいのだ。

遠山の白銀がまばゆく輝き、この盆地は蓮華《れんげ》草《そう》、菜の花などの絨毯《じゅうたん》を一面に敷きつめ、桜をはじめ、桃、梨などがいっせいに花をつける。

「ほいや、海軍さん。成田だぞえや」

大声で親方が振り返った。母の生家の白い土蔵が、眼の前にたちはだかった。祖父の住む隠居所の角にある金木犀《きんもくせい》の花の香りが、身体全体をつつんだ。町に出た村人は、この匂いをかぐと、村に帰り着いたという気になる——よくそう言って、前を通ったものである。

馬力の親方に挙手の敬礼をして礼を言ったら、親方はあらたまって、首に巻いた手拭をはずして恐縮した。

家に帰ることも忘れて遊び呆けていた子供の群がくずれて、

「やあい、海軍だ」「修君とこのアンチャンだぞ」「うんだ、おれ家さ知らせてやっぺい」

どこの家の子供だからわからぬが、盛大に水鼻をたらした一人が、すっとんで行った。

この十字路は、私も子供のころよく遊んだ場所で、村の真ん中にある。どの顔をみても名前はわからないが、よく見ると、その面差しが両親や兄に似ているので、どこの子供かはだいたいの見当がついてくる。

急に許可の出た休暇でもあり、過去にとり消しになった例もあることから、連絡はしなかったのだ。わが家の門前にたつと、おしゃまな隣の子供が走ってきて、知らせてくれたが本気にしなかった、と口々に言いながら夕飯の箸をおいて、家の者が飛び出してきた。

一歩家の中に入ると、磨きぬかれた桜材の太い柱、真っ黒に煤けた巨《おお》きな梁、白ペンキの艦内に馴染《なじ》んでいた目には、一瞬のとまどいを感じはしたものの、すぐにこの四年間の空白は埋められ、生まれたときからずっとそのまま住んでいた感じに溶《と》け込んでいった。

囲炉裏《いろり》ばたに座った父と母に、ただいま——と頭を下げたら、二人ともうんうんと頷《うなず》き、
ずいぶん急だったんだなあ——と、顔をくしゃくしゃにして父は、炉の中の火をつついた。

「急だったんで、麦飯で何もご馳走ないぞ。明日は餅をつくからな。何日休めるんだ」

と、母はもう帰艦の日を心配している。

「ほうら、祐にはカバンと絵葉書だ。ミヨには筆入れと少女倶楽部だ。兄《あん》ちゃんは、前から頼まれていた運動靴だが、四年も前のことだから、足がどのくらい大きくなったかわかんねえので、でっかいほうがいいべとおもって俺のと同じ文数だ。でっかいほうがよかっぺい。羊羹《ようかん》はあとで母ちゃんに分けてもらえ。父ちゃんには何も買ってこなかった。そのかわり、明日、上等の酒を一升買ってやっぺい」

お国言葉と海軍言葉をごっちゃにして喋《しゃべ》りながらトランクを開き、やっとこさ工面《くめん》して買いもとめた土産を取り出した。

「これこれ。みんな飯も途中でやめっちまって。土産は終わってからにしろ」

母はそういったが、もう飯くいたくねえや――と、弟や妹は絵本と雑誌をひろげて眼をかがやかせた。

「今年は新米はまだ出来ねえ、古い米じゃ飯も旨くねいべえ。もう少し遅かったら、新米を食わしてやれるんだが」

父は残念そうであった。

「なあに、艦の麦飯にくらべりゃ上等さ。なんてったって、味噌汁と漬物は家のが一番さ」

というと、母は嬉しそうな顔をした。

「もう七日もすりゃ、茸《きのこ》も出るだがな。そんでも、雨がつづいたから、初茸は出たかも知れねえ。お前は初茸飯が大好きだったからなあ」

父は茸とりの名人である。秋になると、前の晩、雨の降った朝などは、薄暗いうちから山に行き、私たちの起き出したころには、朝露にびっしょり濡れながら籠いっぱいの初茸、シメジ、箒茸《ほうきたけ》などをとってきた。子供たちには、山ブドウやアケビなどを土産にすることも忘れなかった。

栗はまだ早いかな——と思って弟にきくと、鎮守様の森はもう落ちていたというので、明日の日曜日は、弟妹たちと栗ひろいにいくことにした。それを聞いていた母が、心配そうにいった。

「今日帰ったばかりで、ゆっくり休んでから行ったらよかんべえ。それに、親戚に顔出しもしてないし」

「なあに、親戚は朝のうちに回っちまうわ」

家に帰ったら、〝総員起こし〟なんてないから、ゆっくり寝てやろうと考えていたのだが、じっさい、翌朝は五時きっかりに眼が覚めてしまった。

「なんだ、もう起きたのか。ゆっくり休んでいればいいのに」

すでに起きていた母が、餅をつくための釜から吹き出る湯気の中から声をかけた。

「五年も海軍で五時起きの癖がついてるので……。よっしゃ、ひさしぶりに俺、餅搗《つ》いてやっか」

顔を洗ってから、杵《きね》を取った。

「兵隊さんがつく餅は、なんぼかうまかんべえ」

母はにこにこしながら、臼《うす》の中にフカした餅米を入れた。ペッタン、ペッタンと力いっぱい振りおろす杵の音は、秋の濃い朝霧をやぶり、軒の端に宿っていた小鳥たちが、驚いてパッと飛び散り、柿の枝にとまった。

湯気の中で餅を取っている母は、嬉しくて泣いているように見えた。すっかり老けて細くなった肩のあたりを見ると、親孝行せにゃ――と、神妙な気になる。父は囲炉裏に座って、すっかり逞《たくま》しくなった私を眺めながら、眼をしばたいていた。

「疲れたっぺい。休んで搗《つ》いたら」

顔をあげてそういう母に、

「なんのこれぐらい。大砲の弾丸ごめにくらべりゃ、遊んでるようなもんさ」

と気張ってみせる。

いつもなら寝ぼうする弟や妹も起き出してきて、手伝いをはじめる。いちばん下のチビまでが餅をまるめ、かえって父の邪魔をしている。

私は父に、村に一軒しかない酒屋で、めったに売れたことのないという上等の酒を買って贈った。朝の祝いの酒に酔ったのか、平素は無口な父が冗談を言い、明るく賑やかな朝餉である。

食事をおえると、籠だ、鎌だと大騒ぎで、栗拾いの用意をする。昨日からさそっておいた従弟《いとこ》たちも早くから来て、餅を食べて出発した。

わたしたちは〝山〟といっていたが、村を流れている笹原川を渡ると、そこには小高い丘が横たわっており、松や杉や雑木林におおわれている。藪や茨などを毎年下刈りするし、植林された林だから、どこまで行っても、ちょっとした自然公園のような綺麗さで、子供たちには格好の遊び場だ。

広い赤松の大木の林、くぬぎ、楢《なら》などの雑木林は明るいから好きだが、杉の林は暗いし、下がじめじめしており、ときとして蛇もいるから気味悪く嫌いだ。

　何種類もの鳥たちが、勝手きままに鳴き騒ぎまわっているが、じっと耳をすませると、それが何とかいう音楽みたいだ。

「やかましいッー」

　子供の一人が叫んだ。鳥の鳴く声が一瞬、止まったとおもったら、山彦がかえってくる間もなく、また元どおりに鳴きつづける。

　子供たちは茸の出るところも、太った実のついている栗の木も、兎の通る道も、みんな知っている。私も同様で、小さいときから友だちといっしょに、百合の花を採りに、茸狩りに、栗拾いに、冬は腰までの雪を掻きわけて兎狩りに行ったものだ。

　また、雪の降る前に、村じゅう総出でいっせいに行なわれる松の落葉ざらいも楽しい行事のひとつだ。鍋や味噌を持って行って、昼めしにはとりたての茸汁を現場で炊いて食べた旨さは、忘れられない。

　道草をくいながらも、去年から目をつけていたという弟の先導で、栗の木に向かった。それは、私が子供のころにもよく実っていた栗の大木だった。十数年前、すでに老木だったが、そのときのまま切り倒されることもなく、弟たちが引き継いでいるというわけだ。

　みんな息をはずませながら集まって、梢《こずえ》を見あげた。まだ誰も手をつけていないようだ。淡い緑の葉の間に、陽の光が縞《しま》を描いてキラキラしている。イガをつけた実は、まだ完全に成熟しきってはいないようだ。梢の端のほうのが、ちょっぴり黄ばみかけているが、まだ口は開いていない。

しかし、これぐらいのときが、いちばんいい収穫期なのだ。自然のままに放ってあるので、あまり実ってからでは、虫が入って食べられなくなるし、だれかに先取りされる恐れもあるから、少しぐらい青くてもとってしまう。

このあたりでは、木を傷めさえしなければ、どこの林に入って栗の実をとろうが、山ブドウをとろうが、だれも、なにも文句をいわない。

いままでかしましく囀《さえず》っていた百舌《もず》かなにかが、一度にパーッと飛び去っていった。ポーッ、ポーッ——と、ずうずうしく頑張っている山鳩だけは、子供たちが木にのぼるまで逃げ出さない。

「虫に刺されるぞ」

弟が木にのぼりはじめたので、私は、栗の木についている〝シド虫〟というやつに刺されたときの痛さを思い出した。

「平気だい」

弟は猿《ましら》のように、細い枝までのぼっていき、実のいっぱいついた小枝を、ポキンと折っては投げおろす。

木のヘラでイガを剝《む》く。小さい子でも私より上手だ。イガを両足で踏んで、木のヘラで真ん中を剝くと、まだ少し白味を残しているが、丸っこく太った実がころころととび出す。

「おおい。籠がいっぱいだ。この木はやめろ。来年もとりに来るんだからな。あんまり枝をいためっと、来年は実らねえぞ」

私が弟にそう叫ぶと、

「兄ちゃん、来年もくっぺえいナ。ほんとにくっぺえいナ」

と、いちばん下の弟がうけて、真剣な顔で私の腕をゆすった。

「うん、来年も、そのつぎも、毎年くるぞ」

私は、去年の長かった演習行動のとき、秋に休暇で郷里に帰って、野菜や果物を、腹いっぱい食いてえや――と、駆逐艦「雷」の甲板に集まっただれもが話していたことを、ふっと思い出した。

弟には、来年も――と答えたものの、ほんとうにこのように楽しい日が来るのだろうか、と私は思った。休暇が終わって海にもどれば、時化《しけ》る海に猛烈な訓練の日々がつづくであろう。駆逐艦「雷」の姿が脳裏にうかんできた。

訓練は戦闘に勝つためにするのだという。当然のことながら、戦闘はいつも死と生の運命が賭けられている。だから、これに従事する軍人は、いつ死ぬことがあっても、悔いのないよう心を養っておけといわれてきた。

こんなことを言われても、若い私にはむずかしくて、容易に覚悟などきめられはしなかった。いや、頭からそんなことは考えようともしなかった、というのが本当のところだ。

個人の死生観とか、国に尽くす忠節ということなども教育をうけつづけたが、それが、どんなことなのか深く追求したこともない。

しかし、〝ふたたび、今日のような楽しい日は、二度と来ないであろう〟ことだけは、海軍に五年もいる私には、はっきりとわかっている。

故郷の村も、この林も、山裾をぬって流れる川も、父も、母も、弟妹たちも、来年もいまと変わりなく温かく迎えてくれようとしている。だが、おそらく私は、帰ることはできないであろう。

楽しい休暇は夢のように過ぎ、元気でやれ――と、淋しさをかくしていった両親や、何回も〝来年〟を約束する弟妹たちに別れを告げて、私は夕暮れの故里をあとにした。

第二章　運命の火花

連合艦隊の集結

休暇がおわって帰艦してみると、機関、艦体、兵器などの修理は、すでに終わったという。

「休暇は一期、飯は当番食、整列は後列とはうまいこと言ったものよ。お前たちのいない間、徹夜、徹夜で、ひどい目にあったぜ」

休暇気分もぬけきらず、ぼんやり作業服に着替えようとしている私にむかって、山田兵曹が大声をあげて愚痴をこぼした。

二期の休暇員と交代し、作業服に着替えたわれわれにも、不用品の陸揚げ、弾薬の搭載、米麦など貯糧品や酒保物品のほか、防暑服に防寒服、陸戦隊の装備、戦時医療品などの積み込み作業が待っていた。

「おい、こりゃどうなるのかな。こんなに物をこってり積み込んでよ」

倉庫はもちろん、空所から居住区の甲板、通路、テーブルの下まで、荷物の山となった。

「シナ方面にしちゃ、あまりに大袈裟すぎるな」

そう私がいうと、久保兵曹が首をひねった。

テーブルは足を倒して荷物の上に敷いたので、居住区全部が板敷きの座敷のようになり、ここで飯も食い、夜は寝台と化すことになった。

「今年の一月に行った仏印か、海南島行きが正解かな」

と、私がいうと、

「仏印や海南島は、防寒服はいらねえよ」

金沢がうけた。

「こりゃ、臨戦準備部署どおりの搭載だよ。上海や海南島なんていうもんじゃないぜ」

班長の三宮兵曹が目玉をむき、あきれ返ったというような顔で、両手を品物の山に向けてバタバタ振った。彼はわが班の班長で、私より三年先輩である。下士官集会所の売店に勤める女性と、長年の熱い恋愛がみのり、こんどの休暇で結婚式を挙げたほやほやの新婚だ。相思相愛の仲に発展する前には、上陸するたびに、貴様、クリームはないんだろう。買ってきてやるか――とか、靴下を買ってきてやるか――などと、しつこくわれわれの間を聞いてまわっていたが、いまにして考えてみると、彼女に近づくため、毎回、なんらかの買物に事よせていたのだ。

うわあ、女くさ――と、みんなにひやかされてもニヤニヤ笑うだけで、てんでこたえるようすもない幸福絶頂の兵曹だから、仏印警備などということになって、遠くにとばされてはかなわない。だれよりも行く先が気になるはずだ。

その点、独身者の私や金沢などは、心身ともに身がるなので、どのような指令で、何のためにこのような準備をするのか不思議がってはみたが、そう大して気にしていない。

る際にやる。

二期の休暇も終わると、最後に船のお化粧ともいうべき、外舷総塗粧が行なわれた。船の〝化粧〟は、正月とか観艦式のような特別な儀式のほか、重要な任務をもった行動に出港する際にやる。

艦の保存整備と、軍艦の偉容をまもる上から行なわれる定期的な塗粧は、年に二回ほどあるが、臨戦体制で出動前の塗粧は、「雷」がまだ第三駆逐隊として行動中の昭和十二年七月、シナ事変の戦火が上海におよび、在地海軍部隊が危機に陥ったとき、急遽、出動して以来のことである。

以上のような体験から、下士官は動物的な勘で、重大な事局に遭遇するであろうことだけは、敏感に嗅ぎ分けている。

物資節約の非常時ということで、灰色のペンキを油でうすめるが、あまりに薄いため、刷《は》毛《け》で塗ることができない。だから、兵隊たちは作業服の袖を肩のところまで捲《まく》りあげ、ボロ布にペンキをしみこませて、雑巾がけの要領で塗りたくる。そして、その後を刷毛をもった下士官が仕上げをするという、物のない貧乏海軍らしいアイデアであるが、哀れをとどめるのは水兵たちである。

染物屋の職人のように、手にしみこんだペンキがなかなかとれず、泣きの涙である。ある新兵などは、つぎのペンキ塗りまでの半年間、爪の間に汚れが残っていたという笑い話もあるほどである。

古参水兵になると要領を心得ていて、ペンキが爪の間や皺の中にしみこまないように、仕事にとりかかる前、大砲にぬる固いグリースをこってりつけてやる。後でペンキを落とすと

縦陣を組む第六駆逐隊。駆逐艦「響」より左へ「暁」「雷」「電」をのぞむ——物資搭載や外舷塗装をおえた「雷」は、横須賀を出港して柱島へと向かった。

きには、らくに落ちる。

新兵はこのような要領もわからないし、〝燃料は血の一滴〟といって、人間以上の貴重な物であるから、ペンキ塗りで半年後まで兵隊の爪の間や皺に汚れが残ることなどは、帝国海軍の緊要事ではないのだ。

ともあれ、駆逐艦「雷」は、第六駆逐隊の他の三隻とともに、司令・成田茂一大佐に率いられて、横須賀を出港した。

〽住みなれし母港よさらばと見返る海に　浮かぶ三浦の山や丘　椿咲くかよあの大島を

越せば黒潮うずを巻く——

もとより詩人の才能などはなく、独身で楽天的な駆逐艦乗りも、出港となると、こんな歌を口ずさむほど、なんとなくセンチになる心持ちだ。

「ちくしょうめ。いい気分だ」

くしゃくしゃの〝ほまれ〟を吸いながら、煙草盆の仲間に入ってきた栗林が、大きなうねりの横揺れによろけながら、消えようとしている三浦半島を振り返った。今日の相模灘は、波そのものは低いが、うねりは二、三日前の台風の余波がまだ残っていて大きい。

「あれが箱根さ。こっちが房州だ」

隣の奴も、その向かいの者も、同じことをくり返している。横須賀を出て、大島を右に針路をとるころには、いつもこうした呟きが聞こえる。

「今朝、帰るとき、財布の底に二十銭ばかり残っていて気分が悪いからよ。女郎屋の神棚にあった招き猫にあげてきた」

栗林が空威張《からいば》りに肩をゆすって、煙草の煙を山田兵曹の顔に吐きかけた。速力をあげている駆逐艦の甲板上では、煙草の煙は、顔までとどかないで、外舷の方に消えてゆく。

「ほう。栗さんにしちゃ珍しいな。朝まで二十銭も残していたとはな」

「なあに、女にもてる男は銭など費《つか》わねえもんさ」

「へえっ、安浦も広いな、栗さんに惚れる女がいるとはな」

「口惜しがれ口惜しがれ。お前さんみたいに、回しで泊まるなんて、ケチなことはしない俺様だ」

「なんだ山田、貴様、下士官になっても、そんなみみちいことしてんのか」

金沢兵曹までが話に乗ってきた。しまいには中尉も、谷田部も仲間に入り、みんなで笑いころげている。

「それにしても、この眺めもしばらくのお別れということか」

短くなった煙草を煙草盆でにじりつぶし、遠く右後方に去った三原山を顎で指しながら、久保兵曹がいった。すると、煙草盆を囲んでいたみんなが、煙草の煙をふうっと吐き出した。

やがて「雷」は前続艦の「響」につづいて、ググッと大きく舵を取ったので、ばーんと大きなしぶきが後甲板を襲った。一戦速か二戦速は出したらしい。つづいてくる「電」も転舵して陣列をととのえた。

「配置につけ」

訓練のラッパが、音高く響き渡った。伝令が号笛を鳴らしながら、甲板を走る。

「それッ、おいでなすった」「あいなア、いま行くよ」

だれかがとぼけた声色を出したが、ふり返って調子を合わせる者はいない。

この瞬間から、戦闘員という軍艦の一部品《パーツ》に組み込まれて、砲台に、艦橋に、機関室、水雷にと、それぞれ各部署に散っていった。

「ひやっ、ごってり集まってんな。これじゃ呉は、艦隊に荒らされてしまったな」

入港準備で前甲板にあがってきた栗林が、素っ頓狂な声をあげた。

「ほんによ。この前、大阪湾に集まったときよりも多いな」

飯泉先任伍長が、仁丹の広告に出ている人物に似たヒゲをひねりながら相槌《あいづち》を打った。柱島から阿多田島、青島などにかけて、戦艦「長門」のほか「霧島」「榛名」「金剛」「比叡」をはじめ、「赤城」「加賀」「蒼龍」「飛龍」といった空母群が、島々を圧するように錨をおろしている。

「あれが新しい巡洋艦の『利根』と『筑摩』だぜ」

掌帆長の大塩兵曹が、学《がく》のあるところをみせた。前甲板にだけ八門の大砲を載せた、特異な型をした精悍そうな軍艦だ。

このほか「瑞穂」「千歳」など、あまりお目にかかったことがない水上機母艦や、「千代田」「明石」などがいる。みんな何万トンもある大きな船だ。われわれ第六駆逐隊の駆逐艦は、あまりにも小さい。

水雷戦隊は、巨艦群に遠慮したように、阿多田島の北側に行儀よく並んでいた。ちょうど、わが隊が入るにふさわしい空いた場所があった。ここに錨をおろして、他の戦隊の仲間入りをした。

つぎの日は呉に入り、燃料や糧食を搭載して、夜は上陸が許された。呉の街全体、上陸した兵隊であふれ、一種異様な雰囲気だ。浮かれたような、大声で叫んで駆けまわりたいような衝動が、われわれをつつんでいる。

酔った水兵同士が、あっちこっちで喧嘩をしている。大声で放歌する。軍規取り締まりのうるさい軍港では、あまりみられない光景だ。

だれが口火を切ったというのでもなく、普段つき合ったことのない者が、いつのまにか仲間をつくり、われわれは十数人で料亭〝かき船〟にくり込んだ。同じ班の金沢とか、山田、栗林もいたが、烹炊長の近藤兵曹、測的班長の薄衣二曹、信号の広瀬三曹、水雷の渡辺三曹などや、機関科の下士官や兵隊までが、ひとつグループになっていた。

呉には何回も上陸しているが、これまで、このような上等の料理屋に上がって酒宴をやるなんてことはなかったし、名物の〝かき料理〟を食ったこともない。一杯飲屋か、小さなカフェーがせいぜいで、座布団に座って酒を呑むのも、はじめてのことである。

だから、結構な味もなにもわかるはずがない。ただ芸もなくがぶがぶ酒を呑んで、酔っぱらって大声で歌をがなり、手拍子をたたき、ドタバタ足を踏みならして踊りまくるだけだ。それでも、けっこう気が晴れる。

馬鹿騒ぎがあまりひどいので、女中連が音《ね》をあげて下に降りていった。かわって上がってきた女将《おかみ》は、配給の酒はこれで終わりです――と、体《てい》よく断わりをいった。

「なんだ、まだ一人三本は呑んでいねえじゃねえかよ」

酒癖の悪さでは「雷」第一の渡辺兵曹が、四角に肘を突っ張ってがなり出した。

「そうよ、呉の女め、面白くねえ」

栗林が同調する。

「そうだそうだ、くそ面白くねえや」

われわれ若い下士官と古参一水連が気勢をあげる。それでも、烹炊長や薄衣兵曹などの先輩下士官になだめられて、外に出たが、ムシが納まらない。

「ようし、みんなで朝日町に行こうぜ」

山田がいうと、お互い遠慮のない仲だから、すぐに相談がまとまり、生酔い機嫌のわれわれは、同年兵仲間だけになって、冗談口をたたきながら、女郎屋が軒を並べる朝日町遊廓の大門をくぐった。

「こらっ、そこの兵隊ッ。なぜ敬礼せんかッ」

突然、薄暗いところで怒鳴る奴がいる。こっちは酔っているうえに、〝かき舟〟からおん出されるようにして出てきたばかりのところだったからたまらない。

「何おっ、この野郎。真っ暗闇の中にいる奴の階級がわかるかってんだ」

栗林が吼《ほ》え立てた。よくよく見れば、相手は水兵一人と、その連れは下士官だが、二人とも白い脚絆をつけ、銃剣をつり、腕に腕章を巻いている。巡邏《じゅんら》だ。

しまった。相手が悪い——とおもったが、いまさらどうしようもない。こいつにつかまると、せっかくの上陸も台なしどころか、巡邏詰所に引っ張り込まれて、面の形が変わるほどぶん殴られ、一晩中、油をしぼられるから、蛇蝎《だかつ》のように嫌われもし、恐れられもしている、その巡邏だ。

どうせ明日は出港だ。いつまた呉に上陸するかわからない。相手は二人、こっちは四人だ。逃げ足の速さならだれにも負けない自信がある。

「こいつら陸上勤務のくせに、遊廓の中でばかり威張りやがって、ダニみたいな奴らだ。一発かませて逃げようぜ」

私は金沢に耳打ちした。——幸い、相手の階級も顔も判らないような暗がりだ。栗林の帽子のペンネントの字は読めまい。関東弁で横須賀の兵隊だということぐらいは判断しようが、連合艦隊の全部が集まってるんだ。関東弁や東北弁はごまんといる。——私の気持はほかの三人も同じで、心はいつもツーカーだ。

四人は、暗闇の中で顔を見合わせ、ニヤリとした。山田と栗林がすうと水兵と兵曹の前に静かに進んで、パッと奴らの股倉《またぐら》を蹴りあげた。相手は「あっ」と叫んで、うずくまる。つ

ぎの瞬間、われわれ四人は、各自の帽子を手に摑んで、元きた方角に走りながら、

「いっしょに走るな。バラバラに別れよう。早く回りこんでどこでもええから、女郎屋にあがれッ」

と、私は小声でいう。

暗がりの路地裏を、どこをどう走り辿ってきたのか、ぜんぜん覚えがないが、私は遊廓の入口近くにある店に登楼した。

「あんた、巡邏に追いかけられたんと違うか」

私の好む円顔の妓が、にやにやしながら入ってきた。

「いや、俺はなんにも知らないぜ。なにか騒ぎがあったのか」

私がとぼけると、

「巡邏を殴って逃げた兵隊がいるいうて、大騒ぎしてますよ。今晩は取り締まりが厳しうて、うっかり歩けまへんわ。うちなら安心や。落ち着いてゆっくり泊まらはってゆきな」

妓は、私が騒動の一人であることに感づいているようだった。

「うちら、巡邏いうたらいけ好かんわ。どなことあっても、言うかいな。廓にあがったら安心や」

そういわれると、すっかりその妓が気に入り、私は鼻の下をのばして客となった。

いままでにも、若い性欲のおもむくまま、われわれはあちらこちらの港に上陸しては、このような女にはけ口をもとめていた。

煙草盆でも話の終わりは、たいてい猥談となるが、それぞれが語る武勇談のかずかずは、

どこまでが真実《ほんとう》で、どこまでが嘘かわからない。

ところが、この呉の一夜の妓は、私に男女の新しい面を教えてくれた。そこをこうして、ああしてと、自分も夢中になりながら、こちらを上手にリードして、有頂天にしてくれた。これは、私にとっては驚異であった。

なるほど、先輩どもの体験談も、まんざらのホラでもなかった、これがほんとうの男女のまじわりというものかと、急に大人になったような感じを強く持った。

この妓は、津山の出で齢《とし》は二十六歳。私より二つ上だったが、私は自分も二十六歳だと、嘘をついた。若いとわかると、馬鹿にされはしないかという、つまらぬ見栄《みえ》からであった。この家の屋《や》号は新京楼といい、女性の名は和枝、仁科和枝が本名だといった。こんど入港したら、かならず来てくれ。そのうち慰問袋を送るから、何がよいか――と何回もくり返した。

翌る朝、なかば散りはてた二河川畔の柳が、秋の朝靄《もや》にぼんやりぬれて立っている道を、この女は海軍桟橋まで送ってきた。

「あやッ、この野郎、すっかりモテやがって、お土産持参で波止場まで見送りとは、オッタマゲタ」

不眠不休の戦闘に、赤い眼をしょぼつかせて上陸場に入ったら、不精たらしくズボンの前に両手を突っ込んだ栗林が、私をみつけて寄ってきた。私が昨夜の戦果をたずねると、

「それがよ。おれ、近ごろ、あんなバサバサした木の股みたいな女ばかり抱いてよ。つくづく、つまんねえような気がしてきたんだ」

「へえ、女にもいろいろあんのかな」

はじめて知った昨夜の素晴らしさを、だれにも知られたくないような気がして、しらっぱくれた。

しかし、そのような駆逐艦乗り組みの一若年下士官の感傷ををよそに、時局は風雲急をつげ、われわれの運命も刻一刻と変転していたのであった。

われわれが青春の熱情を酒、女、喧嘩などについやして太平楽をいっているとき、連合艦隊の首脳部は、米、英、蘭との開戦は必至とみて、秘策に心血を注いでいたのである。

つまり、われわれは、世界大戦への激流に流される木の葉となって吹き舞っていたのである。

突然の横須賀帰港、そして思いがけない休暇なども、きたるべき大戦に際して、肉親や郷里への決別をするようにとの親心からであったろう。

流れる水のごとく

柱島沖に集結した連合艦隊には、臨戦準備第一作業が下令され、ここで最後の物資や燃料の搭載、人員の補充などを行なった。

修理や整備はいちおう完備したが、連合艦隊全体からみると、兵員の交代率は五十パーセントということになり、練度の低下がはなはだしかった。

だから、十六年九月下旬から、佐伯湾を基地として、連日連夜の猛訓練に入った。

十一月五日、御前会議で、「十二月一日までに日米交渉が成功しない時は十二月初めに開戦」と決定された。

そうした自分たちの生死をにぎる運命の歯車が、刻一刻と時をきざんでいることも知らず、われわれは十一月五日、三月分の俸給の支給をうけた。

そのとき、とうぶん上陸はないから、金銭の必要はない。総員、家庭に送金するように——と、分隊長から達せられた。

訓練の厳しさに、忘れていた郷里の両親や兄弟たちを思い出し、私も金二十円也を生まれてはじめての現金封筒なるものに入れ、送ることにした。

そして、発送ということになったわけだが、普段は水兵が一人、公用使として上陸し、艦内の兵員の私用や公務文書の発受をしている。しかし、今日は総員が送金するので、量も多いし、臨時に各分隊から二、三名が出ることになり、わが分隊では私と三番砲旋回手の鈴木兵曹が出た。

佐伯の郵便局に赴いたところ、各艦から出た公用使が長蛇の列をつくっていた。局員は開局以来の送金だと、忙しそうに働いていた。

「おい鈴木。今度は演習じゃないらしいな。一体どこに行くのかな」と私がいうと、

「なに、どこに行こうが関係ないさ。どうせ俺たちチョンガーだしよ。彼女が待っているわけじゃないからな」

と、素っ気なかった。お前は金を送らないのか——という問いには、

「うん、俺は送らない」

泊地に集う連合艦隊。空母や戦艦の姿がみえる。柱島に集結した著者たちには、知らぬこととはいえ開戦にそなえて、猛訓練の日々が待っていた。

と、めんどくさそうにいった。

私はいままで、金を送って親孝行しようなどという気を起こしたことが全然なかったが、今回は、とくに分隊長が厳達し、先任下士や班長も、一人残らず送れよ——と、小うるさくいったこともあって、しぶしぶだが送金することにしたものだ。

しかし、やはり封筒に金を入れ、父の名を宛名として書くと、肉親への懐かしさがどっと溢れてきて、急に女々しいような感傷で胸がいっぱいになった。そんな自分にひきかえ、鈴木の態度が急に男らしく見えてきた。

だから私は、鈴木に調子を合わせるように、それもそうだな——といって、心の中の生温かいものを無理にふり払おうとした。

郵便局での仕事をすませて、桟橋に行くと、海がしけていて、駆逐艦の内火艇は出られない状態だった。そこで、第一水雷戦隊の公用使は全員、旗艦「阿武隈」の大型艇で運ぶことになり、この便は午後の六時に桟橋発だという。

「おい、六時じゃ、まだ三時間もあるぜ。三ヵ月も上陸できねえというのだから、ひといき抜いてこようや」

鈴木が例の大きな眼玉をギョロリとむいていった。

「そうよな、一丁やってくっか」

私もにやりとしながらいった。

「おれも連れて行けや」

水雷科の公用使の森田も仲間に入った。

「悪い奴らだな、時間に遅れんなよ」

と、烹炊長の近藤兵曹が苦笑《にが》いしながらいった。

ともあれ、「阿武隈」の大型内火艇で、各艦をぐるぐるまわって、「雷」に帰り着いたのは夜の七時すぎであった。

この日、連合艦隊司令長官より、「第一開戦準備」が発令され、各部隊はそれぞれの発動準備地点に向かうことになった。

翌朝、上甲板に出てみると、われわれの旗艦「阿武隈」と、第十七駆逐隊は先に出発していた。そのほか空母や六戦隊の「利根」「筑摩」などの姿もすでになく、投錨陣形も乱れていた。

このときの連合艦隊の兵力は、戦艦十、空母九、巡洋艦三十八、水上機母艦および潜水母艦六、敷設艦、海防艦計十二、駆逐艦百十、潜水艦六十四、駆潜艇二十三、掃海艇十九、その他の艦艇五十一、特務艦艇四十二、合計三百八十四隻、五十二万九千二百五十九トンである。

このほかに、商船や漁船を改装して兵装した特務艦船は七百三隻、千三百六十五余トン、連合艦隊の保有航空機は千四百六十一機（四分一補用）であった。

十一月八日、第六駆逐隊は佐伯を出港した。ぞくぞくと湾内から出てくる戦艦や重巡が陣形をつくり、「雷」はその前衛となった。

豊後水道を南下し、鶴見崎を右に見たので、南方に行くことだけはわれわれにもわかった。

第六駆逐隊は、第二艦隊司令長官・近藤信竹中将の指揮する南方部隊に編成されていた。これは、第四戦隊、第五戦隊、第七戦隊の重巡を中核に、第一水雷戦隊、第二水雷戦隊、第三水雷戦隊、第四水雷戦隊のほか、第十一航空艦隊、第四、第五、第六潜水戦隊等によるフィリピン、マレー攻略部隊、すなわち開戦の主目標である南方侵攻作戦の主力部隊だった。

この兵力部署は、陸軍部隊がフィリピンに上陸を完了するまでで、おおむね十六年十二月末ごろまでを期限としていたようである。

しかし、このような重大なことが、われわれ下士官兵には知らされるはずもなく、何も知らずに、相変わらず訓練に明け暮れていた。

戦艦や重巡を直衛する陣形や、その中心の主力艦の配置がたびたび変わっていた。ある夜は主力から離れて、第六駆逐隊だけのときもあり、ある朝は戦艦を目標に襲撃訓練などもした。訓練の余暇には、すっかり暑くなった上甲板にあがって、煙草盆に集まっては、例の煙草盆談義に花を咲かせた。

一日ごとに熱くなっていったから、南方に進路をとっていることだけは、だれにもわかったが、これから何がはじまろうとしているのか、どこへ行こうとしているのか、われわれの憶測は一致しなかった。

しかし、どのようなことが起きようとも、われわれは一本の矢でしかないであろう。駆逐艦「雷」に乗り組み、機械となって大砲を撃つことしか、何もできない。だから、余計なことを考えることはムダである——というのが、われわれの結論だった。

ひるがえる戦闘旗

艦隊は、台湾の馬公に入った。そして十二月三日、半舷上陸となった。馬公は一年じゅう、強い風が吹き、山には一木も生えていない。現地人と少数の邦人が住む街は、低い土塀に囲まれ、泥煉瓦の建物が、石ころ道の両側に並んでいる。

兵隊相手の飲屋や女郎屋が五、六軒と、銭湯も一応あるにはあったが、何千という上陸した兵隊が入るにしては、あまりに小さくてひどいものだった。

しかたなく、馬公防備隊でも風呂を涌かして歓迎しているというのを聞いていたので、帰り途に寄ろうとしたら、先に行った連中が、

「いやはや、海水風呂で、あがり湯もありゃしない。ひどい目にあった」という。

結局、入浴はあきらめて、砂ぼこりをしこたま浴びたまま、帰りのボートでは波にたたか

れて頭から潮をかぶるし、ブーブーいいながら帰艦してきた。

台湾本島と中国大陸の中間にあるこの群島は、戦略上の要地として、古くから海軍の根拠地がきずかれ、要港部が置かれていた。要港部は、鎮守府につぐ位置にあって、舞鶴、大湊などと肩をならべる要地である。群島に囲まれて、艦隊の錨地に最適の海域があるため重視され、南方に出撃するため、隠密裡に集結するには、絶好の根拠地であった。

昭和十六年十二月四日、この日も風が吹き荒れ、軍艦旗はちぎれんばかりにはためき、波は真っ白いシブキを駆逐艦の甲板にまでうちあげている。

連日のように旗艦に赴いていた艦長が帰艦して間もなく、午後三時、「総員集合」の号令がかかった。

前甲板に集合した乗員を前に、めずらしく勲四等旭日章をつけ、礼装した海軍中佐・工藤俊作艦長が、緊張した顔で台の上にたった。

「連合艦隊司令長官よりの命令を伝達する。十二月八日午前零時を期して、米国、英国および蘭国に対し、戦闘状態となる。本艦の任務は、本日、準備できしだいに出撃、香港港外に進出し、香港攻略部隊となる。諸子は各自の配置で全力を尽くすように」

艦長が台をおりても、兵隊はしばらくこの重大な意味が理解できないように、顔をひきつらせて、だれも動こうとしなかった。

あまりのショックに、考える力を瞬間、失ったといいかえてもいいかも知れない。正直なところ、われわれとしては、〝アメリカやイギリスと戦争する〟なんて、想像もしていなかったことであった。

しかも、自分たちがそのドラマの役者になろうとしているのである。

二百名におよぶ駆逐艦「雷」の下士官も、兵も、かわって台上に立った先任将校の浅野大尉を、放心したように見あげているだけだった。

「ただいまから軍歌をおこなう。軍人勅諭、用意ッはじめ」

浅野大尉の怒鳴り声が、強風のためか、どこか遠くの方から聞こえるような感じだ。

「軍人たるの本分は……」

「元気がない」

胸の中を吹きぬけるいろんな思いの渦で、咄嗟《とっさ》にいつものように、がむしゃらに声を張りあげて歌う軍歌とならない。

「つぎは決死隊」

〽君と国とに尽くすべく　死地につかんと希《こいねが》う　二千余人のその中に　七十七士ぞ選ばる……

怒鳴っているうちに、じょじょに気持の整理ができてきたのか、已れが決死隊の一員になった自覚に、おのずと昂奮してくる。

「これで軍歌はやめる。各科は出港準備にかかれ」

ワアッ——と、前甲板の兵たちは両手をあげ、足を鳴らして各配置に走った。どの顔も、青ざめるとか紅潮するとかのちがいはあるが、眼はギラギラと殺気を帯びたようだし、頬がひきつっている。

だれかれの見境なく肩をたたき、頭をこづく。いつもへらへら馬鹿笑いばかりしていたどいつの面も、人が変わったように見えて変だ。胸がドキドキと高鳴って、じっとしていられない。

さっきは声が潰れるほど軍歌を怒鳴ったが、落ち着くどころか、かえって感情が高ぶってくる。隣にいた広瀬兵曹の頭をごつんとやったら、彼も私の頬をピシャピシャ叩きながら、涙をボロボロ流している。

「おい、やったな」

というと、

「蓄生やったな。アメリカ、イギリスに、オランダもだとよ」

「えらいことになったな」

「えらいことになりやがったな」

同じことをくり返しながら、涙を拭こうともしない。

広瀬兵曹は〝忠犬ハチ公〟という仇名である。渋谷の駅前にあるハチ公銅像のいわく因縁を聞き、犬ながら天晴《あっぱ》れと感激し、涙したという激情家である。それが、世界第一、第二の海軍を相手に、戦さをやる役者の一人になったのだから、その感奮たるや、ハチ公の比ではない。

彼の涙をみているうちに、こちらも涙がにじんできたので、錨を揚げる作業にとんでいった。

「出港用意」「錨をあげッ」

いつもの出港のラッパは、一水か二水が一人で吹くのだが、今日は信号長以下、山口二曹、広瀬三曹、内田一水などの信号兵六名全員が吹いた。そのラッパの音《ね》は強風をつき、嚠喨《りゅうりょう》と全艦に響き渡った。

いつもは艦尾にかかげられる軍艦旗が、前檣の頂上に戦闘旗となって翻り、錨がガクンと収まると、はじめていつものわれわれの軽口が出はじめた。

「やったぜ、チョウサン」

水雷科の鬼沢兵曹が、虎造節を一ひねりすると、「やッ……」と、みんなが笑い声をあげた。

「総員第二種軍装に着替え」「登舷礼式用意」

号令は、つぎつぎにかかってくる。

「登舷礼式、登り方用意、登れ」

当直中の者をのぞいて全員が、上甲板の舷側に整列する。いつもは、どこにいるのやらわからず、所在不明者と笑われている阿部看護兵も、神妙な顔で並んでいる。

馬公泊地に在泊している大艦隊の中で、動き出したのはわが「雷」と、僚艦の「電」だけであった。

先陣をかざる二隻の駆逐艦のために、戦艦、巡洋艦、駆逐艦など、全艦隊が登舷礼をおこなって、帽を振っている。われわれも強い風で吹き飛ばされそうになりながら、千切れんばかりに力をこめて帽を振った。全艦隊は〝武運を祈る〟という信号旗を掲げている。さっきの軍歌にあった旅順閉塞決死隊のような気分になってきた。

島影はすぐに消えて、台湾海峡のど真ん中に出る。船は大きくがぶり出した。いつ通っても、この海峡は嫌なところだ。しかも、高速を出したらしく、上下に激しくピッチングしだした。

いつもなら、訓練もなく、当直以外は寝転がっているのだが、今日はそんな呑気なことにはならない。

夕食後は後部の居住区に集合し、先任将校が、これからの行動の概略と、米、英、蘭の艦艇の性能や、艦型などを講義した。

それが終わると、「臨戦準備第一作業」が下令された。これは演習ではなく、実戦だ。いままでの号令は、頭に〝教練〟という言葉がついていたが、これからはつかない。

作業は、まず弾丸に信管を取りつけ、装薬にも伝火薬をつけた。そして、防毒マスク用の〝別罐〟という一酸化炭素用の部品や、戦闘応急手当用の医薬品の配布、陸戦隊用の銃剣の研磨などと、限りなくつづき、不眠不休の作業となったが、だれも船酔いにならないし、不平をこぼす兵もいない。

「なんだか背すじがぞくぞくするぜ」

船に弱い測距長の程谷兵曹が、キンキンした声でわめきながら居住区に入ってきた。

「ほんによ、上海事変のとき、弾丸の下をくぐってきたが、これほどギックリはこなかったもんな」

飯泉先任伍長が、艦の動揺で転ばないように、片手は柱に抱きついて、片手でヒゲをひねりあげる。

翌日からは、全員を三分した三直交代の哨戒配備となった。〝艦内哨戒第三配備〟は、もっとも軽度の警戒態勢で、四時間の勤務をしたら、残りの八時間は休憩できる勘定になるが、どっこいそうは問屋がおろさない。

日中は訓練、兵器や艦の手入れなどがある。演習なら一週間ぐらいだから、それほどこたえることもなかったが、これからは何日、いや何年つづくのかわからない。

台湾海峡は、いつものように荒れくるっている。巨大な波を追いかけて、ものすごいうねりが、つぎつぎと襲いかかる。

わが駆逐艦「雷」は悲鳴をあげ、身震いをしながら海の中に突っ込んでは、波の背にほうりあげられる。無気味にきしむ船体が、いまにも折れてしまうかと心細くなる。

上甲板は常時、波が洗う。後続の「電」の姿がときどき波の頂上に持ちあげられ、赤く船腹をむき出しながら喘《あえ》いでいる。

赤茶けて、ちぎれとぶような細い月を見つけたが、風と波の狂騒音に、詩情など湧かない。じっと眸《ひとみ》をこらして海を睨んでいると、そこに英国東洋艦隊の戦艦プリンス・オヴ・ウエールズや、レパルスが忽然《こつぜん》と現われてくるような錯覚におちいる。

開戦はまだ四日も先だというのに、待ち切れないような焦りや恐怖、闘争心が乱雑に胸をしめつける。

転ばないように、便所の前のスタンションに摑まったまま、煙草を吸っていると、後ろに人の気配がする。振り向くと、当直伝令の渡辺二水が、顎紐をしめた童顔を緊張させて、私の顔を見た。

「あと何時間寝られる」

私は、いままで浸っていた己れの感慨とはまったく別に、いつもいうようなことを口ばしってしまった。

「そうですね。次直を起こすのに、まだ一時間もありますよ」

「そうか、まだ五時間は休めるな。どうれ、寝るか」

右に、左に、隔壁に体をぶつけながら、むし熱く悪臭のする兵員室に降りていった。

緊張と不安と

十二月七日、今日で三日間、哨戒行動はつづいた。陸岸に近づいたのか、うねりはなくなり、海の色は黄色に変わった。

艦橋や探照灯、機銃台などに、人員や重要な兵器の損傷を防ぐため、吊床やロープをぐるぐると巻きつけ、マントレットとした。日本海海戦時の「三笠」の図を想い出し、いよいよ決戦の近づいたことを知り、緊張は全身にみなぎる。士官室には、短剣に替えた軍刀が重々しくかかっていた。

今日までの三日間、負傷者の応急手当の訓練も何回かあり、プリンス・オヴ・ウエールズとか、レパルスなどの艦型見分け法も演習した。

私も大砲屋なので、われわれが遭遇するかも知れないこの最新式の英戦艦に対する恐れは大きい。なにしろ三十六センチ砲十門、十四センチの副砲十二門、速力も三十ノット、三十六センチの防御鋼板で固められた戦艦は、三万メートルもの遠距離から砲撃する。

わが「雷」と「電」二隻では、まるで歯がたたない。これだけを単純に比較するわれわれは、射程一万メートルだ。魚雷だって、それぐらいがやっとだ。十二・七センチ砲六門は、戦艦は怖いやつだと考える。

われわれ下級下士官は、香港の攻略部隊の支援に来ていることだけは了解しているが、われわれの入った支那方面艦隊なるものは、きわめてお粗末なものだ。

いつも上海から動いたことのない海防艦「出雲」は、日露戦争の勇士で速力九ノット……これが旗艦で、あとは揚子江専用の三百トン級の砲艦数隻が、古賀峯一海軍中将の指揮の下に、香港攻略戦を担当している。したがって、第一水雷戦隊から選抜されてきた「雷」と「電」は、貴重な主戦力である。

もっとも、駆逐艦二隻に主力をまかせられているということは、香港の攻略は陸上からする作戦で、港があるからお体裁に駆逐艦二隻もつけてやるか、といった程度の考えかも知れない。

しかし、われわれにはそのようなことも、ハワイに向かった機動部隊も、フィリピンやマレー半島に進撃している大船団とこれを護衛する南方部隊の行動なども、まったく知るべくもない。

また、そのようなことを気にもかけてはいない。哨戒がはじまってからは、眠るのが忙しくて、煙草盆に集まる回数もへったが、こんどは猥談よりも、あやしげな戦争ニュースやデマが横行するようになった。もっともらしく、自分たちで筋書きをつくり、本気で一喜一憂しているのだから世話はない。

佐伯を出港して以来、電信長はバッタリ出てこなくなったし、〝デマ長〟酒井一曹の〝ホット・ニュース〟も冴えなくなった。

だれもかれもが、米、英、蘭など、世界中を相手に戦争をはじめるということに、肝をひっくり返し、緊張と哨戒や臨戦準備、訓練に、身体のほうがまいって、暇があれば寝転がって眠ることに精いっぱいの状態となったので、まだ煙草盆会議で気炎をあげる余裕がないようである。

いままでは、この演習は何月何日までと期限があったので、あと何日というマジックを、適当にデマっていたが、こんどばかりは、この先どうなるのかサッパリ見当もつかない。新聞などは、とてもとてもわれわれの眼に入ることもないし、ラジオも全然なので、本当のところは、デマにする格好な材料もないのだ。

このさい、何も考えず眠るのが、いちばん賢明な過ごし方なのかも知れないのだ。

午後は休養となり、風呂も洗濯も許可され、夕食後には褌や下着は、点検用の真新しいものをつけ、第一種軍装を着るという。

駆逐艦では、真水の搭載量が少ないし、蒸留水をつくるには燃料がいる。〝燃料は血の一滴〟といわれ、そもそも今度の戦争も、その油が欲しいばっかりにはじめられたほどなのだから、兵隊が一週間や十日、風呂に入らないことなどは当然のことである。

それだけに風呂が許されるということは、われわれにとって有難いことであり、また楽しみの大きいものである。

キャンバスの四角な袋に水を入れ、上甲板で蒸気を通して沸かす風流なものだが、なにせ二百数十名が短時間の間に入るのだから、以前のような浪花節《なにわぶし》をうなりながら、ゆっくり温まるなんていうわけにはいかない。

三、四人ずつ、一人五秒か十秒、ポシャンと入ると、「それ、ハイおつぎッ」と、水当番の機関兵曹が怒鳴り散らす。

怒鳴られるまでもなく、乗員のだれもが、水の貴重さも、短時間で二百名もが入らなければならないことも、百も承知しているから、ずうずうしくゆっくり入ろうなんていう奴はだれもいない。駆逐艦は大きな一つの家族のようなもので、住み心地よいというのも、こういうことなのだ。

上がり湯は、各班ごとにオスタップという大きな鉄の桶に分配してある。これだって一人に二杯の基準で分けられているから、班長だけが四、五杯つかってしまうと、二等兵の分がなくなってしまうので、みんなが公平に使うことになる。この制限された量で、石鹼を使ってさっぱりと入浴をすますには、四、五年の年期がいる。要領のいい奴は、褌まで洗濯していく。

入るのは階級、先任の順はもちろんのことだ。わが班の大先輩・大木一水などは、このときばかりは、先任伍長と同じ先頭組で威張れる。

新兵が入るころには、汗と垢でどろりとしたものになってしまうが、そこは機関兵曹が心得ていて、いちばん最後の新兵は後片づけがあるというので、特別に洗湯も工面してくれるし、汚れているが下着や作業服も洗濯させてもらえる。

若い兵隊は、仕事の負担も多いし、休む時間も少ないから、服も体も汚れる。だから、こうでもしてやらないと、艦内の狭いところで、食事も寝るのもいっしょだから、古い者にも影響してくる。あまり汚れて、悪臭を発散するような班員がいると、

「なんだあの班は。新兵の面倒もみてやらない身勝手な奴らだ」

と、班長や先任水兵が他班の非難をうけて笑われるから、争って後片づけ組にまわしてやるように骨を折る。

　水当番の下士官と同年兵であるときなどは、

「よう、俺んとこの若いのを作業員に残すから、うんと使ってくれよ」と声をかけると、

「おう、ごってりふん使ってやらァ」

と、無愛想に答えるが、これで万事了解、われわれ後任の下士官よりも、よほど存分に湯も水も使わせてくれる。

　もっとも、古兵や下士官は、真水を出すとき、石油罐を持って行って盗み水をやり、鍵をかけて砲塔の隅や倉庫などに匿《かく》しておき、夜になってこっそりと、身体を拭いたり下着の洗濯もするという要領はやっている。

　夕食には鯛のお頭つきで、赤飯にお神酒が出た。戦給品ということで、一人につき清酒三本、ビール十二本、煙草四百本、羊かん二十本というふうに、何ヵ月分かを一度に分配した。各班ごとに木箱のままの大盤振舞《おおばんぶるまい》に、どの班も大騒ぎだ。

　第一兵員室の各班一同が「君が代」を斉唱し、万歳三唱の後、たかだかと盃をあげた。

「毎日、戦争ならいいな」

　大木先輩が笑った。

「戦給品と赤飯なら、毎日でも文句はいわねえよ」

と、私も笑った。

ところで、横須賀を出港したときに、わが班も補充交代があった。方位盤射手は村田一曹、旋回手は佐々木兵曹のままだが、砲塔旋回手(塔旋)の大木一水が動揺修正手に昇格し、上条二水が塔旋に、国分二水が指揮官伝令となった。

私がいる中継所――正式には射撃指揮中継所は、方位盤や射撃指揮官の出すデータを、射撃苗頭盤という機械に入れて、砲の射角を電機で砲台に送り、砲台の射線が正確に指向しているか、弾丸は装塡されて整備されたかを知り、射撃を管制することが仕事である。

また、藤原一曹は兵曹長に昇進して退艦し、三宮二曹が号令官になっていた。私が苗頭盤長、ほかに修正手に一年後輩の柄沢一水、弾着時計係は中沢二水、笹口二水は伝令という顔ぶれとなった。

つまり、古くから残っているのは私一人ということになり、班員もぐっと若返ったので、食卓番はやらなくともよくなったが、艦内務の役員として士官室係の従兵長の役がまわってきた。

この従兵長というのは、食事どきになると、朝、昼、晩と夜食の四回、艦橋にのぼって、「士官室食事用意よろしい」と怒鳴らなければならない。平常の航海のときなら、役員は航海当直に立直しなくともよいが、本番の戦争になってしまっては、哨戒直のメンバーにも入らなければならないから、負担は倍になってきた。

だが、若さと、生来、楽天的な性格の私は、それほどキツイと感じることもなかった。それに、艦橋にいくのはニュースの一端を仕入れることのできる好機である。

また、私は食事の用意ができたことを知らせるとき、いつも独得の調子をつけて怒鳴ったので、「貴様の声は浪花節みたいにしぶくて面白いね」などと、航海長の谷川中尉や先任将校などが、おかしがってよく吹き出したものだ。これも、単調さと緊張に明け暮れる哨戒中の艦橋の息抜きともなり、また名物ともなった。

ともあれ、上機嫌で夕食を終えたわれわれは、古武士初陣の心がまえにならって、褌から下着まで新しくし、第一種軍装に着替えた。そして、晒《さらし》を切って必勝と揮毫《きごう》した白鉢巻を、艦にまつってある「雷神社」でお祓《はら》いをした。

十二月七日午後九時、晒《さらし》の白鉢巻をしめ、総員配置についた。半年もしたら戦いは勝ちに終わり、華々しく凱旋になるだろうと、みなが気やすい気分であった。

われわれには、いまどこにいるのか知る由もないが、おびただしい諸外国の商船が、香港《ホンコン》から出港して南下している。

知らぬのはわれわれだけで、十二月一日の御前会議は開戦を決定し、大本営は連合艦隊司令長官にあてて、作戦発動の命令を下令していた。そして、世界各国に所在する大、公使館に、八日になれば、暗号文書の焼却や公館の閉鎖処置をとるようにとの電報が発せられていた。

米、英側は、これらの電文を傍受し、暗号はすべて解読されて、逆に所要の外国在住の外交団や、軍の一部に通報された。

だから、十二月八日までにシンガポールを抜け、インド洋に逃れようとして、これらの外国商船は、必死になって航行をつづけていたのだ。

「敵の艦隊が攻撃してきたら、八日以前でもこれを撃退して……」という命令はうけていたが、相手が商船では手の出しようがない。

「おい信号長、いま何時だ」

血気さかんな青年将校の航海長・谷川中尉は、歯がみをして、双眼鏡に入った敵船を睨みながら、これで三回ぐらいは怒鳴っている。

十一時ごろになって、英国の哨戒艦が見張りの眼鏡に入った。

「艦長ッ」

航海長が躍りあがった。

「艦長、やっつけますかッ」

航海長は、さらに声を張りあげた。


艦長や航海長が登場したので、ここでわが「雷」の士官たちを、簡単に紹介しておこう。

六尺ゆたかな豪傑の工藤艦長は、酒は一斗を飲み、優しい声と柔和な愛嬌ある細い眼で、兵を大切にするので乗組員には絶大な人気がある。

「雷」乗り組みの将校は、駆逐艦乗りらしく、若年ながらなかなかの人格者ぞろいで、さばさばと気やすく、兵隊には人気と信頼のある人ばかりで、「雷」の明るさや練度の高さは、このへんに秘密があるのかも知れない。

温厚でいつも微笑を絶やさず、貴族的な好紳士で、兵隊のめんどうをよくみるが、怒ると怖い先任将校の水雷長・浅野大尉。外見の優男《やさ》ぶりとはうらはらに、負けん気の強い航海長の谷川中尉。砲術長の田上中尉も、小柄で坊や然としているが、気概にあふれ、なかなか腹の練れた青年士官だ。機関長は少佐で、たまには食事のことで一言いうこともあるが、それ以外はわれわれとはあまり関係がない。

主計長の倉井大尉と、軍医長の藤原中尉の二人は、帝大出の召集だ。航海士の稲垣少尉は通信士も兼ねているから、眠る暇がない。「雷」の七不思議の一つに、〝航海士はいつ眠る〟といわれるほど、「雷」でいちばん忙しく、また若い海兵の出身者だ。

士官室にはいま一人、機関士がいる。この人は商船学校機関科の出身で、先日、エビフライが一尾〝ギンバイ〟(盗まれるの意)されたとき、一尾を航海士と半分ずつにして盛られた被害者だったが、一言も文句をいわなかった。

士官室での食事のときは、軍服をきちんと着用して席につくことになっているので、いつも作業服で機関室に入っている機関士が、あわてて軍服に着替えて食卓につくのを、気の毒におもったものだ。

後部にある第二士官室には、特准士官がいる。もっとも最近、特務士官とか、予備仕官の呼称がなくなり、すべてが海軍少尉とか中尉とよばれるようになったが、ついこのままでは、掌水雷長は高橋特務少尉といっていた。この掌長が第二士官室にいる。

掌水雷長の高橋少尉、掌砲長の鈴木少尉、先任者は掌罐長の夏目中尉、掌電気長、掌機長の遠藤兵曹長、掌経理長……などである。

これらの人たちは、われわれの先輩であるから、われわれのすべてに通じているし、日常の雑談なども気兼ねなくする仲でもある。

今年の一期訓練のとき、休養のため別府に入港したときの当直将校が、谷川中尉であった。投錨して「解散」と同時に、上陸員をボートに乗せ、一水戦でいちばんはやく上陸員をあげた。

一水戦でいちばんはやくあがった――たったこれだけのことだが、兵隊たちは痛快をさけんで喜ぶ。

時間になって、当直下士が届けに行ってからのそのそと出てきて、長たらしい注意をのべている当直将校は、駆逐艦では兵隊連の不評をかい、落第だ。

このときの谷川中尉の注意がふるっていた。

「情報によれば、別府の町にはグレン隊がのさばり、上陸時の兵隊に喧嘩をふっかけるという。堂々と軍人らしく行動していれば、グレン隊もつけ入るすきはない。もし喧嘩になったら、負けた奴は帰ってくるな。他の兵隊とグレン隊が喧嘩しているのを見たら、知らぬ振りして素通りするな。手助けしてやっつけてしまえ」

という威勢のよいものだった。

一水戦というのは第一水雷戦隊のことで、巡洋艦「阿武隈」を旗艦に第六駆逐隊（「暁」「響」「雷」「電」）、第十七駆逐隊（「谷風」「浦風」「浜風」「磯風」）、第二十一駆逐隊（「初春」「子ノ日」「若葉」「初霜」）、第二十七駆逐隊（「有明」「夕暮」「白露」「時雨」）の駆逐艦十六隻が、同時に投錨して、上陸一番乗りを競争する。

もちろん、上陸ばかりでなく、戦技や体育や作業に、〃「電」に負けるな〃〃十七隊に負けるな〃と、全艦が競争する。それが海軍の伝統でもある。

まして一ヵ月ぶりの上陸ともなれば、兵隊の眼の色が変わって殺気だち、上陸員を満載したカッターにもいちだんと気合いが入る。上陸桟橋にゆきつくまでに、他艇に追い抜かれでもしたら、それこそ大ごとだから、漕ぐ者も必死だ。夏なんかであれば、汗で、服は台なしになってしまう。

狭い桟橋に、このように気負い立ったカッターが、三十隻も四十隻も入ってくるのだから、その光景たるや物凄い。桟橋が空《あ》くまで待とうなんていう殊勝な奴は、一人もいない。メリメリッと音をたてんばかりに、他艇の間に割り込む。

「やいこら。無理に割り込むなッ」

他艇の艇長が怒鳴っても、

「なに言いやがる、こちとら江戸っ子だ」

とやり返し、前の方の漕手は、オールで他艇の者たちを、ところかまわず殴りつけることもある。

こうなると、双方が総立ちになり、オールでの打ち合いがはじまる。そんなことはお構いなしに、いち早く桟橋につけた艇長は、その日のちょっとした英雄になる。だから操艇の腕はもちろんだが、心臓の方も腕っぷしも強い一等水兵が、艇長としてやってくる。そんな争いがあっても、上陸員を揚げてしまえば、後はケロリと顔を見合わせ、ワッハッハハ――と笑い合うのだから不思議だ。

初陣の凱歌

昭和十六年十二月八日午前零時、「〇〇〇〇時になりました」と、信号長が緊張した声で、艦長と、当直将校に届けた。

先任将校の令で、総員が配置についたまま、はるかなる故国の方を拝し、祖国の安寧とわれわれの武運長久を祈った。

茶褐色の海は、日本の梅雨をおもわせるような霖雨《りんう》におおわれて視界が狭く、僚艦「電」の姿すら見えない。前檣高く初代「雷」が日露戦争のとき掲げたという名誉ある記念の軍艦旗が、雨にぬれてはためいている。

「皇国の興廃かかってこの聖戦にあり、各員、粉骨砕身その任を全《まっと》うせよ」

山本連合艦隊司令長官の訓示が艦内に下達された。同時に、旗艦「赤城」をはじめ六隻の空母を主体とする機動部隊がハワイを空襲し、大戦果をあげつつあり、護衛隊の中には、われわれの第一水雷戦隊の「阿武隈」と、第十七駆逐隊が大森仙太郎少将に率いられて参戦しているというニュースに、艦内は湧きたった。

今朝は、一隻の商船もジャンクも、視界内にない。

朝食のため、三直配備となった。このとき、神妙に、父あての遺書をしたため、身辺の整理をする。

「この記念すべき日の、海軍軍人としてユニオンジャックに見参、死闘するの幸運これに過ぐるものなし。勇躍わが任を全うせん。家門の誉れと慶ばれんことを」

まさに、意気天を衝《つ》くものがある。「雷」と「電」は、ビクトリア港口近くに進攻した。陸軍の香港攻略軍が、九竜半島から進撃するのに呼応し、海上よりの支援を展開するのである。

アヘン戦争以来、ここを牙城として極東各地の侵略を進めてから百数十年、シンガポールとともに、英国が世界に誇り、豪語した不落の要塞である。海の正面には、大口径の要塞砲を無数に装備し、しかも、その砲台は地下ふかく掩蔽《えんぺい》されており、空爆にも耐えるという。

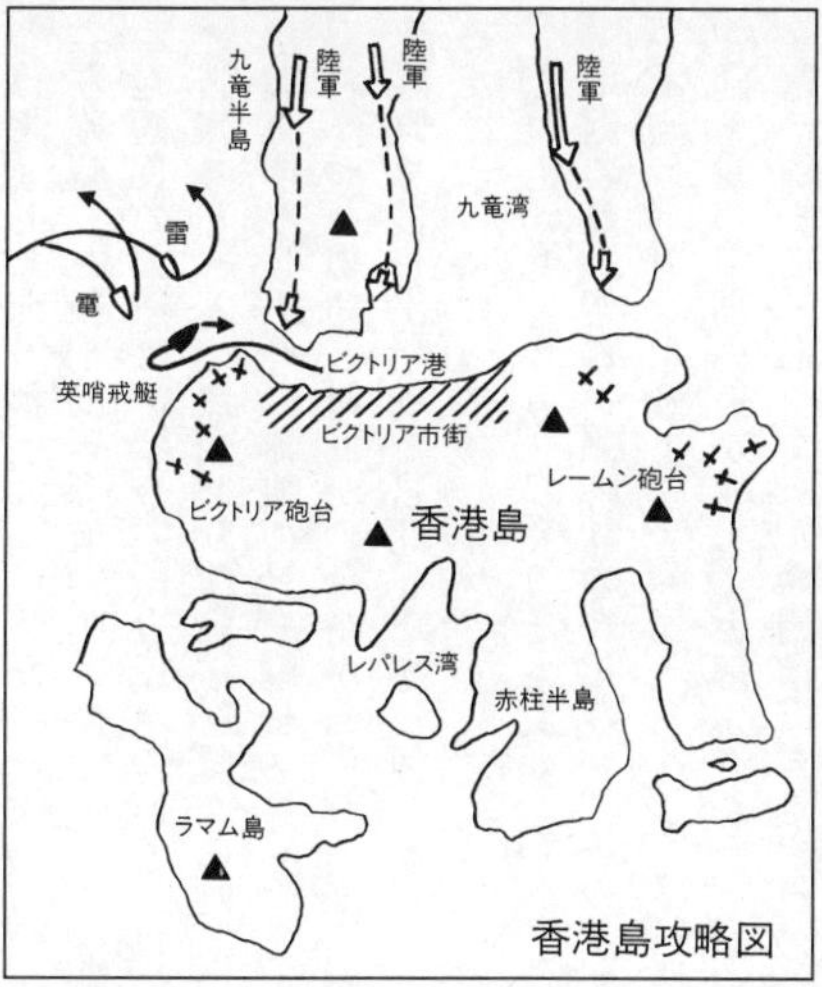

香港島攻略図

わが艦は、濃霧を利して、敵砲台の射程内まで進入した。

「左舷艦首、哨戒艇一隻、距離二千」

突然、見張長・山口二等兵曹のとてつもない大声が、艦橋に響いた。ちょうど十一時、まもなく戦闘配食が配られるころであった。

「戦闘」

いつものように平静な声が、工藤艦長の口をついて出た。号令は各部にとび、ラッパは勇ましく鳴り渡った。

「左砲戦、左三十度、同航の哨戒艇」

砲術長の大声は、伝令の国分二水の声と二重になって届いた。

訓練のときと全然変わりない。射撃するための諸元を苗頭盤に入れる。各員は受け持ちの手輪を握りしめ、計器盤の針を睨む。

ちょっとの間、何秒かの余裕があったので、開戦——すなわち実弾発砲の一瞬の記念すべき感慨を捜し出そうと自問したが、何もない。いつものように、機械と一体になって動作するだけの習慣に入ってしまう。

だれもが息をのみ、ぴくりとも動かない。

中沢の前にある弾着時計の音だけが、チッチッチッチッと、正確な金属音を刻んでいる。

「主砲ッ。射撃用意よし」

砲術長の甲高い声が、しんと静まりかえった中継所まで伝声管を通して聞こえる。

「雷」の十二・七センチ砲六門は、ピカピカの実弾と、常装発射火薬が塡充され、敵艦にぴたりと照準されている。

艦長から、発砲の令がなかなかこない。

いちばん若い笹口二水は、腰掛けから腰を浮かせ、片手で電話の送話口を、片手は伝声管に摑まっている。

女のような優男の三宮兵曹は、例のとおり、ニヤリニヤリと、笑っているのか憤っているのかわからない顔を天井にむけ、ブザーの電鍵を握りしめている。

「砲撃はじめ」

待っていた声が、艦橋に通じる伝声管から聞こえた。

「撃ち方はじめッ」

砲術長が我鳴った。

三宮兵曹は、パイロットランプと、各砲台の旋回受信器をちらっとみて、ブザーを押した。

この合図で、方位盤射手の村田一曹が引き金を引いた。

ガガン――六門がいっせいに発砲した。

われわれの配置の中継所は、艦橋下段の左舷にあるので、左三十度の角度で射撃すると、二、三番砲台の発砲の衝撃をもろに受けて、たたきつけられる。

ガンガン――と、室内のわれわれは、腰掛けから飛びあがるほどの激動と、どこからともなく入りこんだ砲煙と、きな臭い火薬のにおいに、ぷあっとつつまれた。

このような強烈なショックも、全精神を集中し、緊張しているわれわれには、むしろ心地よい音楽か、煽情的な歌声を、遠い感覚の中にちらりと掠めて聞く程度の感じでしかない。

六個の整備灯がほとんど同時に、紅灯から青灯に変わった。これは、砲台で弾丸と発射火薬を装塡し、尾栓を閉め、発砲接断器を接したということである。

普通、いままでの訓練時には、この間隔がだいたい四秒ぐらいであるが、今日は三秒もかからないで整備灯がついた。

これらの作業は、すべて人力でやっている。整備灯のつき具合で、砲員の張り切り方がわれわれにもピンと響いてくる。

長い間、連日連夜、今日あるを期して猛訓練をつづけてきたのだ。訓練中には、〝神技〟にまで達せよ——とよく言われたことだが、砲員五人の共同動作は、機械以上に正確で、まさに〝神技〟の域に達していると思われる。

「初弾用意……弾着」

ヒゲダルマの中沢二水が、緊張にかすれた声で、初発の弾丸が着弾したことを、弾着時計の印点をみて射撃指揮官である砲術長に報告した。

指揮官は艦橋の上にある方位盤にあって、十二センチ双眼鏡でこれを観測している。着弾が正中夾叉していれば、距離と左右の見越量を修正しないで、「急げ」と令する。

これらの号令と、それに応じた動作については、『艦砲射撃教範』や『射撃幹部操式』などの規定によって行なうことになる。

号令官の三宮兵曹は、整備灯が全部つき、旋回発受信器の白い針と赤い針がかさなりあい、パイロットランプの点滅が少ないことを確認し、規制時間ごとにブザーで方位盤射手の村田兵曹に合図する。方位盤射手は、照準が的確ならば引き金を引く。

引き金の引き方も、長くがっちり引いていると、砲台の射手、旋回手が、この受信器の針に追い駆け投げ込み発射をやるから、着弾の散布界が広くなり、命中率が低くなって、指揮官も修正のしようがないことになる。したがって、これまで入念に零コンマ何秒以下という瞬時に、引き金を引く訓練をしてきた。

「やったぞ」

艦橋でだれかが歓声をあげた。

「命中だ、三宮兵曹、キン玉を握れッ」

伝令は指揮官の令を忠実に伝えてきた。

「三宮兵曹、キン玉を握れ」

まじめくさって応答し、前かがみになって整備灯を睨んでいた三宮兵曹が、ぐっと胸をそらして、みんなの顔を眺めまわした。

みんなは自分で何をしているのかわからないほど緊張していたが、この「キン玉を握れッ」の命令で、緊張の度合いも、ややほぐれたかに思えた。

青白く眼を吊り上げて電話器をにぎっていた細眼の笹口は、中沢にキン玉をつつかれて、「痛てて い」と大仰に顔をしかめ、はじめてホッとしたように、みんなを見返した。

緊張でコチコチになっていたわれわれと方位盤の者は指揮官の機宜適切な号令に余裕をとりもどし、いつものような陽気さをもいくぶんとりもどした。

敵の哨戒艇は、三百トン余の小型船ながら、近距離の水平射撃のため、致命傷をなかなかあたえられない。必死になってビクトリア港内に、避退しようとしている。

僚艦の「電」も、砲戦にくわわってきた。敵艦は、そのうち火災を起こし、停止してしまった。乗組員が上甲板を走りまわり、海中に飛び込んで、船を放棄するらしい。

そのときである。ズズーン――突如、聞きなれない砲声が、重々しくわが艦を圧した。駆逐艦の砲声は何年間も聞き馴れているから、これと性質の違うものは敏感に聞き分けることができる。

「へえ」

肩をすくめて、目玉をむいた三宮兵曹が、私の顔をみた。

「こりゃ、三十六センチ砲だ、戦艦かぁ」

私は青くなって、三宮兵曹の顔を見た。三宮から柄沢へ、柄沢から笹口に順次に見まわした。

「戦艦だと。プリンスがいたのか」

柄沢も驚いたように私の方を向いた。

「馬鹿、プリンスはシンガポールだ。砲台の大砲だよ」

三宮兵曹が落ち着かないようすでいった。

「浮いている船と要塞砲とでは、喧嘩になんねえよ」

中沢が、着弾時計から目を離せないので、左手を振りながら震え声を出した。

はじめのうちは、ピューン、キューン——と、弾道音は上空を切り裂くように遠目に着弾していたが、だんだん「雷」の近辺で夾叉し、ばかでかい水柱がたちはじめた。

われわれが砲撃中の敵艦は、すでに後部を海中に沈めていたが、前部はまだ沈まないから、撃沈とは確認できない。ビクトリア要塞からの砲撃は、数ヵ所から発砲され、だんだん峻烈となってきた。

至近弾がわが艦をつつみ、水柱が林立する。敵艦の沈没は、時間の問題だ。調子に乗ってこれ以上深入りすると、元も子もなくしてしまう。駆逐艦と要塞砲では戦さにならないし、雨のため視界が悪く、どこから撃ってくるのかも定かでない。

敵はレーダー射撃らしく正確である。まごまごしていて、無駄死にはバカバカしい。こっちは足が速いから、ちょっと射程外に逃れれば、敵さんはどうにもならない。

　このように考えたかどうかはわからないが、工藤艦長は「雷」と「電」に、三十ノットの高速を出させて、避弾運動をしながら、敵の射程外に離脱した。

「雷」と「電」の砲撃により損傷した英哨戒艇。著者たちは、敵要塞砲弾をかいくぐって猛訓練の成果を遺憾なく発揮した。

　景気よく射撃しながら突進するときは心が勇み立ち、何物をも恐れない士気に煽られるが、射撃を中止し、大口径の弾丸に追いかけられながら逃げるとなると、いっぺんに恐怖が襲ってくる。

　中継所の五名は、息をのんで、互いに顔を見合わせている。ズズン——と着弾するたびに肝を冷やす。

　何分かの短い時間だったのであろうが、われわれにはずいぶん長い時間であったように感じられた。艦の速力はぐっと落ちた。

「やれやれ、驚かせやがらあ」

　柄沢は両手の握り拳《こぶし》を目の前で開いて、ほっとしたようにいった。

「ほんによ、開戦一発でお陀仏じゃ、あまり有難かないからな」

　と、私が相槌をうった。

　この夜のラジオニュースは、「十二月八日、香港方面の行動中の帝国駆逐艦は、英哨戒艦と交戦、これを撃沈せり」と、軍艦マーチ入りで報道していた。

これを聞きつけた鬼沢兵曹が、「万歳」と叫んだ。みんなも、なんだなんだと起き出してきて、「万歳」「万歳」と唱え出し、昼の戦闘談をはじめ、あらためて興奮した。

緒戦の戦果にすっかり気をよくし、陸軍部隊、第二十二軍は、酒井中将の指揮の下に猛攻をくわえ、十二月二十五日には、香港を陥落させてしまった。

この間、わが「雷」と「電」は、第二遣支艦隊・新見政一中将の指揮下にはいり、海上封鎖を任務としていたが、たまに中国人のジャンクを捕まえる程度で、大砲を撃つこともなかった。

これで、われわれの緒戦の任務は終わり、補給のために台湾の高雄に向かった。

第三章　南十字星の下で

時化の海を南へ

昭和十七年の正月は、高雄で迎えられると、喜びいさんで燃料や糧食の搭載作業に精を出していたところ、第六駆逐隊第二小隊の「雷」「電」は、原隊の南方部隊に復帰して、フィリピン方面にある主力に合同するように命令をうけた。

戦争は駆逐艦だけの悠長な航海は許さない。

十二月二十九日に、陸軍第六十五旅団を乗せた十四隻の船団が高雄を出港したが、これを護衛する第三十一水雷隊（「初鷹」「友鶴」「真鶴」「千鳥」）の増援を命じられたのだ。

三十日に出港したのだが、われわれは高雄の土を踏めずに口惜しがっていた。ところが、幸運の女神はわれわれに微笑《ほほえ》んでくれた。

三十一日の夜になって、「雷」と「電」は第二期作戦である蘭印攻略戦の部署によって、蘭印部隊に編成替えとなった。そのため、反転して高雄で待機を命じられたのである。正月元旦、ふたたび高雄に入港し、今度こそ間違いなく上陸も許され、晴着姿の女性を拝むことができた。

われわれ「雷」と「電」は、もともと南方部隊に所属していたのだが、香港攻略作戦が一段落するまでの間、支那方面艦隊に派遣されていたわけで、海上封鎖という地味な作戦に黙黙と従事している間に、南方への進攻作戦は各地ですすめられていた。

十二月八日、第一航空艦隊の機動部隊は、第一次、第二次と、空襲をくわえ、ハワイ真珠湾にあった米太平洋艦隊の主力を撃沈する戦果をあげた。

この日の他の作戦の主なものは、つぎのようなものである。

第四艦隊は中部太平洋の米前進基地であるウエーキ、グアムの両島を占拠した。

小沢中将の指揮する第七戦隊（重巡四）、第三水雷戦隊（軽巡一、駆逐艦十六）、第四、第五潜水戦隊、第十二航空戦隊（水上機母艦二）、第九根拠地隊の敷設艦、掃海隊、駆潜隊、旗艦の重巡「鳥海」、軽巡「香椎」、海防艦「占守」らに護衛された陸軍第二十五軍（山下軍司令官）の大部隊は、マレー半島のシンゴラ、パタニに上陸し、一挙にシンガポールを目ざして進撃した。

上海では、英砲艦一隻を撃沈、米艦は戦わずして降伏した。

比島部隊は、バターン半島に海軍陸戦隊を上陸させ、ついで十日には、陸軍部隊も増援して、ルソン島のアパリ、ビガンを、十二日にはレガスピーを占拠して、陸海航空部隊がここに進出した。

十日には、英東洋艦隊の新鋭戦艦プリンス・オブ・ウエールズと戦艦レパルスを、海軍の陸上攻撃機によって撃沈し、東洋艦隊の主力を一挙に葬り去った。

基地航空部隊は、攻撃部隊の上陸に呼応し、各地を空襲した。さらに陸軍部隊は、タイ、ビルマ方面に進撃し、戦線の拡大をはかった。

ルソン島に対する本格的な攻撃は、二十二日にリンガエン、二十四日にはラモンに陸軍第十四軍（軍司令官・本間中将）の主力が上陸した。

また、開戦の引き金となった南方資源獲得の第一布陣として、十二月二十日にミンダナオ島のダバオ、二十五日にホロ島、マレー部隊の一部で、英領北ボルネオ、ミリ、二十四日にはクチンに上陸し、第一段作戦は統帥部を有頂天にさせたほど順調な戦果をあげていった。

この状況から十二月二十六日、連合艦隊司令長官は第二期兵力区分部署を発令した。いよいよ戦争目的の、英、蘭両国の東洋における植民地の解放と、石油、鉄などの資源の奪還確保作戦に入ることとなった。

こうして、第六駆逐隊第二小隊の「雷」「電」は、蘭印攻略作戦発動にともなって、蘭印部隊に編入され、東方攻略部隊に区署されたのだ。当面の行動は、蘭印部隊の主力として、ミンダナオ島のダバオに進出する重巡「那智」「妙高」の前路警戒に配置された。

正月二日の早朝に高雄を出港し、ふたたび台風の墓場といわれ、世界屈指の時化《しけ》の名所である台湾海峡を、一路南下した。高雄を出ると、正月気分を癒《いや》すまもなく、名物の時化に翻弄されることになった。

船には強いとうぬぼれている、さすがの駆逐艦乗りの猛者たちも、

「一度だけでいいから、本当の南シナ海の海の色をおがましてくれや」

と、こぼすことしきりである。いつ航海しても、灰色と白の波は、空と海の境界もつかないほどで、船はつねに高波にガブっている。

今日も潜水艦からの攻撃を避けるため、二十ノット以上の高速を出し、之字運動をくり返しながら突っ走るので、隣を航行する重巡「那智」や「妙高」が、ときに頭上を行ったり、足の下に見え隠れしたりする。

艦橋の窓から入ってくる海水が、二段、三段下の下甲板にある兵員室まで、滝のように流れ落ちてくる。歩行も、物に摑まらないとままならない。壁に押しつけられた身体が、なかなか離れないと焦ってもがいていると、つぎの瞬間には反対の壁に叩きつけられる。

ピッチングになると、階段の上から一番下まで、どしゃんと放り出されたりする。押し上げられるときはよいが、ズズン、スーッ――と降下するときの気持の悪いことこのうえない。尻の穴から風が入り、腹を通って頭のてっぺんに吹き抜けていくみたいだ。

だが、この時化の中でも、三度三度のオマンマをいただき、一日一回の脱糞をしない奴は、駆逐艦乗りとして一人前でないと笑われる。

飯を炊く主計兵も大変だ。船に酔ったなんていって、寝ているわけにはいかない。手を放すと米と水が分かれ、そのまま蒸気を通すと、〝ガンジ飯〟という半分が米のままという食べられない飯になってしまうから、大釜にしがみついて頑張る。味噌汁だって炊かなければならない。

主計兵だって、一人前の駆逐艦乗りだ。定時までには苦心惨憺のすえ炊きあげて、

「ほりゃ、一粒だって残すなよ。ガブったから残飯が多く出たなんてぬかしやがったら、明日から半分に減らすからな」

なんて威張りちらす。

哀れをとどめるのは食卓番だ。自分の身体を支えるだけでも大変だというのに、両手に飯と汁の食罐をぶら下げて、この揺れの中を、自分の班まで運んで配食する。前のほうの兵員室は、炊事場とつらなっているから、波をかぶる心配はないが、後部にある機関科、二番砲、三番砲の連中は必死だ。

風下側の舷で、波とうねりの山をみて、うねりと波がゴーッと上甲板を洗った瞬間に走り出せば、つぎのが見舞うまでにたどり着ける。怖がって、もたもた遅れて飛び出すと、中途でどでかい波に呑み込まれ、永久にオサラバとなってしまう。

このようなことは、先輩から厳しく躾《しつ》けられ、機敏に体得するから、ぼんやりしていて海に流されたというようなことは聞かない。

配食するにしても、食罐を膝で抱き、十名分ぐらいをすばやく、手ぎわよくやってしまう。

金沢一水。さすがの駆逐艦乗りたちも、時化の海に難渋した。

こんな状況のときは、古兵や下士官も協力し、汁の盛りつけなどは自分でやる。

食事は身体が飛び出さないように、なにかに片足をかけて、アグラをかいて汁と飯を交互に掻き込む。汁の食器は下に置かない。味を賞味しながら……なんていう洒落れたものとはほど遠い。呑気に食事なんていっていたのでは、二十度などという大きな動揺になると、いっぺんに反対側の班のテーブルまで、吹っ飛んでいく。

ときどき長い陸上勤務をやったり、戦艦などから転任してきた下士官が、不様《ぶざま》な格好をさらけ出して、いい見世物になることがある。

健康で単純にできているわれわれは、飯を食べれば、生理現象も正しく循環する。

腰掛け式の便器には、海水が逆流しないように逆止弁はついているが、海の大自然は、人間のつくったそんな物など嘲笑《あざわら》うかのように、なんの役にもたたない。

二十度、三十度なんて傾斜になると、海水といっしょにウンが尻のほうに飛び出してくるから、ここでも動揺をうまく利用しながら、サッサと始末する。

「チェ、『那智』のやつ、てめえがガブらないもんで、馬鹿に高速を出しやがって」

テーブルと腰掛けをいっしょにした寝台兼食卓の板敷に寝ころんだまま、煙草を喫っていた大木兵曹が、まずそうに煙を吐き出した。

わが班の大木大先輩水兵は、一月一日付で下士官に任官し、いまでは十年も前に任官したような貫祿を示している。

「まったくよ、少しは小さいこっちのほうのことも、考えてくれよ」

反対に寝ている久保兵曹も、いまいましげにこぼす。戦闘力の増大だけに重点をおいて建造された特型駆逐艦「雷」は、排水量千九百八十トン、五万馬力の機関で最高速力三十八ノット、十二・七センチ砲六門、六十一センチ九三式魚雷発射管九門を備えている。しかし、夜間決戦用の水雷戦隊の華と謳われたのはむかしの話で、いまは艦齢十歳、人間なら五十といった老武者だ。

昭和の初期、軍縮時代に、巡洋艦にかえるという欲ばった考えから出発しているので、人間の生活できる最低限の空間と、設備しかしていない。電動の換気装置はあるにはあるが、煙草の煙も排気できないという節約した代物《しろもの》で、冷房装置などは考えも及ばない。

低気圧の真ん中に入りこんだこの艦の兵員室は、高い湿度と、息のつまるようなどろりとした暑さだ。換気ができないから、汗と煙草の臭いに、ガブるとあがってくる重油の臭いがごちゃまぜになって、特異な臭気が鼻を刺し、胸をむかつかせる。とくに、上甲板の風に当たって、中に入ったときの気持悪さといったらない。

こんなにガブっては、訓練もできないから、当直員のほかは寝ころんでいるしかない。

「おおい、一分隊。みんな起きろ。吊床格納所《ネッチング》に置いてある弾丸があばれ出して危ないから、片づける」

前の方で、金沢と二人でごそごそやっていた飯泉先任伍長が怒鳴った。

高雄で、弾庫に入りきれないほど欲張って、弾薬を積み込んだとき、入りきれない五、六十発を、空いていた第一兵員室のネッチングに、裸のままごろごろ積み込んできた。ちょっとぐらいの動揺では動かないようにしてきたつもりだが、今日は格別どでかい時化をくって、動揺も特製だ。そのために、弾丸がごろごろ右や左に踊り出しはじめたのだ。

「ヒヤッ。いまに弾丸が爆発すらあ」

金沢が悲鳴をあげながら、弾丸に抱きついたまま転げまわっている。

弾庫の中に弾丸を格納するには、〝弾枕〟といって、一発ごとにきっちり嵌《は》め込む木型が設備されてあり、どんな動揺にも動き出さないようになっている。

が、このネッチングの弾丸は、一列に並べてキャンバスを敷き、その上にまた並べて綱で縛っただけだから、艦の動揺するたびにだんだん隙間が大きくなり、勢いよくゴロゴロ、ガツンと互いにぶつかり合い、そのたびに火花を出している。

「こりゃいけません。おおい、毛布をあるだけよこせ」

私もびっくり仰天、弾丸の上に腹這って、二、三発だきとめようとしたが、金沢とぶつかり合いながら、右や左にはじき飛ばされるだけで、どうしようもない。

「爆発したらイチコロだぞ。おおい、水雷科も手をかしてくれや。積み換えるから、一人で一発ずつ抱いてくれ」

飯泉先任が悲鳴のように叫ぶ。

同じ兵員室にいあわせた水雷科の石田兵曹をはじめ、井口兵曹や、鬼沢兵曹などが飛び起きて、駆けつけてきた。私と金沢が渡す弾丸を、一発ずつ抱きかかえ、自分の身体を柱や壁で押さえながら、

「ずいぶん冷たい餓鬼だぜ」

ヒゲ面をしかめて、石田兵曹が悪態をついた。

「ほんによ、こんなおっかないタマよりも、やわいカアチャン抱きてえよ」

鬼沢兵曹の虎造節が出たので、あわてふためいたみんなが、やっと笑い声を出す余裕をもった。

ダバオの休日

高雄を出て三日目、ようやく海は静かになったが、暑さはさらにひどくなってきた。蒸し風呂のように暑苦しい兵員室だが、連日の時化の中の哨戒航行で、身体の方がまいったらしく汗びっしょりのまま眠っている。

どろりと青黒い油を流したように、静かな海になってきた。昨日までは、一人として上甲板に出ることがなかったが、今朝は前部、中部、後部にと、煙草盆をかこんで兵隊が群がっている。

両舷に陸地が眺められるから、どこかの湾に入りつつあることだけはわかった。名も知らない熱帯樹が、海の中までおい茂り、海岸線がわからない。ところどころに椰子やバナナらしい木のあるところからは、細い炊煙がのぼっているのが見られる。炊煙の下にはきっと人家があるのだろうが、屋根も見えない。濃い緑の布ですっぽりおおい隠したように、静まりかえった陸地が、両側に眺められる。

「雷」と「電」は、「那智」と「妙高」が湾内に入ってからも、入口付近を何回も何回も動きまわっている。

ここは、南の第一線なのだ。港湾には潜水艦の侵入を防ぐため、機雷を敷設し、ごく狭い水道だけを出入港するようにして、その湾口は駆逐艦が警戒している。

夕方になって、あまり見馴れない「海風」「山風」という第四水雷戦隊の新型艦が姿をあらわし、われわれと交代したので、湾内に進んで投錨することになった。

いつもなら、水深二、三十メートルぐらいのところに錨を入れるのだが、ここは九十メートルもあるというので、深海投錨法という特別なやり方で錨をおろした。これもはじめての作業だったが、存外うまくいった。

入泊したところは、ミンダナオ島のダバオというところであった。われわれはフィリピンのマニラぐらいの知識しか持ち合わせないので、いままで耳にしたこともないダバオなどと聞くと、ずいぶんと南の果てに来たものだと、思わざるを得なかった。そして、この戦争の規模の大きさ、これから遭遇するであろう激戦に想いを馳せ、心の引き締まるのを感じた。

この湾は湾口が広いうえに、水深が深く、泊地としては良好といえないが、これから行なわれる蘭印進攻作戦上、距離的にいって、ミンダナオ島とボルネオ島の中間に位置するホロ島とともに、重要な根拠地なのである。

駆逐艦のおもな錨地は、ダバオと湾内にあるサマール島に挟まれたところが指定されていた。この泊地は、行動には便利であるが、敵の潜水艦の攻撃に対しては弱点となっていた。

ミンダナオ島の南部には、このほかマララグ湾、マグナガ湾など、良い泊地がある。これらは潜水艦に対しての脅威は少ないが、湾口が狭いので、多くの艦船が一度に行動をとる必要があるとき、つまり空襲を受けた場合には不便この上なかった。

ダバオ付近は占拠したとはいえ、ミンダナオ島全般はまだ完全には占領しておらず、各地で作戦行動中であった。したがって、わが軍の勢力圏の泊地であるとはいっても、敵の空襲や敵潜による攻撃が、いつ行なわれるかわからない緊迫した情勢であった。

さっそく入港した翌日の一月四日には、空襲警報が発令され、対空戦闘の配置についた。

その日の敵は、B17三機であった。ダバオ湾には、駆逐艦のような小物ばかりで、相手に

B17爆撃機 ── ダバオに入泊した著者たちは、さっそく空襲警報に接した。同日、マララグ湾で重巡「妙高」が被弾した。

とって不足だったのか、重巡や輸送船などが多く在泊しているマララグ湾を襲った。

マララグ湾と、われわれのいるダバオ湾とは三十カイリぐらいしか離れていない。

マララグ湾にあった第五戦隊の旗艦「妙高」が被弾、司令官の高木少将までが負傷し、戦死者二十名、負傷者四十数名をだした。兵器や船体の損傷も大きく、内地に回航のうえ修理をしなければならないほどの損害をうけた。

　ダバオにはすでに、基地航空隊も進出していたが、未舗装の滑走路では、連日のように来るスコールのため、哨戒機や戦闘機を飛ばすことができなかった。


　南の最前線にあるわれわれは、対潜、対空警戒で、緊張した日がつづく。

　もう風呂にはいることなどは夢となり、燃料や水の節約は、さらに厳しくなった。「妙高」大破の戦果をあげさせ、B17の侵入を許した恨みのスコールも、われわれにとっては文字どおり〝恵みの雨〟でもある。

　西の空に、真っ黒い入道雲がぐうっと拡がったかとおもうと、ザザッと滝のように襲ってきて、十秒もたたないうちに通り過ぎてしまうスコールである。はじ

めていてい

「おおい、スコールが来たぞ」

という声に、急いで裸になって上甲板にとび出し、石鹸を塗りたくっているうちに去ってしまい、残った石鹸で身体中がヒリヒリするという大失敗をしたが、二度とこの手はくわないというのが、動物的感覚の冴えるわれわれである。

見張りの兵隊にこっそり頼んでおき、西に黒雲が見つかったら、伝令を通じて兵員室などに連絡してもらう。

それッとばかりに裸になり、石油罐でつくった私物の水罐をかかえて、上甲板に飛びだす。あまり早めに出ると当直将校に見つかってどやされるから、そのタイミングも微妙である。スコールが近づきはじめたら、洗濯しようと思う下着や作業服を甲板に敷き、その上に胡座《あぐら》をかいて、石鹸を塗って待っている。

ドドドッ、ザザーッと、ものすごい速さで、天にある雨を一度にぶちまけたようにやってくる。石鹸をつけた身体を手拭でごしごしとこすり、作業服の上衣をいっぱいにひろげて雨水をうけ、水罐の中に流しこむ。わずかの時間にこれだけのことをやりおおせる。洗濯物は雨でふやけて汗ぐらいは流れてしまうから、あとは溜めこんだ水で充分に洗濯はできる。一日のうち何回も来るときがあるから、石鹸で身体を洗うのは一回限りとして、もっぱら私物の水を溜めることに熱中する。

赤道に近く、凄い酷熱のこのあたりでは、このスコールの襲来はなによりの贈物で、身体や物を洗うばかりでなく、身心をしゃっきりと生き返らせ、元気を溢れさせてくれる。

一日に空罐（一斗）一杯ぐらいの水を溜めることも可能である。すばしこい者は、カッターや内火艇などのカバーの端から、罐に入るように工夫するので、これなら一回で罐があふれる。

哨戒停泊の単調な日はつづき、スコール浴びだけが、最高の楽しみとなる。夜になり、涼しくなった上甲板の煙草盆に集まっては、それこそ天を突いても手応えのないような〝大ソラ〟をついて、腹の底から笑いとばして御機嫌な日を送る。

開戦以来一ヵ月もたち、開戦時の悲愴なほどの緊張と興奮も去り、マントレットにしてあったハンモックを取り除いた。

しかし、兵員室にハンモックを吊《つ》ることはできないから、上甲板の戦闘のさいに邪魔にならないところに、待機所を仮設して、ここで寝たり、食事をしてもよいと許可された。

マストの基部や煙突の周囲、機銃台の下など、涼しくて、過ごしやすそうな場所を選んで、各班ごとに工夫をこらし、かりの宿をつくった。

下甲板の兵員室は蒸し風呂を通り越し、地獄のカマユデのような暑さで、人間の住むところではなくなった。これでは、いかに若さと頑健を誇るわれわれでも、不眠つづきで参ってしまう。だから、先任将校の浅野大尉の発案で、艦長が特別に許可してくれたのであった。

われわれは、このようなところまで気を配る艦長や先任将校を嬉しく感じ、いっそうの信頼と、期待に応えようとする意気に燃えたった。

待機所にしても、偉容とスマートを誇る帝国海軍が、乞食小屋か鳥の巣のような奇態なものを、あちらこちらに小屋がけするなんていうことは、考えられないことなのであるが、体裁や格好などにかまわず、このような英断が下されたことは、兵たちの士気高揚や、健康の保持に大いに役立ったのである。哨戒の合間の訓練も、朝晩の涼しい時刻に行なわれ、かつ短時間で切りあげられるようになった。

艦長の工藤俊作中佐、先任将校の浅野大尉とは、われわれはもう二年以上もこの艦「雷」でいっしょである。若い兵隊も、古い一等水兵も、下士官も、私的な内務生活の中では、年次や階級で差別することが割合に少ないのが駆逐艦のよいところであり、とくに艦長、先任将校の人格が敏感に影響する。

「雷」は、その点においても、じつにうまくいっていたと思う。戦場に来てからは、いっそう上官と部下との間の親密感がふかまり、艦全体が一家族のような雰囲気になっていた。

臨検隊戦果なし

昼食が終わってスコールが去り、涼しい待機所で昼寝の夢を貪《むさぼ》っていると、「第二内火艇おろせ、受持《うけもち》分隊、短艇武装用意」「臨検隊用意」と、伝令が飛んできた。

「なんだこの野郎。そんな号令が、日本海軍にあんのかよ」

せっかくいい気分で寝入っていた磯部兵曹が、顔をおおっていた手拭をはらって起きあがった。

「コバ金の野郎。ダバォぼけになりやがったんじゃねえか」

山田兵曹も憎まれ口をたたきながら、「よっこらしょ」と声に出して起きだした。

伝令の小林金次郎一等水兵も、「雷」の名物男の一人であった。通称〝コバ金〟で、仇名が〝シナ金〟——私たちより一年遅い徴募兵で、そのまま現役延期となった組である。徴募されるまでは、浅草で床屋の職人をしていたという江戸っ子のチャキチャキで、ホラと調子のよいことにかけては、「雷」の艦内においても第一級。そのわりには、進級があまりよくなく、五年半たったこの一月一日付で、ようやく一等水兵に進級した。現在の配置は、水雷科幹部班の伝令だ。

「雷」には一年ほど前に乗ってきたが、その前は、ずうっと陸戦隊で、広東に駐留していたという。

「シナ語はペラペラだ。おれにまかせろ」

と、香港でジャンクを臨検したとき、みずから通訳を志願して、船頭のオッサンを相手に、手真似、足真似までまじえて盛んにやったが、まったく通じなかった。

「駄目だ、こやつら香港語しか知らネエらしいね」

とやって以来、シナ金という仇名に相成ったしだいである。

しかし、散髪はもとが本職だから、われわれもときどきお世話になる。前歯がおカグラみたいに全部、金歯という愛嬌者で、底ぬけの好人物である。

伝令に悪態をついてみたところで、しようがないのだが、安眠しているところをたたき起こされた腹いせを、みんな伝令のコバ金にぶつけるのだから彼も災難だ。だが、彼はそんなことは蛙の面に小便ほどにも感じるふうはなく、後部の方に走っていった。

号令がかかればぶつくさ憎まれ口をたたくが、そこは駆逐艦乗りだ。動作はすばしこく、それぞれの受け持ちにしたがって、内火艇をおろし、部署で定められている武装物資を運ぶ。臨検隊部署に決められている者は、それぞれ所定の武装をし、携行品を持って舷門に集合した。

香港の封鎖中にも何回かあったが、あのときは本艦を直接ジャンクに横づけして、指定された者が二、三人、乗りうつって処置したので、今度のように部署所定の武装をしたのははじめてである。

どうも、この臨検隊部署を策定した人は、どのようなことを頭に描いてやったのかわからないが、明治のはじめの海軍創設の際、イギリス海軍を模範としたというから、おそらく、そのとき他の部署といっしょに、そのまま取り入れられたものであろう。

イギリスの十五世紀ごろの、海賊か海軍か判然としない時代のシステムが日本海軍に受け継がれ、以来、六十余年、一度も臨検隊部署は発動されたこともないまま、今日に致ったとも考えられる。映画などに出てくる海賊が、他船に斬り込みをかける出陣劇よろしく、あまり見映えのしない格好だ。

艦橋で見ていた先任将校と航海長が、

「まるで仮装行列みたいだな」

と吹き出した。他の用事のない連中も野次馬と化し、

「みろよ。ハシの奴の格好……」

「まったくよ。軽機だけ担いで、剣帯も脚絆もつけないなんて、パッとしないや」

みんなゲラゲラ笑いながら、てんで勝手なことをいって、ひやかしている。

部署では、通信士が指揮官となり、各科から数名ずつ派出し、それぞれの役目を分担する。先にもいったが、明治以来、訓練でも実戦でも、「臨検隊」の発動などはなかったのではないかと思われてならない。

陸戦隊のように戦闘が目的ではなく、非武装の商船とか漁船などを臨検するのが任務だから、作業服のまま軽機一梃と小銃が四、五梃あれば、事たりる。その他、信号、工作、機関の各兵は、ハンマーやスパナ、木工具などを持っているだけだから、見た目には締まりのない派遣隊となる。

今日の指揮官は、掌水雷長の高橋少尉、指揮官付として、ヒゲ伍長の飯泉一曹、そして私も含まれていた。飯泉一曹がものものしい面持ちで隊員を点呼したとき、

「指揮官、忘れ物をとってきます」

よいことを思いついたとばかり、私は兵員室にとんで行って、金沢兵曹がいつも自慢にしている備前何某作とかいう軍刀を棚の上から無断で借用し、ボートに飛び乗った。隊員のなかでも、私と弾薬手の大月二水が、いちばん見映えしなかったので、ちょっと格好をつけたかったのである。

「おもて離せ」

指揮官の号令で、内火艇は舷梯を離れた。

「おおい、金沢よ。お前の刀、借りてきたぞ」

私は彼の軍刀を振った。

「あッ、この野郎。おれの大切なもの持って行きやがって。返せ」

金沢がいくら地団駄ふんで口惜しがっても、内火艇は陸地に向首し、だんだん小さくなっていく。

一時間ばかり走ったら、マングローブの樹林が海岸をおおっている中に切れ目があって、そこに船着き場みたいなものが見えてきた。

このあたりの住民が利用している桟橋らしく、太い丸太を二列に並べて固定しただけの、お粗末きわまるものだが、内火艇ぐらいは横づけできる。

「みんな聞け。臨検隊といっても、今日は生糧品が現地調達できるかどうか調べる。この方面は、だいたいわが軍によって制圧され、民心も安定しているというが、ミンダナオ島の大部分は、まだ陸軍部隊が作戦中で、ゲリラも各地に出没する可能性があるので、充分に警戒すること。調達の要領は現地で指示する」

「軽機前へ」

なんのことやらさっぱりわからないので、ぼんやり指揮官の顔を見ていたら、いきなり号令だ。軽機前へ——ということは、私が指示されたところに跳び出して行くことだ。

砲術学校で、ずいぶん陸戦演習をやったが、戦地での陸戦の経験ははじめてだ。いずれにしても、ピンとこない。生糧品調達の下見だとか、ゲリラとかは、陸戦教範にもなかったが、もたもたしていて男を下げると、艦に帰ってからの笑い話のネタにされる。

ゲリラというと、なんだか獰猛《どうもう》に聞こえるが、男を上げるのはこのときと、勇を鼓して、丸太の桟橋に跳びあがる。いっきょに駈けぬけて、海岸にいちばん近い樹木の陰にへばりつき、軽機をかまえて、伏射ちの姿勢をとった。

弾薬手の大月が、私の左に伏せて、弾薬包をとって私に渡す。私は装塡して発射の準備をし、奥の方を眺めまわしたが、一人がやっと通れるぐらいの小径がジャングルに消えているだけで、そのほかは何も見えない。

なにも見えないからには、大丈夫だろうと、内火艇に向かって手を振った。高橋少尉が四角な身体を左右にふって桟橋を走り、私の背後にくると片膝を立て、もったいぶって双眼鏡をのぞく。奥のようすをうかがってから、片手をあげて残りの兵隊たちを上陸させた。

「この付近に集落があるはずだから、そこで生糧品を搭載する」

指揮官がそういうと、われわれはゲリラのことなどケロリと忘れ、顔を見合わせてニヤリとした。

「陸戦をする気で張り切ってきたんだが、どうも戦さをするにしては、今日の顔ぶれは、おかしいと思ってたんだ」

広瀬兵曹が私の肩をつつきながらいった。

「指揮官が掌水雷長だからな。おれも変だとは思ってたんだ」

コバ金が、ぞろり満艦飾の金歯をむき出して笑った。そして彼は、生糧品の調達ならと小躍《おど》りし、斥候を自分から買って出て、真っ先にとんでいった。

「おおい、民家があったぞ」

コバ金が、大声で叫んだので、みんなは列を乱して、いっせいに走っていった。

「調達と聞いて、コバ金の奴、すっかり陸戦隊づきやがったな」

水雷科の森田一水が、ケタケタ笑った。

「集落についたら、艦の全員に配分できるように、豚一頭のほか、野菜、果物なんでもよいから集めろ」

と指揮官がいうと、

「ほいきた、それなら、おれにまかせておけや」

〝ギン長〟ことギンバイの第一人者と自他ともに認める機関科の野口兵曹が、作業服の袖をまくりあげ、丸太ん棒みたいなごつい両腕を振りまわしてわめいた。

帝国海軍には、じっさいおかしな言葉が多い。〝ギンバイ〟は、夏に大量発生して、いくら追いはらっても食い物などにわんさと群れたがる嫌な大きい目の蝿からきた言葉だが、海軍では兵たちが飯やお菜の追加、船具、被服などの官給品を、チエをしぼり粘りにねばって、規定以上にもらったり、くすねたりすることに使われる隠語である。

まだ太平洋戦争に突入していなかった一昨年、私が士官室の従兵長をしていたころの話である。昼食に士官用のエビフライを用意し、皿に盛ってあるのを、だれかが一匹持っていってしまった。

このとき、エビフライは、士官の員数きっちりしか揚げていなかったので、すっかり弱ってしまった。結局、若い通信士と機関士には、一匹を、半分に切断して出したのであったが、何も言われなかった。しかし、なんとも怪訝《けげん》な顔つきで眺めていたのには、冷や汗を流したものである。

また、兵隊たちは、なんでも〝長〟という称号をつけたがる習性を持っている。いわく、〝食卓番長〟（二人しかいないのに、一ヵ月でも古い兵隊をこう呼ぶ）、〝厠番長〟〝ギヤ長〟（これなどは部下も上官もない甲板用具の係）、〝バス長〟（風呂当番の先任者）、〝トラ年長〟（トラ年に生まれた者の先任者）、など、盛りだくさんである

とにかく、「雷」の中で、ギンバイの名手であり、万年三等下士の野口兵曹が、いちばん先任でもあるところから〝ギンバイ長〟――省略して〝ギン長〟ということになっている。彼は、新兵から〝ギン長〟と呼ばれて、「おおッ」と答える猛者《もさ》である。

くどいようだが、だれもいないところから持ってくるような奴は、〝ギン長〟なんていわれない。粘りと強心臓で相手を降参させ、堂々ともらってくる外交術に長じた勇者であるがゆえに、新兵がしぜんに〝ギン長〟と呼ぶ。そんなとき、「おおうッ」と返事をする、そういうデカい態度をとっても、ちっとも不自然でないのが野口兵曹なのである。

ともあれ、生糧品の調達であるが、集落に入っていくと、それまでどこに隠れていたのか一人も見かけなかった原住民がいた。最初は男が四、五人ばかり出てきた。危害をくわえる者でないと分かって安心したのか、しばらくすると、子供がぞろぞろと姿をあらわし、われわれを取り囲んで物珍しそうに眺めている。

またもやコバ金が出しゃばって、住民を相手に会話を試みはじめた。

「馬鹿野郎、シナでもダメだったくせに、フィリピンでお前のシナ語が通じるかよ」

森田が腹を抱えて笑い出した。

「ここは英語だぜ」

山田兵曹がそういうと、

「冗談言うなよ。スペイン語だ」

と、広瀬兵曹が学のあるところを見せた。

「おい、だれか英語のできる奴はいないか」

と、飯泉先任下士がいうと、

「英語ができるぐらいなら、兵学校に行ってらい」

だれかが憎まれ口をたたいた。

「英語なんて使ったって、わかるめえ。俺にまかせろ」

ギン長がみんなを押しのけて前に出た。そして、一人の原住民をつかまえ、

「ブウブウ、尻尾くるくる、ブウブウほしい。金ははらう」

と、地面に手をつき、口から泡を吹きながら豚の真似を熱演した。すると、

「ケイー、ケイー。……マネー……」

なんと一発で通じてしまった。

「どうだい、おれ様の通訳はてえしたもんだろう」

ギン長はすっかり男をあげ、得意満面の体で両手の砂を払いながら、みんなを振り返った。

「へイ、ダバオの豚はケイー、ケイーと鳴くのかよ。おれんちの田舎じゃ、ブウブウと鳴いていたよ」

茨城県生まれの森田が、さも感心したように首をひねった。

指揮官が、五十銭銀貨を二つ出して、原住民の男の掌にのせると、彼は、大喜びで、「オ

「ケー、オーケー」ということになった。

「おい、この黒い大きな奴にしようぜ」

糧食搭載の専門家である岩田一等主計兵が、掘っ立て小屋の前で子供のした糞を食べていた、ものすごい奴を指した。

「これをどうやって持って行くんや」

河合二水が、目玉をむいて岩田主計兵にいった。

「首に縄をつけて、艇まで引っぱって行こうや」

森田は、自分で担いできたロープをおろした。

「冗談いうなよ。こんな大きい奴、内火艇に乗っけて、暴れだしたらどうするんだよ」

泳ぎに自信のないコバ金が反対した。

「船で屠殺はできないよ。ここでやって、肉だけ持って行くんだ」

料理人の岩田が断を下した。

「どうやるんだ」

気の弱い大月が心配そうに黒豚を眺め、尻ごみした。

「なに、簡単さ」

また、コバ金が吹きはじめた。彼は陸戦隊のころ、シナで経験があり、適当な丸太で頭を殴ればいいという。

ところが、いざというので、何人かで押さえつけようとすると、野生に近い放し飼いの豚は、びっくり仰天して暴れ出した。

逃がしてはならじと大騒ぎだったが、豚はわれわれのあわてぶりなど一顧だにあたえず、とうとうジャングルの中へ遁走してしまった。

「おいおい、一円也の豚を逃がしちゃしようがないじゃないか。ニワトリでも捕まえていくか」

飯泉先任があきらめきれないという面で、ジャングルを窺《うかが》いながらみんなにそういった。

しかし、ニワトリはニワトリでなかなかすばしっこく、小一時間も費やして弾丸をむだにしただけで、結局、まったく収穫なしの戦果だ。

「もう止め、定められた時間になったから、帰艦する」

指揮官も、一円也の大損に苦い顔をしながら、こう令した。

豚やニワトリを追い駈けまわしていた組とはべつに、生野菜や果物を仕入れにいった連中も、パパイアやバナナどころか、籠や俵には名もない菜っ葉や里芋みたいなものを担いで帰ってきた。

「いやはや、とんだ作戦だったな」

と、こぼしながら一同、帰路についた。

内火艇が本艦に着くのを待ち構えていたみんなから、

「おい、バナナはどうした。パパイアを持って来たんだろうな」とか、「自分たちだけしこたま食らいやがって」

と責められたが、陸上での格好悪いさまを話す気にもなれず、てれかくしに、ただニヤニヤと笑ってごまかすしかなかった。

「○○地点、内火艇着岸可能、原住民の対日感情良好。戦果なし。発射小銃弾五発、人員兵器異常なし」

艦長に報告する指揮官の仁丹ヒゲは、汗でだらしなく垂れさがり、今回の行動と同じくパッとしない。

しかし、私自身は、何ヵ月ぶりかの上陸で、土と草と樹の匂いに接して、わずかな時間が、日ごろのうっ積したもやもやを吹き飛ばしてくれ、急に新鮮な自分に立ち返ったような気がした。

「おい、うまくやったな」

と、背中をどやした金沢の声に、民家の庭先に咲いていた真紅の強烈な花の色彩が胸をよぎり、うん、うまくやった――とうなずいたのである。

石油資源をもとめて

ダバオやホロに進出し、航空基地の整備もととのってきたので、いよいよ最終目的である石油資源確保の戦略が進められようとしていた。

昭和十二年以来つづいている中国との戦いの延長と思い込んでいるわれわれには、香港、フィリピン、マレー半島の攻略が終わればこれで凱旋だ、ぐらいの安易な気持でいるから、それ以後、展開されようとしている作戦など知る由もない。己れがどのような運命に弄《もてあそ》ばれているのかについても、深く感じることもなかった。

つぎつぎと、未知の島や海の名を聞くようになった。哨戒の間に、先任将校がこれから行なわれる作戦の概要や、この地域の島の特性を講話した。

——英領ボルネオは英国の植民地で、その中のサラワク王国は英国の保護国になっている。サラワク王国の首都クチンには飛行場もあり、ここからシンガポール、パレンバン、バタビアなどの、作戦上、必要な用地までは四、五百カイリで、航空機の航続距離内にある。この領内のミリは、石油の産地としても重要なところである。

これから行なわれるジャワ攻略は、もっとも重要な航空、海上基地の要地でもある。蘭印とよばれたオランダ領東インドは、赤道をはさんで、広い海域に多くの島から成っている。スンダ列島、ボルネオ、セレベス、モルッカ諸島、蘭領ニューギニアに大別し、地方統治している。面積約百九十万平方キロ、人口約六千万人で、わが国に比肩する潜在的国勢をもっている。

スマトラ、ジャワなどを大スンダ諸島、バリ、スンバワ、フロレス、チモールなど東部を小スンダ諸島とよんでいる。

モルッカ諸島は、香料の産出が多いので香料島とも呼ばれ、中世ヨーロッパ諸国が東洋に進出したきっかけは、彼らの生活に欠かせないこの香料を求めてのことだといわれ、香料産出島であるセラム、ブルウ、ハルマヘラなどは、欧州ではつとに名を知られた島である。

これらの諸島に囲まれて、セレベス海、モルッカ海、バンダ海、フロレス海、ジャワ海があり、さらに南にチモール海、アラフラ海とつづき、その南はインド洋となる——。

以上のような話だったが、南十字星を真上にあおぐ南海の島や海の名前をきいて、日本の

ジャワ近海略図

国策構想の一端を知り、日本の近海しか知らなかったわれわれの胸は高鳴った。ダバオ、ホロなどの、新しく設営された基地からは、航空機が連日のように出撃し、軍艦、輸送船の集結は数を増していった。

この地域の最終戦略目標は、もちろん、ジャワとスマトラであった。スマトラはパレンバン、メダン等、わが国運を賭けて開戦した目的の石油産出地帯である。

ジャワはこの東インドの中心をなすもので、蘭印総督府も所在し、政治、経済、文化の中心地となっていた。耕地は開け、交通も発達したところである。

バタビアが政治、文化中心で、人口約六十万の大都会である。スラバヤは人口約四十万の商港であり、また軍港でもあって、チラチャップとともに、経済と軍事の重要港であった。

セレベスはニッケル、鉄鉱の埋蔵量が多く、将来性に富む。この島の南端にあるマカッサルは、スラバヤやクーパンまで約四百カイリの地点にあるから、東部ジャワ攻略時の重要地点として注目されていた。

ボルネオは、世界第三位に数えられる大きな島で、このうち蘭領は八十パーセントを占めている。蘭領ボルネオも、石油産出地が各所にあって、特にタラカン地区は年産七十万トンといわれ、わが海軍の輸入量の多くはここからのものであった。

サンガサンは年産百トンの産出量をほこり、かつ精油工場ももっていた。ボルネオ南岸のバリックパパン、およびバンジェルマシンは、スラバヤまで戦闘機の航続圏内にあり、戦略上、重要な要地である。

われわれは南方部隊に編入され、東方攻略部隊となった。第五戦隊司令官・高木少将が指揮し、「那智」「羽黒」「足柄」と共に、第六駆逐隊第二小隊のわが「雷」は、「電」とともに支援隊に区署された。

作戦はタラカンに進む西方攻略部隊と、メナドに向かう東方攻略部隊とが同時に出撃した。西方とおよび東方攻略部隊の目標は、いずれも石油産出地と航空基地を急襲し、その施設を無傷のまますみやかに確保することにあった。次期作戦を有利に導くため、欠くことのできない、きわめて重要な作戦であり、南方部隊が全力をあげて実施することとなったわけである。

一月七日、ミンダナオ島のマララグ湾を出撃した十四隻の西方攻略部隊の船団には、陸軍部隊の二コ大隊（坂口陸軍少将指揮）と、海軍部隊（牧内忠雄中佐指揮）呉鎮守府特別陸戦隊一コ大隊が分乗していた。

護衛部隊は、軽巡「那珂」を旗艦として第四水雷戦隊が主力となり、第四水雷戦隊司令官・西村祥治少将が指揮をとった。

この作戦の護衛部隊の編成は、第四水雷戦隊所属の第二十四駆逐隊（「海風」「江風」「山風」「涼風」）、第二駆逐隊（「夕立」「五月雨」「春雨」「村雨」）、第九駆逐隊（「朝雲」「峯雲」「夏雲」「山雲」）、その他、第三十一駆潜隊（駆潜艇三隻）、第十一掃海隊（掃海艇四隻）、第十二航空戦隊（水上機母艦山陽丸、山澄丸）、哨戒艇などであった。

船団の上空警戒には、ダバオ、ホロにあった第十一航空艦隊（司令長官・塚原二四三中将）があたり、船団出撃前から作戦行動を開始していた。

第四水雷戦隊司令官・西村祥治少将。のちレイテ海戦で戦死。

この時点の航空部隊の配備は、ダバオ基地に第十一航空艦隊司令部、第二十一航空戦隊司令部、鹿屋航空隊支隊（一式陸上攻撃機二十七機）、第一航空隊（輸送機二十八機）、第三航空隊（零戦五十四機、陸偵七機）、東港航空隊（九七式飛行艇二十機）などがあり、ホロ基地には、第二十三航空戦隊司令部、高雄航空隊（一式陸攻十二機）、台南航空隊（零戦四十一機、陸偵五機）などが展開していた。

西方攻略軍は、一月十日の夕刻、タラカンに進入して投錨した。

上陸部隊は、右翼坂口部隊、左翼は呉二特の牧内部隊が競いあって上陸を開始したが、敵はわが方の利用を阻止するため、自らの手で油田を爆破した。

両翼部隊とも、十一日午前零時ごろまでには上陸に成功したが、堅固な防備網をしき、必死に迎撃する敵軍のため、上陸地点からの進撃は苦戦となった。

戦闘は十二日の朝までつづいたが、各方面から進攻するわが軍の猛攻に、敵の指揮官は、全面降伏を申し出てきた。

これによって、第一護衛指揮官は、残りの部隊、物資などを陸揚げするため、船団をさらに進める必要から、タラカン港域の掃海を第十一掃海隊に命じた。

第十一掃海隊はただちに掃海を開始し、旗艦「那珂」は、この掃海水道に進出していった。正午ごろ、「那珂」の前方を港内に向けて進入していた第十三号掃海艇が、とつぜん二千メートルぐらいの至近距離にある陸上の砲台から、猛烈な砲撃を浴びた。

続行する第十四号掃海艇とともに陸上砲台と交戦したが、十二センチ砲一門、二十五ミリ機銃五門の軽装備であるうえに、掃海索を曳航しているので、運動も自在にならない。そのため多くの砲弾をうけ、火災となって、機関や舵が破壊され、速力が急速に低下してしまい、敵の命中弾はますます激しくなった。

第十四号掃海艇は、艦橋、中部、さらに後部に積んでいた爆雷にも命中して誘爆した。全艇、火につつまれながらも、前部に一門ある十二センチ砲を射撃しながら、敵砲台にむかって進もうとしたが、敵の機雷に触れて沈没してしまった。

第十三号掃海艇も、機関や舵を破壊され、停止してしまったので、すべての敵弾が命中し、大半の兵員が戦死する中で、前部の砲撃をつづけたまま沈没していった。

この壮烈な死闘を、約二十キロ離れた位置で目撃していた「那珂」や第二駆逐隊は、機雷原であることと、敵砲台が死角に入っているため、救援することができなかった。

この戦闘で、第十一掃海隊の司令・山隈中佐以下、百五十六名の戦死者を出し、掃海艇二隻を失った。生存者は五十三名にすぎなかった。

十二日の夜、タラカン港外を行動中の駆逐艦「山風」が、オランダ敷設艦プリンス・オラニュ(千二百九十一トン)を捕捉撃沈し、掃海隊の仇をとったのがせめてもの慰めであった。

タラカン港内には、機雷がたくさん敷設されていたので、掃海に時間がかかり、港湾設備もことごとく破壊されていたため、輸送船を岸壁や桟橋に接岸しての大型機材類の揚陸ができず、飛行場の整備もすすまず、陸攻隊の進出も遅れることになってしまった。

待望の油田は手に入ったものの、汲み上げポンプなどが破壊されてしまっていたので、油田施設の応急修理、油火災にたいする処置等、技術的任務をもつ防衛班員の不眠不休の活躍で、驚異的な短時間で修復がなり、操業が開始されることになるのである。

酷暑の中の兵隊

一方、われわれの属するメナド攻略軍は、海軍だけで編成されており、要地を無傷のまま占拠し、航空部隊を進出させるという任務をおびていた。そして、史上はじめての落下傘部隊が降下することになった。

とはいえ、戦局が動き、戦機は熟し、世界戦史の一ページを飾る大作戦が展開され、われわれがその中核部隊となって進撃中であることも、この作戦の前途がどのようになるのであろうかなど、難しいことについては、私たちの関知するところではなかった。

蒸し風呂のように暑い兵員室からとび出して、上甲板の仮説小屋で休憩する間も、話題にすらのぼらない。

灼熱のセレベス海で、あまり小難しいことなど考えていては、頭が狂ってしまうか、仲間同士の喧嘩のタネにしかならない。

兵隊は、毎日の苦しい生活の中にも、楽しいことをわずかでも見つけようと、知恵を働かせるものである。

台湾海峡やバシー海峡で遭遇するような時化《しけ》と、船の動揺との苦闘がないかわりに、重巡「那智」「羽黒」を、「電」とともに直衛して進むセレベス海の灼熱には参った。

油を流したようにドロリとした静かな海には、まったく風が吹かない、ダバオでは、一日のうちに何度も降って、われわれを喜ばせてくれたスコールもこない。

東の水平線が黄金色になったと思うと、真っ赤でギラギラした太陽が顔を出す。こうなるともういけません、汗が首や腹にねっとりと気味悪く吹き出しはじめる。

あっという間に太陽が頭のてっぺんに来て、艦も人間をもじりじりと焦がしはじめる。日陰の場所はなくなってしまう。しかし、戦闘行動中なので、天幕を張って、堂々と休むなんていうことはできない。露天甲板は、フライパンのように熱していて、ゴム底の靴ではとても歩けない。

このようにして、毎日、徹底的に熱せられ、煎られているから、夜になっても冷えるひまがない。だから兵員室は、蒸し風呂以上の暑苦しい場所になり、これまでは唯一の楽しみであった食事の時間が、苦痛な時間となってしまった。

食事の準備のできた頃合いを見はからうと、

「それッ、いっちょう大汗を流してくるか」と、まるで決死の覚悟だ。上半身裸になり、手拭を首に巻いて食卓につき、お茶漬けにして、梅干か沢庵をおかずに、ガサガサと掻っ込み、「ごちそうサマ」と、汗を拭きふき、そうそうに上甲板に逃げ出してくる。

それでも食べるだけが仕事の下士官などはこの調子でよいが、食卓番の若い兵隊は、大変である。それでも彼らは、かつてのように時化でガブられるよりはまだましだと、あまり気にかけないふうである。

こんなときに、私は従兵長という、いってみれば貧乏くじを引いてしまったのである。

士官室は上甲板上で舷窓もあり、扇風機なども一台備えているから、兵員室より換気だけはよいが、日中は天井の甲板が直射されるから、かえって暑い。

ここでは裸になることもできず、全部の士官が食事の終わるまで、室内に立って、給士をする従兵を監督するというえらい仕事だ。金沢や山田などは、

「ざまァみろ。平常、裸で横着ばかりきめ込んでいるから、ハシの奴、先任将校から名指しの罰だってよ」

とからかう。そんなことを言われながら、ふうふう汗を流して、奮闘しなければならない。

仮設小屋の待機所も、太陽の方位や艦の針路によっては、よけい暑くなるときもある。だから、古参兵や下士官は、どこからかギンバイしてきた古帆布や毛布を適当に切って、カーペットにし、これを持ち歩いて、機銃台の床下、カッターの下など、日陰で少しでも涼しそうな場所を見つけてはそこにもぐりこみ、これを敷いて寝るわけである。

前甲板、艦橋の両舷にあるカッターの下は、絶好の日除けの場所だが、艦橋の真下だから、当直将校に見つけられ、こりゃッ――と、大目玉とビンタをくらう確率が大であるから、暗くなるまでは、まずもぐりこむことができない。

この寝ぐらも、それぞれ大体の縄張りがあって、発射管の陰は水雷科、煙突やベンチレータの陰などは機関科というように、他科の構造物や兵器の陰には行けない。

われわれ射撃幹部付は、艦橋に配置があるので、艦橋の後方と前部煙突の間を縄張りにしている。

ここは、特等席であるが、〝ソラ突き〟（ホラふき）仲間である信号の広瀬兵曹、舵長の酒井兵曹などが、おい、テキよ、ええ話あんだ――などと、にやにやしながら、一人でも窮屈なところに、もぐり込んでくる。電信長などは、ここは電信室の外側だから、俺の場所だ――と、強迫する。

若くて頑健なからだと、海軍精神にあふれたわれわれも、この暑さと連日連夜の哨戒行には、生理的に降参してしまい、暇がありさえすれば、ごろんと横になり、すぐ高鼾《いびき》の状態となる。

ずうずうしい奴は、艦橋にのぼる階段の下にもぐり込んで、こら、じゃまだ、じゃまだ

——などと、他人に少しぐらい蹴飛ばされても、起きようとしない。

陽が落ちて、南十字星が輝きはじめるころになると、兵たちに生気が蘇る。

まったく、涼しくなったこの時間に眠ればよいものを——である。

「おい、テキ。何かええ話ないか」

と、一人、二人、三人と集まり、いつもの顔ぶれが揃うと、くだらない駄法螺《だぼら》をかわし合い、ソラを突く。流行《はや》っているという歌を唱う。

それぞれ心の奥底で何を考えているのか、ここでは誰もそんなことは、口にも表情にも出しはしない。とめどもなく、つぎからつぎへと、ソラ突きのタネは尽きず、ゲラゲラと笑う。どの面にも、影はみられない。

集まってくる仲間の中で、妻帯者は舵長だけだから、家庭的な話は出ない。食い物の話、女の話、猥談、デマ情報……このような話がさいげんなくつづけられ、それでみんなが満足する。

哨戒航行中でも、巡検が終わると、「夜食受け取れ」の号令がかかる。三度三度の食事は、猛暑のため食欲低下というところだが、そのほかにも理由がある。

生糧品の野菜、生魚が品切れとなって、おかずは連日のように、乾燥味噌汁に梅干か沢庵、昼か夜に一度、腐ったような臭いのする魚の煮つけと、だいたいきまった献立のせいであるのだ。

主計兵だって、みんなに喜んでもらい、胸を張って、どうだ、うまかろう——と、威張りたいところだが、材料が何もないのでは、完全にお手あげだ。

だいたい、高雄で生糧品を積んでから何日たったか、それすら忘れてしまった。積み込みのとき、各分隊から出た作業員が、生野菜などをこっそりギンバイしたのも原因だから、どこにも文句のつけようもない。主計兵に言わせると、

「どうせ、お前らが食べるんだ。材料が少なけりゃ、それだけ俺たちの手間がはぶけていいや」

となるのだが、彼らだって、ふんだんに材料をつかって調理のできないことが淋しいのだ。だから、せめて貯糧品をつかう夜食ぐらいはと、主計兵たちは色々と工夫をこらし、献立を賑やかにして、みんなに喜んでもらえることが楽しみで、暑い調理室の中で奮闘しているのだ。

「おい、今夜の夜食は何だ」

と森二等主計兵をつかまえて聞くと、近ごろは、「オジヤ」と、決まった返事が多くなってきた。

「この野郎、毎晩、焦げくさいオジヤばかり食わせやがって。みろ、ちっとも力が出やしねえ」

脅かしてみても、森二等主計兵は、へらへら笑うだけで、手応えなしだ。貯糧品もそろそろ心細くなってきたのかもしれない。

「おい、今夜は汁粉だぞ」

いつものとおり、日が暮れるのを待ちかねていたように、甲板に集まった法螺《ほら》吹き仲間が、ひとしきり笑い声をあげたところに、もったいぶってヒゲを捻《ひね》りながら、舵長が入ってきた。

「また始めやがった。ウドンなら、もしやということもあろうが、いまどき汁粉なんて出たら、マストの天辺《てっぺん》で逆立ちしてやらあ」

だれも話に乗らず、私が悪態をついた。

しかし、舵長は主計兵曹と隣のテーブルで、仲もいいから、あるいはということもあるかもしれない。疲労の蓄積した兵隊たちにとって、甘い汁粉は最上のご馳走である。そして、〝ソラ突き〟の話題には、かならずのぼる兵隊の欲望の象徴でもあった。

「よし、舵長のいうことが、真実かどうか、偵察に行くか」

私が腰をあげようとした。すると、偵察に行くまでもなく、烹炊所の天窓から、小豆を煮る匂いがぷうんと漂ってきた。ふと幼いころ、祭りの前の日などに母が煮る小豆の香ばしい匂いが、懐かしく、胸の奥にちらりと横ぎった。

「ひゃっ、ほんとうだ。舵長もたまには、まともなニュースを運んでくるな」

山田兵曹が感心したようにいうと、

「なんだ、たまにはとは。おれの情報は、いつも正確さで『雷』じゃ有名じゃないか」

例のうす笑いでぼかして、舵長の酒井兵曹が、どうだ——といわんばかりに、みんなの顔を見まわした。

こうなると、〝ソラ〟などおちおち突いてはいられない。小豆が煮あがり、砂糖を入れて出来あがる頃合いを見はからって、大食器をもって烹炊所に出動だ。

主計兵のほうも心得たもので、特別のご馳走である汁粉などを調理するときは、艦内から集まってくる大小さまざまな〝ギンバイ〟を閉め出すために、出入口の金網の戸に鍵をかけて作業をしている。

「ようッ、田中さんよ、色男。呉の彼女がよろしくいってたぜ」

カマかけても、田中次席主計兵は、また始めやがって――というように、蝿がとまったほどにも感じない面をして、大釜の中の汁粉を太い棒で掻きまわしつづけ、振り向きもしない。

「員長さんよ、重大ニュースだ」などといっても、烹炊員長も空とぼけて、白玉を切っている主計兵を指図するふりをして、向こうをむいてしまう。

そんなところへ、機関科のギン長である野口兵曹も、匂いをかぎつけて姿をあらわした。

「真水は出んのか」などと、水当番の職権をふりまわして中に入りこみ、食罐一杯も持って行かれると、せっかく甘くしたのを、水を加えて量を増やし、味が薄くなるようなことにならなければ、と心配する。

私は作戦を変えて、上甲板に開いている天窓から、湯気の中に首をつっこんで、田中主計兵の頭の上から、

「ようよう、明後日はダバオに入港して、上陸があるんだってよ」と、いってみたが、それでも鼻であしらわれたので、今度は、

「一回目の上陸は左舷だぜ」

というと、

「いや右舷さ」

と、田中主計兵が引っかかってきた。

「何いってやがる。呉で最後に上陸したのは右舷だぜ」

さらに言うと、

「馬鹿こけ。高雄でも左舷だったじゃねえか。だから、今度の上陸は右舷に決まってらあ」

いつ出来るかも知れないのに、上陸の話になると、だれしもが真剣になる。そして、私がいい出したホラに暗示を受けて、ほんとうに明後日は上陸かという錯覚におちいる。兵隊の頭というのは、このように、じつにうまく出来ているのだ。

「うんにゃ、そうだったかな。それに田中さんよ、ダバオに入れば、軍事郵便がわんさか来てよ、呉の彼女から手紙が来るとよ」

と、さらに追いうちをかけると、ようやく田中一等主計兵は、前掛けで顔の汗をふき、天井を見上げてニヤリとした。

「ほれよ、頼むぜ田中さん」

私は、女の声色まじりに、大食器を下に差し出した。

「ちいっ、しょうがねえな」

舌打ちしながら、荒っぽく食器をもぎ取り、ザブリと汁粉を満たして、突きかえしてよこした。

「熱ちちッ」

田中主計兵は、こっちが火傷するように、熱い方を手渡す。ギンバイ成功だから、少しぐらいの火傷は、指をぺろりと舐《な》めると終わりだ。

あまり物や、つまらない物のギンバイなら、新兵でもできる。価値のある、みんなが欲しがっている物を、すんなりとせしめるのがギンバイの極意というもので、極意はどの道、達人にしかできない。

この灼熱地獄の中で働く主計兵が、機嫌のいいはずはない。その不機嫌なところに、「汁粉くれや」なんて、真っ向からむかって行ったら、「おう、やるから入れ」と中につれこまれて、顎がはずれるほどぶん殴られ、外に放り出されるのがおちである。

烹炊員長は、私と同じ三等兵曹だが、わが班の大木大先輩と同じく、善行章三本をつけて、兵隊を十年もやった猛者だ。先任兵の岩田や田中にしても、私と同年兵という古い徴募兵だから、若い下士官や一等兵あたりが行っても、歯がたたない。

主計兵の方でも、悪質なギンバイや、間抜けなギンバイを捕まえて、ぶんなぐるのを楽しみにしているのだから、こんなとき捕まった奴は災難である。ここに、ギンバイ道の難しさがあるのだ。

この戦闘行動の最中に、おいッ、明日は上陸があるぞ――なんていっても、いかに呑気な兵隊でも、なかなかそれが真実だなんて信じるはずはない。

ただこの暑い艦内での毎日に辟易《へきえき》しているときのみんなの最大の願望といえば、どこでもいいから、緑の陰か、陽覆いのある部屋で、ぐっすり眠ってみたいという一事である。だから、だまされても、嘘でも、だれかのいう「上陸だ」という言葉を聞くだけでも、なんとなく心に沁みるものがあり、気が安まるのだ。

われわれの間におけるこのような会話は、だますとかだまされたとかいう世間一般の通念で、解釈されることとはまったく別の事柄で、〝ソラを突く〟という表現の通り、まったく手応えも歯応えもない他愛ない戯言《ざれごと》にすぎないし、一種の挨拶のようなものであるから、喧噂にもならないのだ。

今度の上陸はどっちの舷だ――いつのことやらわからぬ先のことを、一ヵ月も二ヵ月も前に上陸した舷直を思い出し、真剣な議論をする。

今度は、おれたちが先に上陸できる――ということだけで、慰めになるのだ。

田中一等主計兵だって、明後日に上陸があるかどうかぐらいは、充分にわかっているが、夢の中のくすぐりに似た私の一言に、汁粉一杯ぐらいの価値があると思ったから、よこしたのだ。

けれども、そうこうして苦心してせしめた汁粉も、けっして私一人の口にはいるのではない。

〃ギンバイ〃に群がる銀蝿は多い。

奴め、やってるな――と、私の奮戦をみた舵長や、三宮兵曹、広瀬兵曹などが、箸と食器を用意して待ちかまえている。

その場に先任の下士官や先任伍長でもいれば、やはり一口でも敬意を表しなければならない。「おれはええよ」といいながらも、差し出せば、大喜びで平らげるから、自分の口に入るのは、それこそほんの一口となってしまう。

時間になれば、「夜食受け取れ」で、各班ごとに配食され、一人前は確実に胃袋に入れることができるのであるが、他人より早く、余計に、うまいものを食べたいという素朴で動物的な満足感と、難しいギンバイに成功したという妙な子供っぽい優越感みたいな気分が、多分にあるのである。

疲労にもめげず

われわれが一杯の汁粉に、全知全能をかたむけているとき、そんな他愛のない行為を嘲笑するかのように、戦勢は刻々とクライマックスに近づいていたのである。

このころ、スラバヤなどを基地として、米、英、蘭、豪の連合国の艦隊は、わが方よりも優勢であり、米潜水艦の脅威もあった。

非番や休憩中は、このように太平楽を並べ、悩みも、不満もないようなわれわれも、交代して哨戒当直につけば、見張員は流木一本でも見逃すことのないように眼鏡をまわし、砲や爆雷、魚雷は即射できるように整備し、待機していなければならないのである。

わが駆逐艦「雷」および「電」と、第五戦隊の重巡が、セレベス海からマカッサル海峡にまで進入して、敵の主力艦隊を牽制行動をしている間に、第二護衛隊に護衛された船団は、一月十一日の払暁に、メナドに進入した。

ただちに佐一特(佐世保鎮守府特別陸戦隊。連合陸戦隊の司令が直率する部隊。以下、佐一特等とよぶ)は、司令・森大佐指揮のもと、午前四時に上陸に成功し、午前八時にはメナド市街を占領した。佐二特(指揮官・志賀中佐)は、東岸のケマに上陸した。

メナド市街の背後にあるランゴアン飛行場には、この日の午前十時半に、落下傘部隊が着地する予定であり、この降下作戦を成功させるには、中途にある頑強な防御陣地を、急ぎ制圧する必要があった。

両陸戦隊は、必死に防戦する敵陣を、急速に各個撃破しながら進出する強行作戦をとったため、損害もしぜんと大きくなった。

しかし、すでに午前六時三十分、メナド上陸成功の報を得て、輸送機二十七機に分乗した、横須賀鎮守府第一特別陸戦隊の第一次落下傘降下隊三百二十四名が、堀内豊秋中佐に指揮され、ダバオ飛行場を発進していた。

佐一特、佐二特の進攻作戦が渋滞すれば、数百名の降下部隊を全滅させることになるので、両部隊は味方の損害を無視して猛進撃をつづけ、所定の位置まで進んで、障害となる敵陣地を制圧することができた。

輸送機二十七機は、陸上攻撃機と水上偵察機が前路を警戒し、零戦と陸偵二十数機に掩護されて、降下地点のランゴアン飛行場に向かっていた。進入中には敵機の迎撃はなかったが、セレベス島の北端上空で、第十一航空戦隊の哨戒機が敵機と誤認し、輸送機一機が撃墜される事故があった。

ランゴアン飛行場は、メナド市街の南約二十キロにあり、周囲は低い山塊にかこまれ、南北にのびる滑走路をもっていた。

駆逐艦「電」── メナド、ケンダリーなど要地攻略の際、暑熱や疲労に耐え、六駆隊僚艦として、「雷」と行動を共にした。

降下隊の搭乗する輸送機は、午前九時五十二分、降下地点の上空に達した。降下する前に、零戦が反復して間断なく地上攻撃を行ない、制圧したのち、午前十時三十分、予定どおり、落下傘がつぎつぎと空中に白く大きな花を開いた。

陸戦隊と零戦の制圧で沈黙していた敵陣地は、ふたたび猛烈な砲撃をはじめ、軽装備の降下隊は、対空砲、二十ミリ機銃をもつ陣地に拠《よ》る敵のために、苦戦に陥ってしまった。

つづいて第二次降下隊が、飛行艇でトンダノ湖に着水揚陸し、三十七ミリ速射砲や重機などの火砲をもって増強し、じょじょに進撃態勢をととのえていった。

正午ごろ、敵は装甲車二台をもつ有力部隊を投入してきたが、攻撃態勢が備わったわが方は、反撃してこの部隊を退却させ、飛行場を占領した。

わが海軍の落下傘部隊、佐世保鎮守府連合陸戦隊は、植民地政策に反抗する現地住民の協力を得て、一月十六日までに所定の作戦を成功させ、航空部隊による戦果とあわせ、今後、行なわれる蘭印作戦に寄与するところ大であった。

敵は遺棄死体百四十、捕虜四十八、砲十門、機銃や小銃と多数の弾薬軍需品を放棄して降服した。わが方の損害は、戦死四十三、戦傷百八十六であった。

＊

われわれの所属する支援隊は、メナドの攻略が一段落したので、次期作戦にそなえるため、十四日の夕刻、ダバオ湾に入港した。

夜間にもかかわらず、輸送船に横づけして、燃料や糧食などの補給をうけ、待ちのぞんでいたスコールで垢《あか》を落として、少しは涼しい感じになった室内で、熟睡することができた。

翌朝は生野菜のついた食事もでき、すっかり御満悦で、午睡を楽しんでいたが、次期作戦のバリックパパン攻略の戦機は熟しつつあった。

バリックパパンは、ボルネオ島南東部のマカッサル海峡に面し、著名な石油の産出地であり、先のタラカン攻略の際は、敵の石油施設の徹底的な破壊作戦のために失敗したので、今度は隠密奇襲で行なう作戦となった。

あらかじめ、タラカンで捕虜とした敵軍の将校をつかい、守備隊司令部と、「守備隊の投降、油田装備を破壊しない」という条件について折衝させたが、すでに施設は破壊してしまった後であったので、この工作は失敗した。

ここでわがほうは、正攻法をもって攻略することとなり、この方面の攻略軍の編成は、タラカンを攻略した西方攻略部隊を転用することになった。

一月二十一日、第一護衛隊がまもる十六隻の船団は、タラカンを出港した。悪天候で、航空部隊による上空警戒が、一時、不能になった。その間隙をついて奇襲してきた敵機のため、船団中の一隻・阿南丸が被弾し、火災のために船体を放棄するという損害が出た。

また、二十三日、予定泊地に入り、陸揚げを開始したところ、米駆逐艦四隻の襲撃をうけた。

わが方の護衛駆逐艦は、泊地の外にだけ注意していたので、敵は三十分間にわたり、船団に反復して砲雷撃をくわえた。

これにより、敦賀丸、呉竹丸は魚雷をうけて沈没し、須磨丸は生存者九名を残し轟沈した。辰神丸も魚雷が命中して沈没。第三十七哨戒艇にも三本の魚雷が命中、大破して航行不能となり、球磨川丸、朝日山丸は砲弾多数が命中し、多くの死傷者を出す大損害をうけた。
さいわい上陸部隊は、すでに舟艇に移乗して出発した後だったので、上陸部隊の人的被害は少なかった。そして、抵抗をうけることなく上陸でき、防衛班の全力をあげての施設復旧工作も成功した。

われわれ東方攻略部隊は、セレベス島東端にある航空要地のケンダリーを攻略することになり、この部隊もメナド攻略のときと同じ編成で、降下部隊だけは除かれた。

この作戦も、敵の抵抗もないまま、一月二十四日に陸戦隊が飛行場を占領し、翌二十五日には零戦隊が、二十七日には陸攻戦隊が、航空基地に進出するという迅速さで、多大の戦果をあげた。

しかし、この行動中、二十一駆逐隊の駆逐艦「初春」が第一根拠地隊旗艦の「長良」に衝突するという事故を起こし、「長良」は単艦で、「初春」は大破のため「子ノ日」「若葉」に護衛されて、ダバオに回航して修理することとなり、大きな戦力の低下をきたしてしまった。

われわれ支援隊は、つねに敵の主力艦隊の出動に備えているため、船団から遠く離れたところを、高速で走りまわっているだけなので、不本意にも、戦闘に参加できなかったのであるが、電信長や舵長がもらす〝煙草盆ニュース〟で、以上のような戦況のあらましを聞き、切歯扼腕しながら会敵を望むことしきりであった。

佐伯を出港してから寧日《ねいじつ》なき戦闘行動に、相当な疲労は感じるが、三交代で、非番のときは裸で寝ることのできるわれわれはまだよい。

艦長、航海長、航海士のように、艦橋から離れることのできない士官は、ほんとうの不眠不休で、航海士の稲垣少尉などは、いつどこで眠るのか、みんな不思議としていた。兵学校出は、身体も魂も、われわれと違ってできてるんだろう――と、驚嘆したりあきれたりした。とくに艦長は、任務の遂行と乗員二百五十余名の生命を一身に背負う重責にあり、行動中はもちろん、泊地にあっては旗艦に参集させられ、事前の作戦打ち合わせ、結果の報告など、ほとんど休むところを見たこともない多忙な身体である。

それでいて、少しも疲労や弱音を見せることがないことに対し、乗員一同が崇敬の念をもって、仰ぎ見る思いであった。

慰問袋のあじ

われわれは、つぎつぎと新しい名前の港湾に入り、双眼鏡で遠くに望む陸の濃緑のジャングルや、真紅の花、真っ白い花を見つけては喜び、久しぶりに人心地を取りもどした。どの泊地に入っても、わが軍の軍艦や輸送船が大挙して錨泊し、短艇が走りまわって、戦勝の活気があふれていた。

開戦以来、ながらく離れていたわれわれ第一水雷戦隊の旗艦「阿武隈」も、航空母艦群や「比叡」「霧島」といった戦艦とともに、懐かしい姿を見せた。

蘭印部隊を指揮する第三艦隊司令長官・高橋伊望中将も、旗艦「足柄」に座乗し、駆逐艦

「江風」と第八駆逐隊を直率して、メナドのバンカ泊地に進出してきた。

決戦近しとあって、南方全般の指揮をとる第二艦隊司令長官・近藤信竹中将は、旗艦を「愛宕」として、戦艦「金剛」「榛名」や第四駆逐隊を率いて、パラオを出てこの主戦場に進出した。

このように、バンカ泊地に集結した帝国海軍の艨艟《もうどう》はまさに南の海を圧し、その威風は戦わずしてすでにジャワを席巻するふうであった。

「おい見ろよ。この艦隊の勇ましさをよ」

当直を終わって降りてきた広瀬兵曹が、さっきから何回も、一オクターブ高い声で、ひとり嬉しがっている。

「ほんによ。この調子じゃ、戦争もすぐに片づき、春の花見は横須賀でできるぞ」

出撃時に結婚したばかりの三宮兵曹の想いは、つねに母港に残してきた愛妻の上にあるらしく、帰港の日をどのように待っているかが、鈍いわれわれにも察せられるのである。

「冗談じゃないよ、横須賀に帰っても、金がなくてピーピーすること考えりゃ、いつまでもここにいたいや」

チョンガーを代表して、山田が心にもないセリフを吐いた。

だれだって、こんな暑い海で、連日の緊張した哨戒直に明け暮れる生活から、一日も早く脱したいと思っているのだ。

ただ、いまのような明け暮れをつづけていれば、上陸のときの銭の工面をしないでよいことだけは、たしかである。めったに銭でふくらんだことのないわれわれの財布だから、衣服箱につっ込んだまま、白いカビが生え、とうの昔に持ち主から忘れられてしまっている。

独身者は、この点、まったく気ままで呑気である。これは私だけのことかも知れないが、最近、大人になったせいか、親や兄弟をあまり恋しいとおもうことがなくなってきた。

原住民が小舟をあやつって、バナナやパパイアなどの果物を売りに来るようになった。台湾バナナのように上等の甘い味はないが、自然に熟した採りたての新鮮な現地産のバナナは、少し大味だが格別の風味もある。煙草の〝ほまれ〟五箱で、両手に持ちきれないほど交換できる安価な買物に、われわれはほくほくだった。

太くずんぐりとしたバナナのイメージが、掌帆長の大塩二曹に似ているとかで、〝掌帆バナナ〟と、だれかによって名づけられた。

なにしろ、生鮮野菜や果物に慢性的に飢えているわれわれにとっては、なによりも欲しい買物なので、われもわれもと、争って買いあさり、たちまち売り切れの盛況で、なかなか手に入らない始末である。

原住民はあまり商売気がないのか、ここには果物が少ないのかは知らないが、このように売れる品物も、かぞえるほどの小舟が各艦をまわっているに過ぎなかった。

シナの港などでは、こちらが買わなくとも何隻もたかってきて、しつこくつきまとって、買えとわめき立てていたのに比べると、まことにおっとりしたような感じであった。

軍事郵便や慰問袋がとどけられるようになった。シナ事変のころの慰問袋の中味は、国内の物資も豊富で、国民の生活も安定していたせいか、比較的豪華な感じの物が多かったが、このごろ配られる袋には、国民生活の苦しさがそのまま伝わるようで、ある種の感慨なきを得ない。

この大戦争に突入したために、国民生活のすべてが犠牲とされ、あらゆる物資が軍需品にまわされて、国民は勝利を信じて、配給の窮屈な生活に歯を喰いしばり、頑張っている様子が切ないほど身に迫ってくるのである。

兵隊がもっとも喜ぶのは、若い女性と児童からの手紙である。私が分配をうけた慰問袋の一つに、淡路島の洲本市に住む女学生の可愛らしい便りがあった。

「おい金沢。これを見ろよ。色つきの可愛い封筒に、この香り。芳紀《ほうき》まさに十七歳の処女からだ。お前のには入っちゃいまい。女の子にもてる男は、どこまでもてるかわからないね。ヘッヘッヘッへッ」

と、わざわざ隣の班の金沢や栗林に見せびらかしてやった。

ともあれ、メナドやケンダリーに入港するたびに、軍事郵便を受け取ることが多くなった。サービスのよいときには、旗艦「那智」の内火艇で配ってくることもあるが、たいていは旗艦まで受け取りに行く。

近ごろでは、この便の艇員や公用便の志望者が多くなった。一刻も早く、自分あての便りを見つけたいからである。

内火艇が帰るのを見つけると、みんなが上甲板に集まって、まるで恋人が会いに来るのを待つように、そわそわ落ち着かなくなる。

「なあに、どうせどこからも来やしないのに、上まであがっていって、暑いおもいで待つ奴の気が知れねえよ」

などといって、ひねくれて寝転がっている奴も、本心はだれより心待ちにしているのだ。どこの世界にも、人といっしょになって泣いたり笑ったりできない天《あま》の邪鬼《じゃく》が、一人や二人はいるものである。

こんな奴は手紙を受け取るときにも、無理して、さもつまらなさそうに、いかにも無感動をよそおったつもりでいるのだが、頰の肉が自然にゆるんでいるのを、自分は知らない。そして、人に隠れて、ニヤニヤしながらくり返しくりかえし読んでいる。

「オレのカアちゃん、十何通よこした」と、一週間ごとに出したという十数通を、まとめて入れた分厚い封筒をかかえて、ニヤニヤうろうろしているのは、新婚の三宮兵曹だ。

「チェッ、うちの婆め。たった一通だけだ。親父がいないので、羽根をのばしてんだろう」

文句をいいながらも、すばらしい達筆の一通だけを満足げにくりかえし読んでいるのは、最年長者で、子供も二人いるヒゲの飯泉先任伍長である。

郵便のとどいた日は、不思議と煙草盆の集まりが少ない。

妻、親、兄弟、肉親、彼女などからの便りの内容はさまざまであろうが、それぞれ遠い故国の、親しく愛しい人の想い出にふけり、自分一人だけの心の世界にひたれる時間が長いので、煙草盆に出かけて、〝ソラを突く〟気にもなれないのであろう。

慰問袋は数の大小にかかわらず、いつも籤《くじ》引きだが、これはこれでなかなか楽しみなのである。

このような袋にまじって、宛名を明記した小包を受け取ったことがある。

首をひねりながら差出人を見ると、呉市朝日町、仁科和枝とあった。なんと、呉の色街で、一夜を過ごした女性からであった。

「ひやあッ、タマゲタぜ」

紐を解くのももどかしく、中味を開いたら、ビールのジョッキと湯呑茶碗のほか、手づくりの人形などが入っていた。

「内地に帰らなくてもいいなんていったが、あれは取り消しだ。取り消しだ」

金沢と栗林のところに、品物を高く差し上げ、踊りながらとんでいった。

「ありゃ、この野郎。いつの間に彼女なんてつくったんだ」

金沢が目玉を丸くして、本当に吃驚《びっくり》している。

「どうもムシの好かない野郎だとおもっていたら、一人だけ、かくれてこそこそモテやがって、もう仲間に入れないぞ」

栗林も呆れ顔で、じろじろ私の面と品物を交互に眺めまわした。

「なあに、お前さんらといっしょに歩かなくなりゃ、気がせいせいすらあ」と、私はやり返した。

それにしても、去年の九月、呉に在泊しているとき、酒の勢いで巡邏と喧嘩して追い駆けられ、飛び込んで以来、一、二回あそんだだけの女だ。そのとき、私が何気なくいった、

「艦では安いビールを呑めるのはよいが、鉄の食器だけは頂けないな。ジョッキでもあれば……」

という放言にちかい言葉を、いつまでも忘れないで、遠い南の戦場まで軍事郵便に託すとは、なんと一本気な大和撫子か。その心意気が嬉しい。

われわれは、十八歳で海軍という特殊な世界に入り、もう六年も、この娑婆《しゃば》と絶縁した一種特別の世界で育ってきた。酒も女もおぼえはしたが、一般世間の生活と、まったく縁がないので、異性と恋愛をするなどといった洒落れた機会にはなかなか恵まれない。

一年のうち、わずかな日に限られた短い上陸で、われわれがいう娑婆の空気を吸うのは、どうしても直情径行になりやすく、先輩の指導よろしきを得て、飲屋とか、花街の女性に接触するのが関の山である。

いわゆる素人の女性と接する機会も、すべも知らないから、この種の女性でも、われわれには天女のように思える瞬間がある。相手は、商売柄、上手にわれわれの気持をほぐしてくれるし、性交渉にいたる過程において、とりたてて特別むずかしい口舌も要しない。きわめて幼稚で粗暴な私たちの青春は、これらの女性によって慰められ、かつ満足していた。

事実、映画館などで好ましい女性が隣の席に座っているのに、なんとか言葉をかけようか、手でもにぎってやろうか、という衝動が起きると、胸の動悸がはげしくなり、頭がかあッとして、画面で何を演じているのかもわからなくなるほどに、私たちは若く、そして無器用であった。

世間さまのように、恋をして、結婚するなんていうことはできない環境にあった。あるのは、鋼鉄の塊りと機械で、その中で、男がひしめきあい、戦争をするためにだけ生きていたのだ。

われわれだって、人間なみの感情は持ってはいたし、人を恋し、人を愛したい情も、人一倍つよく燃えていたのだ。

はるばると届けられたジョッキ一個は、贈り主がだれであろうと、「ありがとう、嬉しいよ」と、故国まで響くような大声で、怒鳴ってやりたい。

急に帰心がつのったが、娼婦と一下士官の交情など、戦争という巨大な波間には、塵芥《ちりあくた》ほどの意味がないのかも知れない。

第四章　ジャワ海の砲声

五水戦と七戦隊の確執

われわれが故国からの便りや、慰問袋に喜んでいたこの間にも、連合艦隊の大部がこの戦場に集結し、前進基地を確保した航空部隊は、連日のように要地を空襲していった。

ジャワ島に陸軍の主力を上陸させて、一挙に連合国軍を殲滅《せんめつ》し、わが国の石油、鉄などの資源確保の安定をはかり、このたびの戦争の結着をつけようとしていた。

この作戦中、行動をともにしていた「那智」「羽黒」を直衛する第八駆逐隊は、二月十九日から二十日にかけてのバリ島沖海戦で、巡洋艦二隻、駆逐艦三隻の敵と会戦し、敵駆逐艦二隻を撃沈、巡洋艦一隻、駆逐艦一隻を大破するという戦果をあげた。

駆逐艦二隻が損傷をうけたのでマカッサルに回航し、残った駆逐艦「大潮」と「朝潮」が、われわれ「雷」「電」と交代して第五戦隊と行動することとなり、以後、われわれは蘭印部隊旗艦「足柄」の直衛となった。

さらに、ダバオで空襲をうけて損傷し、佐世保で修理したのち復帰してきた「妙高」が、「足柄」とともに、蘭印部隊の主隊となり、われわれ第六駆逐隊第二小隊の「雷」「電」と行動をともにすることになった。

ジャワ島攻略の陸軍部隊は、大兵力をもって編成されたが、この大部隊と軍需物資を分載した輸送船は、七十三隻にのぼり、船団を三梯団に編成して、カムラン湾、リンガエン湾などに集結した。

西部ジャワのバタビアに上陸する予定の西方攻略部隊である第十六軍の主力は、輸送船五十四隻に乗り込み、第五水雷戦隊司令官・原顕三郎少将が指揮する護衛隊は第五水雷戦隊の軽巡「名取」、第五駆逐隊（「朝風」「春風」「松風」「旗風」）、第二十二駆逐隊（「皐月」「水無月」「長月」「文月」）のほか、第二根拠地隊、第九根拠地隊から軽巡、駆潜艇、掃海艇、哨戒艇など、あわせて十四隻であった。

合計七十隻という大船団は、二月十八日、カムラン湾を出港し、二十日、アナンバス群島に到着した。ここからはさらに、マレー部隊から第三水雷戦隊の軽巡「由良」、第十一駆逐隊（「初雪」「白雪」「吹雪」）、第十二駆逐隊（「白雲」「東雲」「叢雲」）、第一掃海隊、神川丸（水上機母艦）、鶴見（工作艦）が合同、増勢した。

精鋭の重巡戦隊である第七戦隊（「鈴谷」「三隈」「熊野」「最上」）も、支援のため出動した。

リンガエンからホロに回航していた東方攻略部隊は、陸軍第四十八師団を主力とする上陸部隊を第四水雷戦隊司令官・西村祥治少将が指揮して護衛し、二月十九日、ホロを出撃した。

第四水雷戦隊は軽巡「那珂」を旗艦とし、第二駆逐隊（「村雨」「五月雨」「春雨」「夕立」）、第九駆逐隊（「朝雲」「峯雲」「夏雲」「山雲」）、第二十四駆逐隊（「海風」「山風」「涼風」）であった。

また、第五戦隊（「那智」「羽黒」）をはじめ、駆逐艦「江風」、第八駆逐隊（「大潮」「朝潮」）、軽巡「神通」を旗艦とする第二水雷戦隊（第十五駆逐隊「夏潮」「黒潮」「親潮」「早潮」、第十六駆逐隊「雪風」「時津風」「天津風」「初風」）や主隊（「足柄」「妙高」「雷」「電」）も出動した。

この五戦隊と二水戦は支援に、主隊は全般指揮にあたった。

第二艦隊司令長官は、スターリング湾にあって、全作戦の指揮をとり、ジャワ南方のインド洋には第五、第六潜水戦隊（潜水艦十二隻、潜水母艦一隻、軽巡一隻）が展開、機動部隊も待機するといった万全の布陣がととのっていた。

第五水雷戦隊司令官・原顕三郎少将——生粋の水雷屋だった。

二月二十六日、三本の矢は二本となり、東、西攻略軍ともに、予定のごとくジャワ海に達して、総攻撃の令を息をのんで待っていた。

西方攻略部隊は、二十七日午前五時三十分、バタビアの北約百四十カイリの予定地点に到達し、計画にしたがって船団を分離し、上陸待機地点にむけていっせいに進出した。

＊

午前七時半ごろ、「熊野」の索敵機が、バタビアの北西の三十五カイリに、敵大巡一隻、軽巡二隻、駆逐艦二隻からなる敵艦隊が南下しているのを発見したと報告した。

この方面には、わが方の航空制圧をのがれた敵巡洋艦七〜九隻、駆逐艦十五隻、飛行機百数十機が残存しており、船団が近接すれば、必死の反撃があるものと見られていた。

重巡「熊野」の索敵機が発した報告は、第三護衛隊司令部（五水戦司令官）、七戦隊司令官のほか東方攻略部隊など、この地域にある各司令部が午前七時三十五分に受信した。ジャワ海には俄然、戦機がみなぎり、各員の緊張は高まった。

西方攻略部隊の指揮官である第五水雷戦隊司令官の原少将は（首席参謀・由川周吉中佐）、敵の行動はわが船団を攻撃するためのものと判断し、輸送船団を安全な海域まで退避させ、水雷戦隊と七戦隊を結集して、すみやかにこの敵を撃滅しようと決心した。

ただちに、船団には反転を命じ、旗艦「名取」以下、第十一駆逐隊、第十二駆逐隊をひきいて敵艦隊に向かった。

原司令官は、第七戦隊司令官に、「船団は一時、反転させた。貴隊は『熊野』機から報告のあった敵を撃退してほしい。貴隊の位置を知らせ」と連絡した。

このとき、第七戦隊（「鈴谷」「熊野」「三隈」「最上」）は、第十九駆逐隊（「磯波」「浦波」「敷波」）とともに、第五水雷戦隊の南方約三十カイリにあった。

この連絡を受けた第七戦隊司令官・栗田健男少将は、「敵はスンダ海峡の北方海面を行動し、バタビアに向かうもののようであり、この海域は機雷や潜水艦の危険が大きいから、この敵を追ってバタビア港外で捕捉するように進出するのは適当でなく、船団付近にあって、敵が北上して船団に近づいたらこれを迎撃しよう」という判断をした。

そして、「三隈」「最上」からも索敵機を発進させ、敵艦隊との触接をはかった。

ふたたび、「熊野」の索敵機から、「敵は反転北上をはじめた」という報告があった。にもかかわらず、七戦隊は針路を零度として北上をつづけ、先ほどの第五水雷戦隊司令官の電報には回答しなかった。

第七戦隊と第五水雷戦隊は、指揮関係がなく、第七戦隊は協力、支援のため、マレー部隊から派遣されてきたというところに問題があった。

栗田少将は少将の序列は原少将よりも上位であったが、海軍兵学校の卒業年次は栗田少将が三十八期で、原少将より一年後輩という関係もあった。

さらに、第七戦隊首席参謀の鈴木中佐は、海兵五十期で、第五水雷戦隊首席参謀の由川中佐より一期先輩であり、中佐の序列も先任である。

第七戦隊司令官・栗田健男少将
──恩賜組のエリートだった。

海軍には人脈、派閥はないといわれていたが、砲主雷従の考え方が伝統的に支配していた。二十センチ砲を十門搭載した一万トン級の重巡四隻を指揮する司令官は、上位ランクの将官をあて、戦時編成で急造の第五水雷戦隊、すなわち、旧式の軽巡と駆逐隊を指揮する司令官などは、〝あまり者〟みたいに軽視する風潮がないでもなかった。

栗田少将は砲術畑の出身、海兵、海大とも恩賜組の優等生で、参謀や赤レンガを歴任した謀将だから、将来の大将栄進を予約された人である。それに対して、原少将のほうは生粋の艦隊組で、いわゆる実戦型の猛将である。

「名取」の艦橋では原司令官が、「七戦隊からまだ回答ないか」と、これで三回もくりかえした。直情径行の闘将は、面上に太い青筋をきざんで歯をかみしめ、艦橋内をぐるぐる歩きまわっている。

由川首席参謀以下の参謀も、「名取」艦長の佐々木大佐も、司令官の胸中を知り抜いているので、回答のない七戦隊司令部の思惑が、あまりにも感情的であるように感じられるのである。

二月十八日、カムラン湾を出港して以来、気象、海象の変化がはげしく、暗礁の多い海域を、敵潜、敵機が跳梁するなか、船団と護衛隊を合わせて七十数隻での航海は、十日間にも及んだ。

それこそ、息づまる緊張の連続で航行をつづけ、ようやく上陸待機位置に進出することができたこのとき、敵水上艦隊に遭遇するとは、まさに天運の加護であり、第七戦隊が合同すれば、兵力も圧倒的にわが方に有利である。

この敵を早期に捕捉撃滅しなければ、一月二十三日のバリックパパンの攻略で、護衛隊の間隙をついて米駆逐艦四隻がわが船団の中に侵入して暴れまわり、甚大な被害をうけたときの二の舞いを演じかねない。

だから、原司令官としては、一刻も早く、第七戦隊の所在を明確ににぎり、戦闘態勢をととのえたいところである。

「ようし、巡洋艦のドラ猫などにかまうな。われわれだけで突撃しよう」

原司令官は由川参謀に吐き出すようにいって、椅子に腰をおろした。

「『熊野』機より、敵は反転北上中」と、通信参謀が新しい着信を読みあげた。

「『由良』が合同しました」首席参謀は、見張員の報告を確認したのち、報告した。

「七戦隊より電報。本隊の位置クラワン角の三百十度、六十二カイリ、第七戦隊第二小隊は『名取』行動海面、爾余の隊は『由良』行動海面で支援にあたる、一一三〇」

通信参謀の読みあげた電報に、原司令官は激怒した。

「主隊は、敵より離れるのか、何のための支援だ。ようし、このまま南下、会戦する」

原司令官は、また椅子から立ちあがった。

会敵を前にしたぎりぎりの極限の中での人間心理の微妙な動きが、第七戦隊司令官と第五水雷戦隊司令官という戦闘集団を指揮する二人の軍人の思想と、根性を剥き出しにした。

この確執のドラマが、電波にのってこの方面海域にある各艦のアンテナに入った。

七戦隊司令官の栗田少将にしてみれば、指揮関係もなく、かつ後任の五水戦司令官が、先輩づらに、いや、攻略軍の大指揮官のつもりで、いまから敵をやっつけるから貴様も早く来て手伝え——といった態度と受けとめ、カチンと頭にきたものなのか。

いやいや、まさか人一倍、頭脳明晰で温厚な栗田司令官が、このようなことを気にしてわざと五水戦司令部の決心と反対の判断を打ちだすことはあるまい。

ここはむしろ、指揮官を補佐する参謀たち、とくに五水戦の由川首席参謀よりも先任で、先輩でもある鈴木首席参謀あたりの、——あ奴、生意気に、俺たちに指図しくさる——といった感情のしこりが、以心伝心して、各参謀などが上申する計画に現われていったとみてはどうであろう。

もともと栗田少将は、慎重に戦術の原則を厳正に踏襲するタイプである。情勢の不明な現在、戦隊の兵力を二分し、敵が船団を襲う場合と、五水戦とともに南下し、敵を捕捉して会戦する、という二つの局面に対処し、麾下の各艦から索敵機を発進させ、情報の収集に全力をあげた。

しかし、この作戦の奥底を、意地わるく推理すれば、「在地先任のわが輩が指揮をとるのが当然、巡洋艦戦隊が砲撃で打撃をくわえてから、水雷戦隊が突撃する」という教範、戦則から逸脱することを、もっとも恐れる秀才のおちいりやすい、あちらもこちらも気になる、といった欠点も見られる。

敵、発見の第一報が飛び、両戦隊が行動を起こしてから、すでに四時間以上が経過した。

このあいだ、原五水戦司令官は、七戦隊司令官に、「現敵情ニ鑑ミ上陸日ヲ更ニ一日繰リ下ゲ第七戦隊、『由良』、『名取』、第十一駆逐隊、第十二駆逐隊、第十九駆逐隊ヲ以テ当面ノ敵ヲバタビア北西海面ニ撃破致シ度」と連絡し、午後一時四十分、五水戦は七戦隊に近接した。

視認できる状態となったので、原司令官は、発光信号も併用して、「貴隊ト合同シ当面ノ敵ヲ撃破致シ度」と連絡するほか、電報の未了解も考え、先に発した「上陸一日延期」以下の電報を信号で再送したが、相変わらず回答はなかった。

七戦隊は、自隊の索敵要領だけを信号で送り、依然として針路二百三十度、速力十六ノットのまま離れてしまった。

原五水戦司令官は先に、蘭印部隊指揮官および陸軍第十六軍司令官に対して、「敵は大巡一、軽巡二、駆逐艦二をもって船団を攻撃する態勢とみられるから、船団は一時反転避退させ、水上兵力を結集して敵を撃破しようとして、上陸日はさらに一日延期のほかやむを得ない状況なので了解してほしい」旨を連絡してあった。

輸送船団の護衛と行動については、第二十二駆逐隊司令と、第六駆逐隊司令が分担するよう指示して、接敵行動をとっていた。

敵艦隊を前にして、七戦隊と五水戦の確執をさらけだした電報のやりとりは、つぎのようなものである（防衛庁戦史室編、戦史叢書より。傍点著者）。

「三隈」機から、「敵ハ二百十五度ニ変針、一四四二」の報をうけた七戦隊司令官は、五水戦司令官にあて、午後二時四十五分、

「敵ハバタビア其ノ他ニ遁入スルノ算大ナリ。バタビアニ遁入セバ、第七戦隊第二小隊ヲ以テ直接一号地区方面ニ支援セシメ、第一小隊ハ機宜行動、バタビア東方海面ヲ扼スル如ク行動スル事ニ致シ度」

と発信した。

これに対し、五水戦司令官は午後二時五十分、

「敵艦艇バタビア逃避ノ現状ニ於テハ、当隊今夜ノースウォッチャーノ北東海面ヲ機宜行動敵ニ備ヘ、明朝、第七戦隊ハ小隊ニ分離、貴案通り主力及ビ支隊ノ上陸支援協力ヲ得度」と

返信した。

午後二時五十分、「最上」機から、「敵ハバタビアニ遁入シツツアリ。地点バタビアノ二十度十カイリ」と報告があり、また、鹿屋陸攻隊から、「我一四三七、爆撃終結、一番艦ニ二弾直撃火災確実、バタビアノ二十八度十カイリ、基準針路二百六度、八機編隊飛行中、一四五〇」の報があった。

七戦隊司令官は午後二時五十五分、五水戦司令官に対し、

「此ノ時機ニ作戦ヲ進メラレテハ如何、当隊ノ駆逐艦燃料ノ関係上、一日ノ延期ハ都合悪シ」

と勧めたが、五水戦司令官は、

「上陸作戦ハ上陸時刻ノ関係上、本日ハ間ニ合ハズ。上陸日ヲ一日延期ノコトニ取リ計ヘリ」と回答した。

午後三時、七戦隊司令官は、「追撃ヲ止ム」と連絡して近接行動をやめ、七戦隊二小隊と「敷波」をふたたび分離別働させ、自らは反転針路を北東にとった。このときの位置は、バタビアの北方六十五カイリであった。

五水戦も進撃をやめ、輸送船団を護衛するため北上した。

連合艦隊司令部は、この七戦隊と五水戦の電報のやりとりをみかねて、午後三時、連合艦隊参謀長名で、

「バタビア方面ノ敵情ニ鑑ミ、第七戦隊司令官、当該方面ノ諸部隊ヲ統一指揮スルヲ適当ト認ム」という電報をだした。

七戦隊司令官・栗田少将は、午後三時、蘭印部隊および航空部隊に対し、

「敵ハ大巡一隻、軽巡二隻、駆逐艦二隻、支援隊及第二護衛隊ノ大部ヲ挙ゲテ之ガ攻撃ニ向ヒツツアルモ、バタビアニ遁入ノ算大ナリ。航空機ノ総力ヲ挙ゲテ之ヲ撃滅スルニアラザレバ、連日、陸揚ヲ行フコト困難ナリ。第七戦隊ハ燃料ノ関係上、永ク当方面ニ止マルコト不可能ナリ。航空機ニ依ル攻撃ニ関シ配慮アリ度」

と打電した。

二十七日の夕刻になって、南方部隊（第二戦隊）および蘭印部隊指揮官から、つぎのような兵力部署の電令があった。

一、第七戦隊（各随伴艦を含む）および第四航空戦隊（第二連隊欠）をバタビア攻略部隊に編入。

二、第七戦隊司令官は作戦に関し、バタビア攻略部隊を指揮すべし。

短距離選手の嘆き

西方攻略部隊の五水戦と七戦隊の間で、陸軍部隊の上陸が先か、敵艦隊の撃退が先かと、大いにもめているとき、東方攻略部隊は、十九日にホロを出港し、一時、バリックパパンで仮泊した後、船団と第一護衛隊（四水戦が主力）が、二月二十七日の日出時には、予定のごとくバウエアン島の北西約五カイリに進出していた。

午前七時、上陸地点のクラガンに向けて変針し、上陸突入の態勢となった。

各戦隊は所定の配置についた。

午前十一時五十分、第二空襲部隊の飛行機から発した

「敵巡洋艦五隻、駆逐艦六隻、スラバヤの三百十度、六十二カイリ、敵針八十度、速力十二ノット、一一五〇」の電報を、各部隊で接受した。

この位置は、船団の南方六十カイリ、五戦隊からは百二十カイリの距離である。

第五戦隊司令官・高木少将は、ただちに速力を増し、敵の方向に南下しながら、「那智」からも索敵機を出して、自隊の行動を第四、第二水雷戦隊（以下二水戦、四水戦、五戦隊のごとくに略称）に知らせ、合同するよう令した。

船団の護衛についていた四水戦司令官は、四水戦以外の護衛艦艇だけで船団を護衛させ、指揮を「若鷹」艦長に命じ、船団を避退させた。

四水戦司令官・西村少将は、麾下部隊を集結させて、「魚雷戦用意」を令した。そして、二十一ノットに増速し、敵に向首して、五戦隊部隊との合同を待った。

午後三時十分ごろまでは、敵艦隊の動きについて、第二空襲部隊機、「那智」機から刻々と入電していたが、敵はわが船団に積極的に攻撃をかけるのか、スラバヤ港内のわが空爆を回避するための行動なのか、五戦隊司令部は判断をくだすことができなかった。

二水戦も敵に向かい南東進をつづけていた。

敵艦隊は、スラバヤに入港するような気配であったので、高木五戦隊司令官は、「敵はスラバヤに向かうようである。二水戦は今夜の配備につくよう行動せよ。五戦隊は船団の東側について速力を落とす」と発信した。

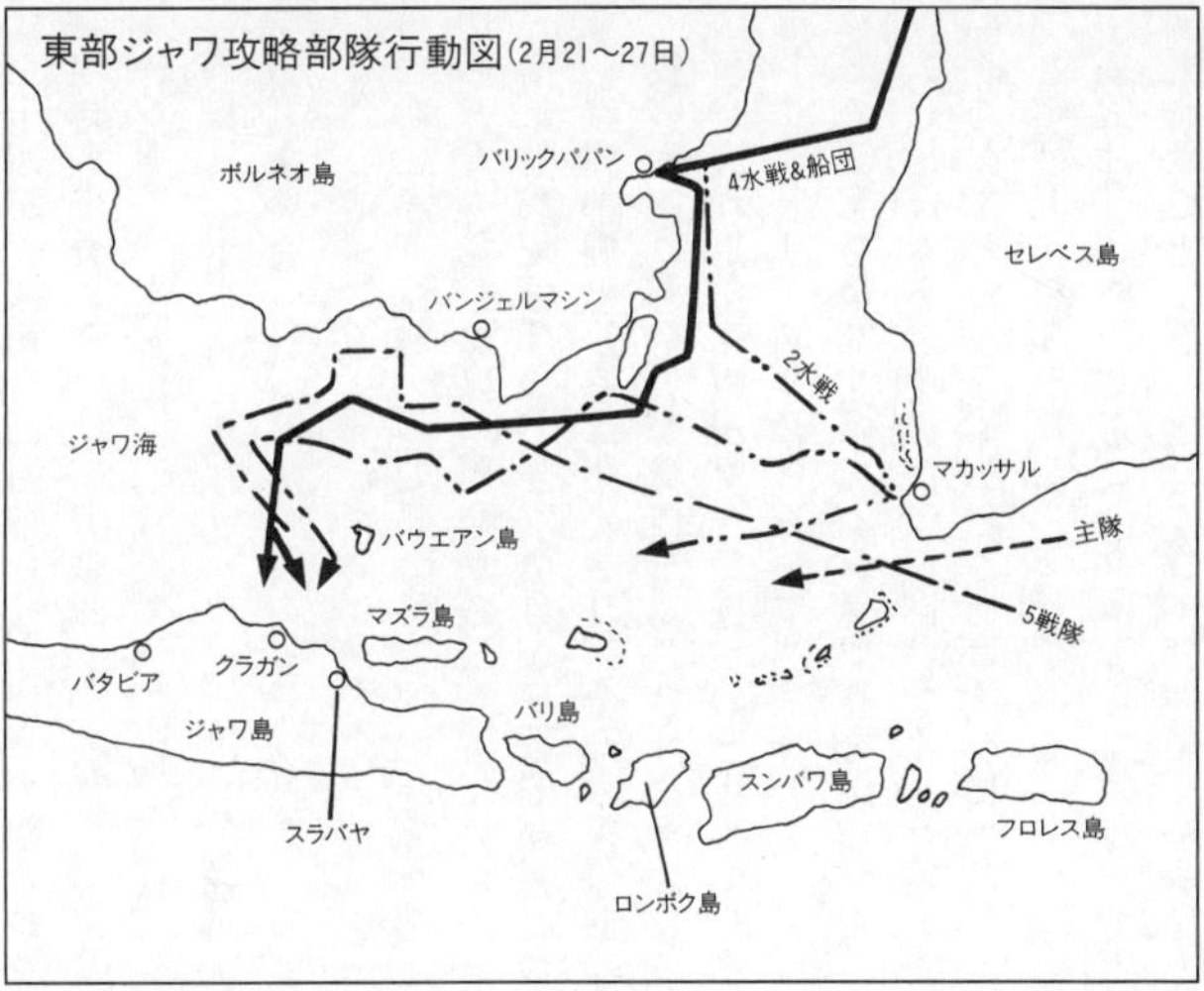

東部ジャワ攻略部隊行動図(2月21～27日)

三時十分、四水戦司令官は、船団に、「予定上陸点に向かうように行動せよ」と令し、反転して船団の位置に復帰した。船団は整形し、針路を南にとって、予定地点に向かった。

この頃になって、「敵艦隊は北上中」の報がぞくぞくと入ってきた。

ここで五戦隊司令官は、「一六三五、我針路二百二十度、速力二十一ノット、敵を誘導しつつ合同す」と、二水戦と四水戦に令した。

二水戦では、三時二十三分、「那智」機からの「敵は入港の気配がない。敵針路六十度、速力十八ノット」を受信したときから、二十八ノットに増速していた。

四水戦の司令部では、この「那智」機の発した電報を受け取るのが遅れたので、船団を誘導して入泊地点へ進入しようとしていたが、敵北上の報を知ると、船団は二十四駆逐隊司令に指揮させ、残りの四水戦を率いて、増速しながら敵の方向に進んだ。

四時五十分ごろには、五戦隊（「那智」「羽黒」）、七駆逐隊第一小隊「潮」「漣」）、二水戦（「神通」、十六駆逐隊「雪風」「時津風」「初風」「天津風」）、四水戦（「那珂」、二駆逐隊「村雨」「五月雨」「春雨」「夕立」、九駆逐隊「朝雲」「峯雲」）は、並行するような態勢で接敵していた。

＊

このころ、主隊の「足柄」「妙高」「電」とともに、酷熱のジャワ海を上陸点付近に西進中のわが「雷」には、緊急がみなぎっていた。

第一哨戒配備はつづき、全員が、戦闘部署についている。私の配置の射撃指揮中継所の中も、戦闘準備で舷窓は閉めきり、全部の電気機器を発動している。

狭い室内に、全員が身体をふれ合うようにしているので、汗はいくら拭いても、つぎからつぎと流れ出す。腹がたって拭うのを止めてしまったら、腰をおろす木の腰掛けから床に、ポトリポトリと滴りおちる始末だ。

「この舷窓を全部開いてよ、風取りを出したら、なんぼか涼しかんべえに」

人一倍汗かきの中沢が、何回となくくり返すと、

「そんなことというな、かえって暑さを感じらあ」

と、柄沢が怒り出した。

手拭は、始終しぼらなければならないほどで、いやな臭いを放っている。だれもが、ちょっとしたことで怒りっぽくなっていて、神経はとげとげしくなっている。

「雷」が直衛として行動を共にする旗艦「足柄」── 燃料消費量が多く航続距離の短い「雷」は、本艦から曳航補給をうけた。

「曳航補給用意急げ」

突然、戦闘とかけ離れた号令が入った。

「なんだ、なんだ。きのう飲んだばかりだというのに、もう油が欠《けつ》かよ。機関兵の奴ら、油を呑んでるんじゃねえのか」

私は捨てゼリフを残して、柄沢と中沢をうながし、前甲板に出た。

「ひゃっ、『足柄』に衝突しそうだ」

先に上甲板に出た大塩掌帆長が、大声をあげ、前部の方に走った。

「ありゃりゃッ。本当に、『足柄』とキッスするぜ」

山田兵曹も、私と「足柄」を交互に眺めながら、首をすくめた。

「こらッ、なにをしているか。前部、曳航用意を急げッ」

艦橋の窓から身を乗り出した先任将校が、うろうろしているわれわれに気合いをかけた。

第六駆逐隊の各艦は、昭和七年に就役した特型駆逐艦として、一時代を画した花形だが、いまでは艦齢も十年となり、人間では中年過ぎといったところだ。

排水量千九百八十トン、五万馬力のタービン機関で、三十八ノットの高速は出せるが、燃料の消費も大きい。第七駆逐隊の「潮」型とともに、短距離選手といわれ、最近竣工して就役した「江風」とか「雪風」型に花形の座をゆずり渡したところであるが、乗員の練度については自負するところがある。

燃料は、最新式の甲型という「江風」などより、搭載量が五十トンばかり少ないので、接敵行動の高速を長時間つづけると心細くなり、すぐに補給をうけるということになる。

直接、燃料の使用にたずさわる機関長以下の機関科員は、つねに、節約に並なみならぬ努力と工夫を凝らしている。それればかりでなくわれわれ水兵員も、主計兵も、洗面や飲料水にまで気をつかって、不平も不満もいわずにいるわけだ。

だが、待ちに待った敵艦隊に向けて進撃している途中で、油の補給ということでは、しみじみと足の短いことを嘆かずにはいられない。

といっても、そんなわけだから、曳航して補給をうける機会は他の駆逐艦より多いので、すっかり馴れたものだ。しかし、今度のように巡洋艦と並行して、しかも高速で接敵運動中に、作業をおこなうのは初めての経験なので、戸惑っているのだ。

これまでに何回となくやってきた補給船との共同作業は、相手がそのように設備をし、熟練しているから平気だが、これも初めての作業らしい「足柄」が相手では、どうも呼吸が合わない。

なにしろ十六ノットも出しているので、双方の間に立った波は、低いわが艦の甲板を一方的に洗う。

「モヤイ銃発射」

前甲板指揮官の高橋少尉の号令で、大塩掌帆長が「足柄」の中部に向け、バスンというおよそシマらない音をたてて、モヤイ銃を発射した。捕鯨船のモリのように、鉄の矢についている細いロープが、するすると白い弧をえがいて、「足柄」の中部にとどいた。

「足柄」では、ロープをどんどん手繰《たぐ》る。こちらは、つぎつぎに順序よく太いロープをくり出してやる。

今度は「足柄」から、太いワイヤロープを送ってよこす。

「ひやァ、『足柄』のやつ。馬鹿でっかいロープを寄こしたな。スリップに入らないんじゃないかな」

大塩兵曹が心配するが、それでも、そのロープを、甲板上にいる前部員総員が、力をあわせて引っ張り込んでいる。

補給船は、駆逐艦用として適当な太さのワイヤロープを渡してよこすから仕事は楽だが、『足柄』は、一万トンの自分用の太いロープをよこしたので、取り扱いに大骨折りだ。兵隊が三、四人がかりで、やっとスリップに嵌《は》めた。

ロープはどうにか取り込んだが、油を送る管は、「足柄」の飛行機揚収用のダビット・クレーンで渡そうとするので短く、こちらに取り込むことができない。かといって、あまり俯角をかけると、管が波にたたかれてしまう。

「もう少し近寄る。防舷物を用意しろ」

先任将校が、艦橋から大声でいう。

「おいおい、舵長の奴、大丈夫かな。上手にまっすぐ、宜候《ヨーソロー》とねがいますよ。この速力で、ガリガリンとやっちゃ、こっちがイチコロだ」

飯泉先任伍長が心配そうに、艦橋を見あげた。

「足柄」との間を、さらに十メートルぐらいは短縮したようである。間隔は二十メートルもあるまい。打ちあげる波を浴びながら、防舷物を抱きかかえ、お互いに顔を見合わせた。

どうにか油送管を取り入れると、先方は油を送り出してきた。一時間くらいだったが、全員が息を呑んで立ちつくした。

「いやはや、『雷』も海軍一だぜ。十六ノットで巡洋艦と給油ができるんだからよ」

「足柄」から離れて、左の前方に速力をあげた自分の艦を指して、飯泉先任伍長が、嘆声とも自慢ともつかない声をあげた。

「ほんによ。これで、曳航補給をやらないのは空母だけになるな」

石田一曹も、ほっとしたようにいった。

「それにしても、『足柄』との間隔が狭くなったときのあの操舵長の面をみたかったよ」

と、私がいうと、

「舵長、青くなって眼を吊りあげていたぜ」

作業が終わって解散となったので、艦橋からおりてきた井口兵曹が、後ろの酒井一曹を指さして笑った。

「なあに、俺の腕はざっとこんなもんさ。どうだ」

鼻をひくひく動かしながら、酒井兵曹が私の肩をたたいた。

「舵長もご立派。だがよ、艦長だってこの船に二年は乗ってるしよ。航海長の谷川大尉は、少尉このときからだからな。うまくもいくさ」

井口兵曹も舵長をからかった。

みんなが煙草に火をつけ、しばらくぶりに煙草盆談義をはじめようとした。そのとき、

「配置につけ、配置につけ」

伝令が飛び、ラッパがけたたましく鳴った。

「やれやれ。皆様、毎度のことながら、こう休みなしじゃ嫌でござんせんか」

鬼沢兵曹が、例のとおり虎造節をうなり、出しかけた煙草をしまいながら、艦橋にかけのぼっていった。みんなも、「ワッハッハハ」と笑い納めをして、それぞれの戦闘部署に就《つ》くために走った。

消耗品のこころ

二月二十七日、そろそろ昼食になろうという時間であった。休みのときにはけだるそうな兵隊が、「配置につけ」の号令で、みんな動作が一変し、敏捷になる。長い間の訓練と、この哨戒行によって、器用に使い分けられる習性を培《つちか》ってしまったようである。

習性といえば、見張長の山口兵曹や広瀬兵曹などは、猫のようにどういう暗夜でも潜望鏡を見つけることができると自慢していた。

「艦長から各部へ。敵連合艦隊が、わが軍のジャワ島上陸を阻止《そし》するために、全力をあげて

出撃してきた。五戦隊、二水戦、四水戦は、この敵に向け急迫中。決戦のため本隊も合同、これに向かっている。各部警戒を厳になせ」

総員戦闘配置につくと、この命令が伝令された。

「それ、いよいよやっか」

といって、三宮兵曹が、いっこうに陽焼けのしない顔にニヤリの微笑をうかべて、中継所の一人ひとりの顔を見まわした。

膝をくっつけあって、何年間も狭い配置についてきたが、私はこのごろ、ここにいる五人があらわす表情について、注目するようになっていた。

三宮兵曹は、怒ったときとか緊張したりすると、ニヤリと微笑するような表情をするが、これは煙草盆でソラを突いているときの馬鹿笑いとくらべると、微妙な違いがある。

ともあれ、私は、三宮兵曹の分まで陽焼けした真っ黒な顔で、

「香港以来、弾庫に入りきらない弾丸が、弾通で夜泣きしてるもんな」

と、ぶすりといって、顎をしゃくって目をむいた。

「敵は、蘭巡デ・ロイテル型、米重巡ヒューストン型、英重巡エクゼターのほかに、軽巡、駆逐艦あわせて十数隻」

艦橋から敵艦隊の全貌を知らせてきた。

「艦型表を出してみろ」

と、三宮兵曹がいう。私が連合軍の軍艦を図示して要目などを説明したパネルを取り出すと、

「これがヒューストンだ。『青葉』型に似ているな、一万トン、二十センチ砲九門か」

と、みんなが憶えるように、説明した。

「こっちは『足柄』と『妙高』だけじゃないのか」

気の小さい中沢が、心細そうな声を出した。すると、

「こっちには、駆逐艦が十五、六隻もいるでねえスか」

と、後任の笹口に、やり返された。

「エクゼターは、『那珂』と同じように四本煙突だが、一万トン級で二十センチ主砲六門だ。それに、魚雷も持ってやがるな」

柄沢もパネルをのぞき込みながら、いった。

ジャワ攻略の全容など知ることのないわれわれは、自分たちの視界の中で行動している戦隊だけを考えることになるので、つい心細い言葉も出てくるのである。

八方に航空基地を確保して、制空権はすでにわが手に帰し、連合艦隊からは精鋭の機動部隊までが派出配備され、第二艦隊の主力である重巡や高速戦艦が、この海域に機動していることなど、おおよそのことは耳にしてはいるが、眼のとどかないところまでひろく想像図を描くことはできない。

「駆逐艦は、段違いにこっちの方がいいぞ。敵は十二センチ四門、魚雷は旧式な五十三センチだ。こちらは、十二・七センチ六門、六十一センチ九三魚雷だ。九三魚雷は六十ノットで三万メートルも走ると、水雷科の奴ら威張ってたからな。今日はお手並み拝見といくか」

三宮兵曹は艦型表を閉じて、私に渡した。

「戦闘配食受け取れ」

待っていた号令がきた。

「笹口、受け取ってこいや」

と、私がいうと、

「俺も行く。今度はいつ夕飯を食えるかわかんねえからな。その分までもらってくらあ」

食い意地の張った中沢二水が、笹口よりも先に出て行った。

「あやつ、食うことになると、目の色を変えるからな」

「ほんによ、戦さになっては、夕飯もなにもあんめえによ」

私と柄沢は笑い合ったが、私はなんとなく、「雷」の脚の短いのが心配になってきて、

「それにしても、戦さには間に合うんだろうな」

というと、

「そうよな、おいらのカアチャンは、足が短いからな」

三宮兵曹は、なんにつけても愛妻をひきあいに出す。そうこうしていると、

「ほら。もっと引っ張れ。落っこちるじゃないか」

がやがや言い合いながら、中沢と笹口が帰って来た。

「あれっ、今日の戦闘配食は麦飯かよ」

山盛りにした飯罐を下げて入ってきた中沢を見て、柄沢が素っ頓狂な声をあげた。

「うんにゃ、戦闘配食は銀飯だ。これは夜食だ」

「夜食？　夜食をいまから渡したのか」

「うんにゃ、これは朝食の残りだナ」

「この野郎、朝の残飯が夜までもつかよ」

柄沢と中沢が、朝の残り飯を持ち込んだことで、もめはじめた。

「そんなこと、どっちでもええじゃないか。早く昼飯を食べろ。また号令がかかると、食えないぞ」

班長の三宮兵曹は、笑いながら、麦の入らないお握りをパクついている。

麦のまじらない大きなお握りが二個と、靴の底みたいに、固くひからびた沢庵が数切れだけの昼食だ。それでも、兵員室よりはいくらかましの中継所で、五人が寄り添って、にぎやかに食べるのは、間もなく遭遇するであろう凄惨な戦闘など心のどこにもなく、まるで子供がピクニックに行ったときのような、楽しい食事である。

われわれのような一兵士が、何を、どのように考えようが、大戦の歯車は音もなくまわり、駆逐艦「雷」は僚艦とともに、戦場に向けて驀進しているのだ。

「全軍突撃せよ」と、旗艦に信号一旒かかげられれば、駆逐艦は敵の巡洋艦に向かって、弾雨の中を突撃して魚雷を発射する。

どの艦が沈み、どの艦が生還するのか、いまは誰にもわかるわけはない。そんなことを考え悩むより、主計兵の心づくしの銀飯を旨《うま》いと味わうことのほうが先決だ。

駆逐艦なんて消耗品さ。だから、艦首の菊の紋章がないのだ——と、みんながよくいうが、私自身もそう思っている。

人間も、魚雷と同じ一個の兵器だ。人間だなどという感情を持ち、ぶら下げていると、発狂するだろう。機械になることだ、一日も早く機械になること——これが、駆逐艦乗りの要諦なのだ。

「配置についたまま休め。煙草許す」

気のきいた号令が流れた。

「笹口、飯をパクつきながら電話でしゃべっても、通じないだろう」

電話についたまま食事をしている笹口が、飯を噛みながら砲台に伝令するのをきいて、三宮兵曹が注意した。それでも、

「……いや、了解しました」

と、伝えおえた笹口はいう。

「こんな調子のいい号令は、半分もいわないのに、すぐ了解するんだな。大切なときは、何回も怒鳴っても了解しないくせに」

また、笑いながらの食事がつづく。

「どうも、二個ばかりじゃ、かえって腹の虫を起こしてしまったようだな。どうれ、麦飯でも一杯つめ込むか」

中沢が一人前をぺろりと平らげ、掌についた飯粒を一つ一つ舐《な》めながら、飯罐を自分の膝に抱いて食器に山と盛りあげ、塩をふいた梅干しをお菜《かず》に、さもうまそうに食べだした。

梅干がひからびて皮と核だけになり、塩をまぶしたようになったものを、〝梅干し〟とわれわれはいっている。これが、たいてい朝の唯一のお菜になってから、ずいぶん日がたっている。

「お前は長生きするぜ。よく寝て、よく食って。何の心配もない男だもんな」

柄沢があきれて、中沢をからかった。

「だから性欲は抜群《ぐんばつ》で、日に二回もマスかかないと、頭にくるんだな」

三宮兵曹もひやかすと、

「班長はかわいそうだね。戦争がなけりゃ、いまごろ、カアチャンとおネンネしてられるにヨ」

こんどはあべこべに、中沢にやり返された。

「今日は、そういや日曜日だ」

私が思い出していった。

「ほんに、何曜日だって？」

三宮班長は、本気で指をくり、数えだした。

「カアチャンのことはどうでもええがよ。バナナを食いてえや」

「あれッ、また食い物の話かよ」

柄沢と笹口がゲタゲタ笑った。

「台湾バナナは旨かったが、ダバオの掌帆バナナは水ぽくって」

いちばん奥で電話についている笹口も、食い気の話ならと、優しい声を出し、細い目をますます細めた。

「高雄に入ったら、パインを一籠買ってきて、ゲップが出るほど食うぞ」

私もつられて、台湾のパイナップルやパパイアの味を思い出した。

「おらァ、田舎に帰って、アンコロ餅を腹が破れるほど食いたいや」

中沢が彼らしいことをいった。

「中沢、戦さの前に郷土《くに》のことなど思い出すやつは、弾丸に当たって死ぬんだってよ」

また、柄沢が憎まれ口をたたいた。私も偶然、そんな気持が頭の隅をよぎったので、

「そうさ、お寺や、墓の夢を見ると、死ぬというじゃないか。故中沢三等兵曹、骨になって栃木に帰るか、ああ悲しいかな」

と、声色まじりにいった。

「うんにゃ。俺ンチの方じゃ逆さまだ。そんな夢は縁起がいいといってるわ。今夜の夜食に、汁粉でも出るんじゃねえかと思ってんだ」

「いや、まったくお前にゃかなわねえ。長生きするさ」

みんな、いっせいに笑った。

「いつも戦闘配食ならいいスね」

食卓番で苦労している笹口二水が、しみじみという。戦闘配食はお握りと沢庵だけだから、配食したり食器を片づけたり、いつも四十度以上もある暑い兵員室で、みんなの食事が終わるまで待つことがないから、それこそ大助かりというところだ。

われわれの配置は、木製の丸い小さな腰掛けながら、腰をおろしていられるから、何時間つづいても楽チンである。しかし、艦橋の見張員とか、操舵長などは立ちっぱなしだから大変だろうと、他人事ながら同情したが、この配置も、ときどき交代して艦橋内で休憩するよう、先任将校や艦長の温情で善処されているということであった。

刻々と戦場に近づいているのだが、そんなことにはいっこうに気をやむことなく、毒にも薬にもならない、それこそ掌で天を突くような手応えのないソラを突いて、時間のたつのもわすれている。

われわれはまだ、惨烈な海戦は経験していないのだ。映画などでは何回も観てはいても、自分たちがその渦中にいないかぎり、真実のところはわかるまい。不安、恐怖、緊張——戦闘という極限の場で、どのような思考や感情がわが身を襲うのか、まったく予測がつかないのである。

こうして合戦場に近づきつつあることが、ふっと、幼いころ、お祭りが近づき、あと何日だ、もう何日と指を折り、待ちきれないあのもどかしさ、わくわくしたあの気持と似通っているような気もするのであった。

いまさら、何を望み、何を考えてみたところで、仕方がない。人間の願望や思考など、なんの価値もないような気もする。

だから、難しいことに深入りして苦しむよりは、卑猥で、空を突くような手応えのない駄法螺《ぼら》に熱中して笑い呆けるか、食い物の話などして、その一時だけでも戦場にあることを忘れることが、最良の方法であるのかも知れない。

嵐の前のいっぷく

「おい、また飯の時間になったんじゃねえか」

中沢が、笹口にいった。

「ほんによ、もう夕飯だ。一体、どうなってんの」

話のタネもそろそろ尽きかけたとき、時計を眺めた私は、計器盤をとんとんと叩いて、大きな背伸びをくり返した。

駆逐艦「雷」は、依然として二十一ノットの高速で主隊とともに南西に進んでいる。そのとき、「配置そのまま食事」と、号令がかかった。

「それ、笹口、いこうぜ」

待ちかねていた中沢が、笹口をうながして、ふたたび出て行った。しばらくして、

「今度はお握りではなかった」

笹口が食罐とお菜《かず》の鉄板（食罐のフタのこと）を運んできた。中沢は、射撃指揮所の上条や国分と、食器やら薬罐をがらがらさせながら運んできて、入口のところで上の指揮所の分と下の中継所の分を、多いとか、少ないとかいいつつ配食をはじめた。

わが班は、二つの配置に別れているから、このようなときには不便だ。

「これ、鯛か？」

といいながら、三宮兵曹が煮魚を箸でぶら下げると、頭以外の肉がバラバラと落っこちてしまった。

「お頭つきだが、頭と尾ポと骨ばかりで、身がないんじゃん」

中沢はこぼしながらも、バラバラに落ちた肉をしこたま自分の皿に盛りつけて、もうがつがつ食いはじめた。

主計兵の心づくしか、いつもならアジかサバの煮つけなのだが、海戦を前にはずんだのだろう、鮮度が落ちてはいるが、鯛には変わりなかった。

駆逐艦の冷蔵庫は、罐室の真上にあって、冷却能力も低いのか、生氷を入れておいても、二、三日で溶けてしまう。

まさか腐ったものを食わすこともあるまいが、煮汁も捨てないで何回も使うのか、ずいぶん嫌な臭いのすることもある。

文句を言ってみても、ほかに何もないから食べるしかない。そんな食事でも、こうして、みんなでにぎやかに食べられることは、有難いことではある。

「第二哨戒配備」

飯を食いかけたら、また号令だ。

「おいおい、第二配備は結構ケダラケだが、戦争はどうなったんだ」

食事の早い私は、食器を置いて腰を浮かした。

「なんのこった。食事の間だけ二配備にしてくれるんなら、下で飯にしたらよかったのに」

食器を運んできた中沢がこぼす。

半数は解放されたので、わたしは上甲板に出て、四股を踏み、手を上にあげてふりまわした後、煙草に火をつけた。

「いやあ、疲れた疲れた。めろめろだ」

転がり落ちるようにして降りてきた電信長の深沢一曹が、私の煙草を横取りして、うまそうに吸って、しばらくしてから煙を吐いた。

「なんだ電長」

いきなり煙草を取られて腹をたてた私は咎《とが》めた。

「煙草に火がつけられねえ、手が震えてよ。昨夜から電鍵《キイ》の叩きっ放しよ」

またうまそうに眼を細めて煙を吐いてから、煙草を返そうとした。

「そうか、それ吸いなよ」

私は自分の分を出して火をつけた。

「戦争はどうなってんだよ」

「どうもこうもねえ。もう五戦隊や二水戦がつかまえてるだろう」

「うちはどうなる？」

「そのうち、いやでも戦場到着よ」

「でも、第二配備になったぜ」

「そんなこと俺が知るもんか」

電信長はうるさそうに、両腕をあげ、上体をくねくねさせたり、首をまわしたりした。

このときの主隊は、五戦隊などが戦っている地点からまだ百カイリも離れ、戦場に到達するには五時間もかかるということだった。

会敵前、余裕のあるうちに、各人の身心の準備と整理をさせるための二配備だということである。

電信長は、煙草の礼もいわず、小便をして、電信室に駆けもどっていった。

われわれが食事をし、便所に行って生理的な現象をととのえ、一服しているとき、バウエアン島の南西では、五戦隊、二水戦、四水戦が敵を捕捉していた。

このとき、午後四時五十九分、先頭を進む二水戦の旗艦「神通」が、南方三十キロに敵のマストを発見していた。

田中頼三少将が座乗する第二水雷戦隊旗艦「神通」──スラバヤ沖で奮闘したが、発射した魚雷は、過早爆発したという。

このころまでには、第五戦隊（「那智」「羽黒」）、第七駆逐隊一小隊（「潮」「漣」）、駆逐艦「江風」、第二十四駆逐隊「山風」、第二水雷戦隊（「神通」、第十六駆逐隊「雪風」「時津風」「初風」「天津風」）、第四水雷戦隊（「那珂」、第二駆逐隊「村雨」「五月雨」「春雨」「夕立」、第九駆逐隊「朝雲」「峯雲」）が集結し、高木五戦隊司令官の統率のもと、索敵機を「神通」から一機、「那智」「羽黒」から各二機を発進させ、接敵運動をつづけていた。

わが方は、重巡二、軽巡二、駆逐艦十四隻で、彼我ほぼ対等の兵力であった。

二水戦が合同したとき、高木司令官は、五戦隊の直衛だった「潮」「漣」「江風」「山風」を二水戦に編入させ、水雷戦隊として行動するよう命じた。

二水戦、五戦隊の順に単縦陣となり、三十ノットの高速で、同航態勢を占め、午後五時四十五分、先頭の「神通」は距離一万七千メートルで砲戦の火蓋《ひぶた》を切った。

敵の重巡がただちに応戦してきた。勇みたつわが戦隊は、まだ実戦に用いたことのない二十センチ通常弾、徹甲弾を、敵の重巡にむけて急斉射に入った。

距離は二万二千メートル。「那智」と「羽黒」は一艦で十門、合計二十門の主砲を連続して斉射する砲声は、ジャワ海を圧し、砲煙は空をおおった。

敵の巡洋艦は、先頭を進む「神通」に砲火を集中し、「神通」はたびたび水柱に姿を没し、あわや轟沈かと息を呑むほどの激戦となった。このため二水戦は、煙幕を展張し、敵と離れる行動をとった。

このとき、遅れて戦闘にくわわった四水戦が、二水戦の頭を突っ切って突撃し、魚雷を発射した。「神通」も魚雷を発射した。

四水戦と、「神通」の発射した魚雷が過早爆発をはじめて、水柱が、つぎつぎと高くあがるので、敵の管制機雷原に入ってしまったのではないかと、司令部が誤った判断をしてしまった。

二万二千メートルの射距離は、五戦隊の二十センチ砲の最大限距離であることと、敵の避弾運動が巧妙なためもあって、命中弾は得られず、魚雷も発射したが、期待した九三式魚雷の威力を、残念ながら見ることはできなかった。

一時間におよんだ戦闘の間、双方とも決定打がみられなかったが、敵は急に陣形をみだし、煙幕を張った。損傷艦発生、いまこそ好機とみた高木司令官は、午後六時三十七分、「全軍突撃せよ」と下令した。

　敵は陣形を乱しながら、南東方面に逃走をはじめた。

　煙幕の中を、もっとも至近距離まで突撃していった第九駆逐隊は、敵駆逐艦二隻と砲戦し、英駆逐艦一隻を撃沈したが、「朝雲」も機械室に被弾、機関が停止した。

　日没がせまり、砲煙と煙幕のため、視界がまったく悪く、戦場は陸岸の近くに寄ってしまった。そのため、高速運動は危険であるとみた高木司令官は、いちじ戦線を整理した後、夜戦で敵を撃滅することを決心し、各戦隊に集結を令した。

　索敵および弾着観測のために発進していた「神通」の偵察機は、敵に触接をつづけ、刻々、動勢を報告しつづけていた。午後八時十五分、この「神通」の偵察機から「敵は二十ノットで北上、輸送船団に向かうらしい」という報が入った。

　このとき五戦隊は、索敵機が着水し、この揚収作業のため、機関を停止していた。最後の一機を収めようとしたとき、敵が突っ込んできて照明弾を撃ちあげ、猛然と砲撃をしてきた。これをみた二水戦は、五戦隊と敵とのあいだに割って入り、魚雷を発射して煙幕を張ったため、敵を見失ってしまった。

　第九駆逐隊から午後八時四十分、「『朝雲』は片舷航行が可能であり、現在、投錨して損傷個所の修理中」との報告があった。

　主隊（「足柄」「妙高」「雷」「電」）がまもなく戦場に到達するという連絡をうけ、各戦隊は、主隊の到着を待った。

「神通」の偵察機は、いぜん執拗に敵に食いついて、照明弾を吊光して、敵の動向を報じていたが、「那珂」の偵察機と交代した。ところが、この「那珂」の偵察機との交信は途切れてしまい、敵の行動は不明になった。

戦闘は、二十八日午前零時半ごろから再興した。南下中の五戦隊が、北上する四隻の敵影を発見し、最大戦速で同航態勢に占位しようとしたとき、敵は照明弾射撃を開始した。五戦隊は、先ほどの戦闘で主砲の弾薬を消耗して、残弾が少なくなったので、緩斉射で応射し、魚雷を発射した。この魚雷が二艦に命中し、うち一隻は轟沈、一隻は大爆発を起こして火炎につつまれた。

二水戦、四水戦は、この戦闘に加入できなかった。

高木五戦隊司令官は、「間もなく主隊が合同するころだから、味方識別に注意せよ。二水戦は船団の南東を警戒せよ」と、各水雷戦隊をそれぞれの部署につかせた。

西村四水戦司令官は、船団を、二十八日正午、入泊の進入準備位置に行動させた。

武者ぶるいの一夜

「夜食受け取れ」

またまた食事の時間がめぐってきた。

友軍が死闘を演じている戦場に、刻一刻とせまりつつある駆逐艦「雷」では、いつものように午後八時半きっかりに、夜食の配食がはじめられた。戦闘になろうが、時化《しけ》になろうが、艦長から「止め」の令がないかぎり、主計兵は飯を炊き、みんなの喜びそうな夜食をつくりつづけているのだ。

昨夜来ずっと総員が、戦闘部署についたままである。

「笹口、今夜は何だ」

入口の扉が開くのを待ちかねて、中沢が聞いた。

「乾パンと汁粉」

なにが嬉しいのか、細い眼の笹口が、その眼をさらに細くして答えた。

「へえい。おれの夢が当たったぜ。ご馳走だな」

中沢は満足げに立ち上がって、笹口と二人で汁粉を食器に盛った。

「どうせ、あと何時間かで死ぬんだから、あと一杯よけいに食いてえよ」

大食器一杯、またたく間もなく平らげ、舌で口もとをなめながら、中沢が空の食罐をのぞきこんだ。

「この野郎、縁起《えんぎ》でもないこというな」

柄沢が怒り出した。柄沢も徴募兵だが、中沢とちがって妻子持ちの身だから、われわれのように、サバサバした気分で汁粉の味を楽しんでもいられないのであろう。

「馬鹿いってないで、残ってたら早く食って、食器を片づけろ」

三宮兵曹も不機嫌な顔で、ぶすりと言った。

食罐の底をガリンガリンと掻きまわすシャモジの音が妙に高く室内にひびいた。

中沢は、他の者の沈んだ気分などにおかまいなく、少し残っていた汁粉をきれいになめて、空《から》の食器を食罐に入れて、洗って返納するため下に持っていった。

一昼夜以上配置につきっ放しで、不眠と疲労とでいらいら気がたっているばかりでなく、こう長い時間、戦場にせまる緊張感、興奮のくりかえしが神経を尖鋭にしてしまったのか。いつものように騒がしさもなく、汁粉が甘かったとも、だれもいわず、みんな黙りこくってしまった。

艦橋も深い海底のように静まりかえり、舵長のまわす舵輪の音が聞こえるだけだ。電信室の無線電話だけが、馬鹿に音高くガンガン響いている。

無線電話は途切れることなく各司令部から司令部へ、司令部は各隊に、各艦に、各艦から司令部へと、海戦最中の五戦隊、二水戦、四水戦が、必死に交信しているほか、別系統の電話は主隊の「足柄」から、南方部隊指揮官からと錯綜している。

われわれ門外漢には、何のことやらさっぱりわからないが、電信員はこの中のうち、自艦に関係するものを選択して受信し、暗合、隠語を迅速に解読して、艦長に報告する。これでは電信長が、頭がおかしくなるわ——というのも、無理のないことだ。

いつものように、南十字星はきらめき、風のとまったジャワ海は、戦争のことなどまるで関係ないように静かで、全速力で突っ走る巡洋艦と駆逐艦が切り裂く波だけが、黒い海面を白く乱して光っている。

「あと一時間で会敵の予定」

みんながいっせいにピクリと身体を動かし、時計を見た。とうに夜半は過ぎ、二十八日になっていた。午前一時をまわっている。

香港で第一弾を発砲して以来、合戦のときに締めることにしている鉢巻は、あのときは真っ白くあざやかだったが、この炎暑のジャワ海で、何日も締めっぱなしのため、汗で土色に変色してしまった。

だが、気持をひきしめ、戦いに臨《のぞ》もうとするわれわれの心意気に変わりはない。みんなが無意識のうちに鉢巻を締めなおした。

笹口は、腰掛けから立って、電話器のバンドをなおした。三宮兵曹の癖であるニヤリが出た。彼は一言、

「いよいよやるか」

という。私は、両足をガタガタ震《ふる》わせながら、

「ようし。今夜は弾庫が空《から》になるまで撃ちっ放すか」

「あれっ、笹口、おまえ震えてんのか」

中沢が振り返っていった。

「なにいってやがる。自分だってガタガタしてるじゃねえか」

「おれのは、機械の震動だ」

「嘘つけ。弾着時計は、まだまわしちゃいないじゃないか」

「それもそうだ。なに、おれのは武者ぶるいさ」

だれもが、武者ぶるいだといった。死というものに対する恐怖の実感はないが、未知に飛び込む最大級の興奮状態が、身体中を熱ぽくし、自分でも知らぬ間に身体が震え出してしまっているようだ。

ちらっと、幼き日に通った郷里の学校と、友のことが脳裏をかすめた。

「爆発の閃光、左艦首、三万」

山口兵曹の声が、いつものように、落ち着いて聞こえた。

「おう、やりおるな。水平線が真っ赤だ」

甲《かん》高い声は航海長だ。

「前方三万で海戦中」

国分が砲術長の令を伝えた。三宮兵曹が応答し、笹口は各砲台に伝達した。もうだれも口をきかない。ただ、計器盤を睨んでいる。

「ふうっ」と、私が抑え切れず、太い息を吐いた。「戦闘」の号令は、なかなかこない。短いような時間に思えたが、もう午前三時に近い。三時間もかちかちに緊張していたのだ、頭を空っぽにしたまま。われわれは、午前二時半ごろには戦場に到着したが、船団の避退する群れと、各水雷戦隊が、警戒配備につくため運動中なので、海域は混乱していて、進入できない状況である。

敵はすでにスラバヤ湾に退却してしまったらしく、索敵機や駆逐艦で捜索したが、戦場には炎上、停止している船のほかに、敵影をみることがなかった。

輸送船団上陸の予定日は、いままでの戦闘のため北方に避退したので、二十八日に延ばしたが、さらに変更され、三月一日と決定した。

主隊は戦場を高速で運動していたが、午前六時、五戦隊に合同するよう令し、速力十六ノットで、バウエアン島の西方に進出した。

歯磨粉を口いっぱいに頬張りながら、二日ぶりに洗面を許された駆逐艦「雷」の兵たちは、眼をしょぼつかせながら洗面器をもって、中部甲板に集まってきた。

「ありゃりゃ。『那智』と『羽黒』も集まってきたぜ」

三番砲の渡辺一曹が、何日ぶりで顔を合わせたかな——といって、顔を洗い終わって海を眺めながら、反航してきた重巡を指さした。

「昨夜は、砲身が溶《と》けるほど撃ちっ放してやろうと張り切ってたのに」

鈴木兵曹が、まばらに不精ヒゲを生やした顔で、私にいった。

「まったくよ。『足柄』の奴にひっついてから、ロクなことないな。あのまま『那智』といっしょなら、昨夜は大戦争できたのにな」

水雷科の関屋二曹が、歯ブラシでゴシゴシやりながら泡を飛ばして、大きな声で話の仲間入りした。

「ぶるぶる震《ふる》えながら一日も走りまわって、待ちぼうけはひどいな」

私は鈴木にいった。

「ほんによ。いまか、いまかと魂をつめて、待つのは心から疲れらァ」

鈴木も上半身を前後左右に屈伸運動しながら、後部の兵員室のほうに帰っていった。

例のとおり暑苦しいのを我慢して、塩からい沢庵と味噌汁だけで、麦飯を食べはじめた。

どの班の食卓でも、飯を食べるよりも、昨夜、火炎を望んだだけで、五戦隊などが働いた戦闘をうらやましく思い、あれやこれやと想像をめぐらしての話が咲いた。

「曳航補給用意」

伝令が、号笛を鳴らしながらとんできた。

「チェッ、またかよ。朝飯ぐらいゆっくり食わせろよ」

栗林がむかっぱらをたて、文句をたれた。

「いつものことさ。一晩中、あの高速じゃ、もう油は空ケツさ」

汗をふきふき、金沢が食器を置いて立ち上がった。

「飯は後だ。早く前甲板に行け」

未練たらしく、食器をはなす奴が少ないので、飯泉先任伍長が怒鳴り、沢庵をポイッと口に投げ込んで、ポリポリ噛みながら階段をのぼっていった。

今度は巡洋艦でなく、いつも相棒となる給油船だったので、作業はすんなり終わったが、さめてしまった味噌汁と、冷たくなった麦飯に、食欲もわかず、一口食っただけで捨ててしまった。

二月二十八日は、われわれ主隊も船団からはなれず、警戒配備についた。

昨夜の激戦で敵中深く突入し、敵駆逐艦一隻を屠《ほふ》ったが、自分も損傷をうけた第九駆逐隊の「朝雲」は、「峯雲」に護衛されながら合同してきたが、修理のため、ここからもっとも近いバンジェルマシン基地に、補給のため回航する第七駆逐隊の「潮」「漣」とともに向かい、戦場をはなれた。

先に、蘭印部隊指揮官が令してあった「鬼怒」（第四潜水戦隊旗艦、軽巡）、第八駆逐隊（「大潮」「満潮」）が、輸送船団の警戒護衛についた。

わが方の兵力は、つぎのようになった。

主隊＝「足柄」「妙高」「雷」「電」

五戦隊＝「那智」「羽黒」「山風」「江風」

二水戦＝「神通」、第十六駆逐隊（「雪風」「時津風」「天津風」「初風」）

輸送船団は四水戦の「那珂」、第二駆逐隊（「村雨」「五月雨」「春雨」「夕立」）、第九駆逐隊（「峯雲」「夏雲」）をはじめ、「白鷹」（敷設艦、第一根拠地隊）、第二十一水雷戦隊一小隊（駆潜艇二隻）、第十一、第三十掃海隊（掃海艇各四隻）、第二十号哨戒艇、第二十一駆潜隊（駆潜艇四隻）、妙高丸（砲艦）、軽巡「鬼怒」、第八駆逐隊（「大潮」「満潮」）などが警戒護衛し、陸軍の輸送船は四十三隻だった。

われわれは、連夜の緊張がうすれ、興奮を夢のようにぼうっと脳裡の片すみに残したまま、惰性のように戦闘配置についていた。

船団がじょじょに泊地に近づくにつれ、残存敵機の空襲は頻繁となった。

夜間も執拗に、照明弾投下による爆撃をつづけ、わが船団の徳島丸が至近弾で浸水して陸岸に乗りあげ、じょほうる丸は命中弾で約百五十名の死傷者を出し、その他の船も軽微であるが損傷をうけた。

三月一日、午前二時三十五分、船団はいっせいにクラガン泊地に進入した。敵は、航空機のほか魚雷艇などが出撃し、必死に水際での反撃を行なったが、午前四時、陸軍部隊の第一波は上陸に成功した。

十時半ごろ、五戦隊部隊（「那智」「羽黒」「山風」「江風」）が、バウエアン島の西方で、北東方向から西に向かう敵の巡洋艦一隻と、駆逐艦二隻を発見した。五戦隊は、すでに主砲弾薬を消耗し、残弾が少なかったので、主隊の加入を得て、これを攻撃することにした。敵発見の報は各艦がキャッチした。五戦隊はただちに索敵機二機を発艦させて、敵艦隊に接触させた。敵は煙幕を張り、反転して東方に逃走をはじめたが、五戦隊は追撃した。警報をうけた「足柄」「妙高」「雷」「電」は、北に迂《う》回し、この敵を南北から挟撃する態勢をとった。

エクゼターの最後

駆逐艦「雷」の艦内に、「戦闘」の号令と勇ましいラッパが響き渡った。三日間も待ちに待たされ、闘魂が燃え尽きようとしているとき、強烈な活《かつ》をくらったようにわれわれの胸に、ふたたびぐっと熱いものがこみあげてきた。

艦は三十二ノット、最大戦速にあがり、転舵するごとに、艦体が異様にきしむ音をあげ、いまにもよじれて切断するのではないかと思うような不気味さである。

「砲雷同時戦用意」

六尺ゆたか、顔中ヒゲで埋まったような容貌魁偉な工藤艦長が、優しい静かな声で、ことをもなげに令した。

艦長伝令の神田一水が、映画の中の俳優にでもなったような気どった声で、各部に伝令した。

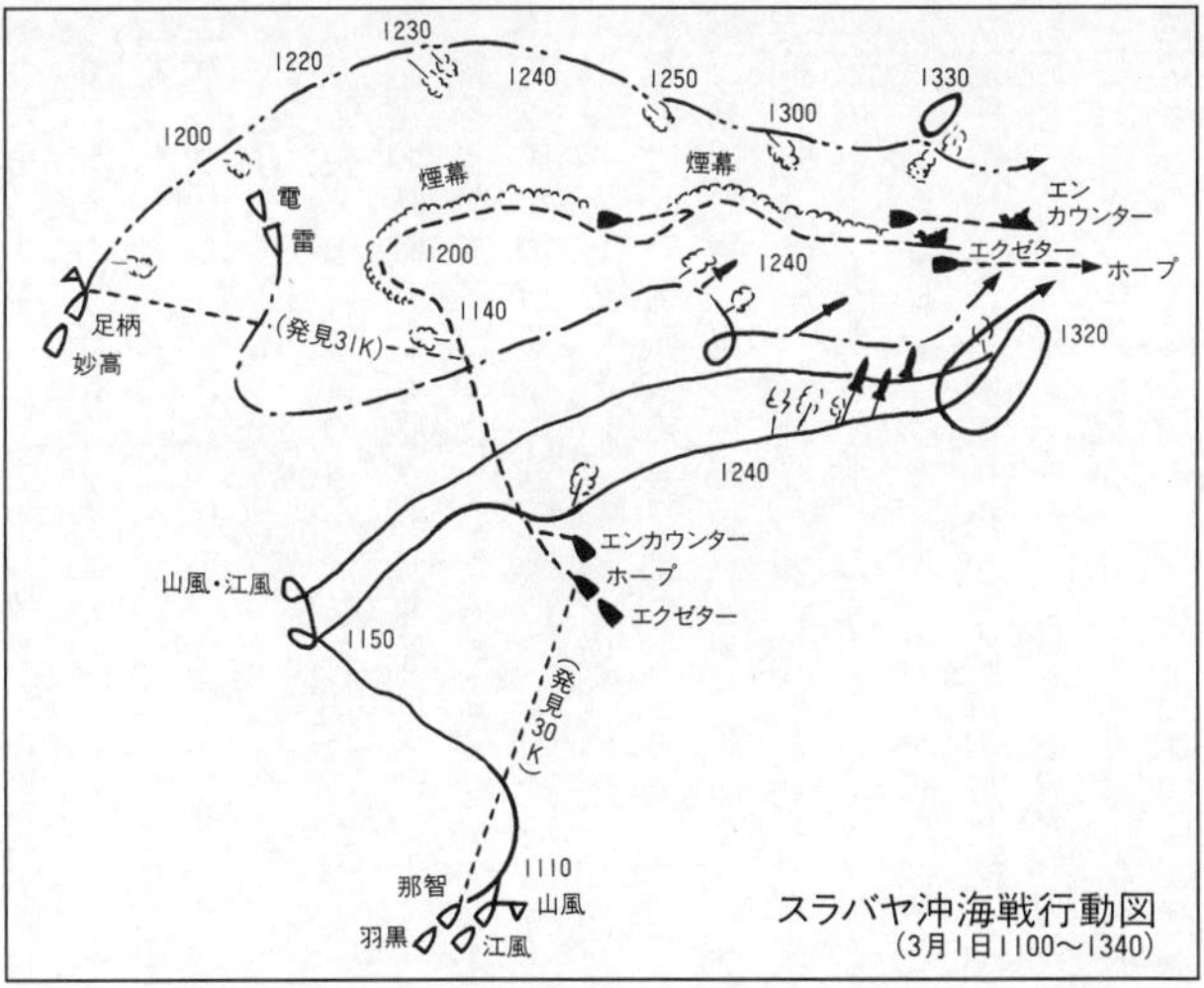

スラバヤ沖海戦行動図
（3月1日1100〜1340）

「砲戦用意」

三宮兵曹が自分を励ましているようなようすで、低い声で指揮所に応答した。

笹口は、訓練のときとちっとも変わらない態度で、各砲台に伝令した。

各砲台では、弾庫から十二・七センチの通常弾と発射薬を給弾室へ、給弾室は砲側にと、供弾を開始した。

いままで眺めていただけの、ピカピカ光る信管のついている実弾は、涼しい弾庫から急にむし暑い砲側に出されて、冷たい弾体にうっすらと水滴を浮かべた。

中継所では、すべての電源を接続し、苗頭盤が発動して、刻々はいる距離、敵速、自速などをデータとして入れ、各員、息をのんで計器の針をにらんでいる。ちらりと時計をみたら、十一時三十七分であった。

時間を知った瞬間、また幼いころに通

った郷里の小学校や、去年、休暇から帰艦する日、門まで見送ってくれた両親と弟妹たちの姿が、ちらりと頭の中を掠《かす》めた。

しかし、これらはほんの一瞬間で、ピタリと三十二ノットを指している自速の白い針が、私の頭の中にひろがり、先ほどの想いは消えてしまっていた。

「『足柄』『妙高』発砲」

見張長・山口兵曹の声が、私のところまで響いた。

「砲雷同時戦、右砲戦。右魚雷戦同航」

電信長の旗艦と交信するがらがら声を抑えるように、冷静な艦長の号令が聞こえた。

「右砲戦、同航の駆逐艦」

射撃指揮官の甲高《かん》い号令は、伝令の国分を通さなくとも聞こえてくる。わが艦の左側から頭越しに一斉射撃する「足柄」と「妙高」の二十センチ砲二十門の弾丸の風圧が、わが艦を震わせる。敵は傷ついた重巡一隻を護るような態勢で、ときどき煙幕を展張しながら、東の方向に逃走しつつ発砲をつづけている。

「敵速三十ノット、距離一万三千」

この計算は私の任務だ。ハンドルを回し、データを注入する。すると、自動的に計算された射距離や、左右の見越角が、砲台の針に伝わって修正する。この基針(白針)に砲を俯仰、旋回して、自分の針(赤針)を合わせると、方位盤の射手が引き金を引く。

白い針と赤い針が重なっているときは、接触片があって、これに電流が通って発砲し、見越量もとられているから、命中という仕掛けになっている。

各砲の弾薬を装塡し終わって、発砲接断機を接続すると、中継所にある整備灯の青が点《つ》く。砲戦側、すなわち「右砲戦」の号令があると、砲台では弾薬を装塡する。方位盤、砲側ともに照準を開始する。

これらはすべて艦砲操式に定められた操法で、各員それぞれの操作を行なうのである。これの訓練は、今日のため何年間も毎日、毎日、くり返しつづけられてきたのだ。青春のすべて、血のにじむような努力が、これだけに注がれてきたのだ。人は機械みたいな奴だと笑うかも知れないが、軍人として生きてきたのはこのためだけなのである。

われわれは人間ではないのか。なにか物を考えたり、自分の欲望のまま行動してみようとしたりすることはなかったのか。われわれは戦争をするための一個の機械でしかないのか。そんなことを、いまさら考えてみても、空虚な感傷でしかあるまい。

さらにいえば、大砲を撃って、相手の艦を沈め、人を殺すといった罪悪感もなければ、国を守るというような大袈裟《おおげさ》な殉国的な精神もない。号令がかかれば無意識に行動し、全精神、全身をこれに没入するだけである。

射距離一万三千メートルは、駆逐艦搭載砲の最大限度だ。右側からは「那智」「羽黒」が交互撃ち方の緩射でときどき撃ってくるので、敵とわが艦の間には物凄い水柱が林立し、さらには砲煙や煙幕などで、快晴のジャワ海は暗雲につつまれたような感じになってしまった。

目標の敵は英駆逐艦エンカウンターらしく、敵としては少々不足である。排水量千三百七十五トン、速力三十六ノット、備砲十二センチ四門、魚雷五十三センチというから、わが方の「春風」型と同じ旧式艦である。

英駆逐艦ポープとともに、エクゼターを護る落武者であるが、わが方は重巡四隻、駆逐艦四隻の精鋭が情け容赦なく殲滅しようとしているのだ。

エクゼターも、敵の両駆逐艦も、どんどん近接していくわが「雷」らに砲撃を集中し、反撃してきたが、弾着は正確さを欠いている。

一方、わが方の弾丸も命中しない。なにせ、一万メートル以上の遠距離射撃になると、弾丸の空中飛行時間が三十秒、四十秒という長い時間になるので、発砲と同時に回避運動をとれば、発射時に計算した射撃諸元（見越量）は、まったく無駄になってしまう。

十秒間隔で発射すると、二斉射目の修正は、その七弾目でなければ生きてこない。弾着時計係は、汗をぽたぽた垂らしながら、印点板が真っ黒くなるほどの印をつけて、つぎつぎと、「第何弾、用意、弾着」と、射撃指揮官に報告している。

わが方の主体と五戦隊に挾撃され、さらに駆逐隊に突撃されている敵は、煙幕を張り転舵しようとする。五戦隊と敵艦隊の間に、「山風」「江風」の両駆逐艦も突っ込んできた。

追撃をはじめて約三十分ほどが過ぎると、帝国海軍第一の駿足であるわが「雷」が、もっとも早く敵に近接した。

機関室では、機械が壊れ、罐が破裂するのではないかとおもわれるほどだ。ものすごい機械の音の中で、蒸気漏れを防ぐため、掌長以下総員で、各部のナット、ボルトの締めつけ、油を全身に浴びながら油を注いだりしている。

計器の針は、いずれも、最大の赤マークを指しているが、そんなことにかまわず、半ノットでも速力を増すことに、みんなが必死になっている。

信号兵は、旗旒の揚旗線がちぎれて吹っとびそうな艦橋で、信号索を守っている。

ついに、敵との距離を千二百メートルまで詰めた。

「右魚雷戦、同航、目標巡洋艦、射程距離一二〇〇、開角十度」

煙幕の中から現われてきた三隻のうち、四本煙突の英重巡エクゼターに目標が定められた。

エクゼターは、前回の合戦で被弾し、発生した火災はやや下火になったようであるが、まだ白い煙をあげながら、わが方に対しては対空砲、機銃の水平射を浴びせながら、逃げ切ろうとしている。

わが水雷戦隊の猛攻をうけて被弾炎上し，白煙をふきあげながら傾斜する英重巡エクゼター。

ヒュル、ヒュルと、各発射管から九三式魚雷が飛び出し、水中に姿を消した。世界に誇るこの魚雷は、推進源に酸素をつかっているので航跡も出ないし、六十ノットで二万メートルも走るという。魚頭には一・五トンの爆薬が装塡されている。

艦長以下、艦橋にある者、発射管にいる者、その全員が息をのんで、敵艦を凝視した。かならず命中してくれよ。途中で躍り出したり、誤爆などしないで敵艦まで走れよ——と、海中を走る魚雷にむかって心の中で叫んでいた。

二十七日の戦闘の際には、多くの魚雷が早期誤発し、大問題になっていた。魚雷の取り扱いでいちばん難しいのは、上下、左右の角度を調整することと、爆発点の調整で、これらは各連管員の面子《めんつ》にかけて、その整備には真剣に取り組んできた。だから、誤発やジャンプを起こしたとあっては、切腹ものだと責任感が身を責める。

「命中ッ」

感きわまったような声がした。

「おおっ、命中。やった」

工藤艦長は、伸び放題のヒゲにおおわれて、顔の表情は定かでないが、口もとをグッと引き締め、双眼鏡につけている両眼は、キラリと光っていた。

突撃してきた「山嵐」と「江風」も魚雷を発射した。

各艦の放つ魚雷は、つぎつぎにエクゼターと、随伴の駆逐艦に命中する。水柱が天空をおおい、黄金色の閃光が走り、ゆっくりと濃紫色の爆煙が奔騰する。

エクゼターはほとんど停止の状態となり、後部の方から炎が全艦をつつみはじめた。それでも、わが方の砲弾は、情け無用と命中する。

午後一時半、大爆発の轟音は、わが艦まで響き渡り、エクゼターは艦首を上空に向けたとおもうと、すぐにジャワ海にその姿を没してしまった。

「敵巡、撃沈だ」

ゆっくり艦長が口を開いた。

「やった、やった」「万歳だ、万歳だ」

艦橋にいるみんなが、たがいに他の肩を叩きあって躍りあった。

「艦内に、敵大巡撃沈、目標左に換え」

騒然とした艦橋に、細かい静かな艦長の号令がする。

「目標左に換え、同航の駆逐艦」

戦闘再興の号令が、艦内に響きわたった。

目標変換の号令がきたが、わが艦が発砲するより先に接近して、高角砲の水平射撃をする「足柄」と「妙高」が、敵の駆逐艦を撃沈してしまった。

なお、この三月一日の昼戦は、あくまでも私の記憶を中心にまとめたものであるが、現存の先任将校・浅野大尉や、航海長の谷川中尉によれば、「雷」は砲撃も、魚雷の発射もしなかったという。また、挿入した行動図は公刊戦史によるものだが、私の記憶では「雷」は敵艦の北側を行動したように思うし、はたして「電」といっしょだったかどうかも疑問で、戦史にもいろいろあいまいな点があるのではないかと思われる。

敵の漂流者を救え

このころになって、猛然とスコールがきた。砲煙と火災の煙につつまれ、暗夜のような海面はさらに視界が狭くなり、もう一隻の敵駆逐艦は、この中を煙幕を張って逃走してしまった。

この海戦で撃沈した敵艦は、英重巡エクゼター、英駆逐艦エンカウンターであった。わが方にはまったく被害はなかったが、巡洋艦の発射弾薬数は多かった。重巡の主砲は、発射速度が早いので、消耗量も多くなる。

五戦隊と「山風」「江風」は、弾薬、燃料の消耗がはなはだしいので、バンジェルマシンで補給するため分離し、戦場を去った。「足柄」「妙高」「雷」「電」は、スコールの中を逃走した敵駆逐艦を追跡した。

しかし、狭視界のため、これ以上、高速で走りまわることは危険と判断した蘭印部隊指揮官から、戦闘中止、速力を落として戦線を整理するように命令があった。

艦は急速に速力を落とした。

汗を拭うことも忘れた二時間の戦闘で、作業服は、水からあがってきたみたいにびっしょりと濡れ、みんな顔は赤く湯気をたてている。

「ひゃあ、腹へった」

私は思わず背中を反らしていった。柄沢、中沢、笹口の三人も同じことをいって笑い合った。三宮兵曹だけが例のとおり、声を出さずにニヤリとしただけだった。

われわれは、いちじ戦闘が中止されたので、ようやく昼食をとることができた。主計兵はあの乱戦の最中にも食事をつくることをやめず、敵艦の撃沈を目撃できたのは、包丁をとらない烹炊員長だけであった。

「一番砲だけ残し、水兵員、敵溺者救助用意」

突然、操式には見当たらない珍しい号令がかかってきた。

「おいおい、戦争はどうなったんだ。まだ用具収めがないのに、敵兵を救助するなんて、日露戦争のときにあった話だぜ」

私が首をひねった。

「へんな戦争」

三宮兵曹も目玉をぱちくりしながら、みんなをうながして上甲板に出た。

スコールもやみ、砲煙は消え、先ほどの修羅場が嘘のように静かな海を、暑い太陽がかっと照りつけている。

「わあ、いるぞ、いるぞ。どこの国の兵隊だ」

中沢が指さして大声をあげた。海面には重油が黒い帯をつくり、木片や紙などの浮遊物が一面に浮いている。その中に油をかぶって真っ黒になった兵隊が、救命ブイや材木に、鈴なりにすがっている。

何百人もいるようだ。先ほどの凄惨な戦場にひきくらべ、これはまさに、夢か映画でもみてるんじゃないかと思いたくなるような光景である。同期の山田も、

「おれも、なんとも変な心持ちだ」

と、ぽかんと口をあけて海面に見入っている。海面に浮いている敵を見てわれわれは、いままで交戦していたことなどすっかり忘れ、敵愾心などはまったく失《な》くしてしまった。

上甲板に出たみんなは、呆然と眺めているだけだ。

「こらッ、早く索《ロープ》を中部の外舷にぶらさげろ」

掌砲長に怒鳴られて、はじめてわれに返り、それぞれの持ち場に走った。

過ぎし明治の昔、日露戦争のとき蔚山《うるさん》沖海戦で、沈みゆく露艦リューリックの乗組員を、軍楽を奏しながら収容した、第二艦隊司令長官・上村中将の行為を、武士道の華とたたえ、軍歌としていまも、われわれが歌いついでいる。

われわれはこの逸話《エピソード》を頭に思い浮かべ、あたかも自分たちがそのつづきを演じている主役のような気分になってきていた。

「雷」は、敵兵がいちばん多く集まっていると思われる洋上で停止した。

「おおいッ。早く来いよ。助けるぞ」

コバ金が両手をメガホンにして怒鳴った。

「この野郎。お前のシナ語は通用しねえよ」

中原はせせら笑いながら、小林に顎をしゃくり、自分は外国流のおいでおいでをした。

中原や小林がそんなことをしなくても、本艦が停止して「救助する」の国際信号を掲げ、外舷に索《ロープ》や索梯子《なわ》をたくさん吊りさげたのを見て、元気のいい敵兵たちは、先を争うように泳ぎだした。そして、負傷していない者は、真っ先に索《ロープ》に摑まって甲板にのぼってきた。

彼らからは一様に〝負けた〟とか、〝捕虜〟になって恥ずかしい、口惜しいなんて感情は、まったく読み取れず、やれやれ助かった——と、安堵からか、きわめて明るい表情で、われわれの前に並びだした。

せっかく索《ロープ》を握りながら、力尽きて海中に沈み、二度と浮いてこない兵隊も多かった。敵は騒然と先を争い、救助されようとしていたが、そのうち敵兵の中のだれかが、大声で何事かを怒鳴ると、一瞬、静まった。

救命筏に重傷者らしい者が数名乗り、他の兵は外側にぶら下がりながら、押して近寄ってきた。この中の将校らしいのがペラペラ喋ってきたが、われわれにはさっぱり通じない。

コバ金が、今度は英和辞典を持ち出して、おれにまかせろ——などといって、またもや乗り出したが、

「馬鹿野郎、お前が、その辞書で引けるぐらいの言葉なら、おれにだってわからあ」

と河井にこづかれた。

「話のわかんねえのが何人、集まってもしようがねえ。早く軍医長か主計長を呼んでこい」

飯泉先任伍長が、渡辺にいった。二人とも帝国大学出だから、こんな英語などは簡単にわかるだろうとおもっている。

「右に舷梯をおろせ」

艦橋から先任将校が大声でいった。そのとき、呼びに行くまでもなく、負傷者のあることを知った軍医長が、看護兵曹に救急手当の準備をさせて舷門にやってきた。

われわれが、何のことやらわからない英語を、推定して議論などしている暇はないのだ。

艦橋ではいらいらしている。一刻も早く救助を終えて、主隊に追いつき、つぎの戦闘に加入しなければならないのだ。いや追いつくどころか、ここが戦場の真っ只中なのだ。いつ、どこから、敵の駆逐艦や潜水艦が攻撃してくるかわからない。

「負傷者の中にエクゼターの副長がいる」

「丁寧に負傷者を取り扱ってやれ」

と、軍医長がいった。階級章も帽子もないので、佐官かどうかわからない。わたしと山田、中原、コバ金の四名が、舷梯の下段まで降り、英兵にかわって担架を持ちあげた。

数時間前まで眼の色を変えて闘った仇敵同士という感じはなく、負傷を悼む気持がわいてくる。あらためて、戦争という得体の知れない不思議なものを、不気味に感じる。

左の脚がぶら下がり、止血帯はどす黒く血がにじみ、苦痛で蒼白に歪んだ顔のままだったが、「サンキュー、サンキュー」と、かすかに言っていることは、われわれにもわかった。

副長以下数名の負傷者が収容されるまで、味方も、敵も、鳴りをひそめてこれを見まもっていた。

重油で汚れた兵隊が、ぞくぞく甲板にあがってきて、たちまち甲板の中部と後部は、満員になってしまった。甲板にあがると、疲労と安心感からへたばり込む兵隊もいるが、大部分の兵隊たちは、すっかり元気をとりもどし、口笛を吹く者や、友人同士、助かったことを大袈裟なゼスチュアで喜びあって、敵の駆逐艦上にいるなんていうようすはまったくない。

「雷」の非番直の者は、機関兵まで出てきた。貴重な軽油やガソリンまで持ってきて、重油の汚れを落としてやったり、艦内にある草履や、作業靴のおふるなどをかき集めて配る者、布きれを持って来る者、みんなが親身の手当をした。

わが班の草間兵曹は器用なので、ミシン係をしているが、彼がさっそく、大砲手入れ用の木綿で、褌を縫って渡してやると、

「おお、フンドシ」

と、大喜びしている。彼らは本艦にあがると、靴も、服も、下着もどんどん脱いで海に捨

て、素っ裸になってしまった。

五人や十人ならどんなにも手当してやれるのだが、なにせ本艦の乗員の倍以上もの敵さんがあがってきたのだから、真水で身体を洗ってやったり、清潔な服や下着を支給するなんてことは、とてもできない。

われわれの私物のパンツやシャツにも、限度があるので、褌やパンツの渡った者は運のいい方で、のろまな者は素っ裸のまま、バカでかい男性のシンボルをブラブラさせながら並んでいるのも多い。

赤道直下の午後、皮底の靴でも熱く感じる甲板のうえに、素足、素っ裸のうえ、ガソリンで重油をごしごしこすり落としたからたまらない。一時間もすると、彼らは真っ赤に焼けただれ、水疱ができる始末だった。

陽かげの下に入ろうとしても、全員が入れるわけでもない。助かった喜びに、当初は陽気に騒いでいた英兵たちも、やがて甲板に腰をおろし、がっくり肩を落としてしまった。

われわれは、自分たちすら貴重この上もないものとしている真水や、乾パンも、彼らに配給した。彼らは、しかし、必要なだけ乾パンを取ると、つぎつぎと箱をまわし、残ったのをそのままこちらに返してよこした。

英国は紳士の国と聞くが、まさしくそのとおり、われわれなら先をあらそって、一個でも余分に掠めとろうとする根性をまる出しにする場面なのに、まったく整然とした行為だった。

これには、われわれは驚嘆した。

救助したとはいっても、戦闘最中の敵兵であるから、勝手気ままに行動させるわけにはいかない。銃剣を持ったわが兵の監視の下に、前、中、後部と集めた。

敵兵の中にも、コバ金と同じ連中がいるもので、さっそくコバ金と仲好しになり、長崎のハナコサンとかなんとか、手振りをまじえて、気楽に話をする兵隊もいる。

水兵たちの多くが、腕や太ももに極彩色の入墨をしているのにも驚く。コバ金の語るところによると、極東艦隊に配属されている水兵たちの大半は、シンガポールを故郷のようにして、英国には帰りたくない連中ということであった。

蘭印部隊指揮官の令により、「雷」と「電」は救助した英兵をバンジェルマシンに回航することになり、夕刻には捕獲してあったオランダの病院船に横づけして、彼らを引き渡した。病院船のタラップを登るとき、彼らは手を振り、身体いっぱいに感謝を現わしていた。

「雷」は主隊に合同し、残敵をもとめるため、速力をあげて南下した。この日、「雷」は四百数十名、「電」は二百数十名の敵兵を救助した。

車引きの気骨

さて、昭和十七年二月二十八日の深夜、西部ジャワ攻略部隊の主力、今村陸軍中将が指揮する第十六軍を、ぶじメラク湾とバンタム湾に、輸送船五十四隻をもって入泊させた第三護衛隊の指揮官である第五水雷戦隊司令官・原顕三郎少将は、旗艦「名取」の艦橋にあった。

重大任務の第一段階を終え、ほっと一息ついた原少将は、従兵が運んできた遅い夜食のソウメンを食べ終わると、後ろに立っていた先任参謀の由川中佐を振り返り、

「セサ、つぎの部署は」といった。

船団は無傷のまま進出できたといっても、二十七日以来この海域には、敵の巡洋艦三隻のほか、多数の駆逐艦と潜水艦が出没し、停泊中の船団を襲撃する機会を狙っていることは歴《れき》然《ぜん》としている。だから、輸送船が入泊した後の厳戒態勢を、完璧にしなければならない。

「第二兵力部署を発令します」

由川首席参謀は、間髪を入れずに進言した。そして、「おうッ」と、大きく答え、頭を前後に振った原司令官のようすから、了承だとみて、

「通信参謀《ツサ》、電報、第二兵力部署となせ、二三五〇」

と、通信参謀に令した。すると通信参謀が、打てばひびくように、

「起信、宛第三護衛隊、通報、南方部隊指揮官、第十六軍軍司令官、蘭印部隊指揮官、東方攻略部隊指揮官、第一根拠地隊司令官、第七戦隊司令官、本文、第二兵力部署となせ」

伝声管をつかんで、電信室に怒鳴った。

「『名取』、哨区に入ります」

「名取」艦長・佐々木静吾大佐は、旗艦の移動を原司令官に報告するとともに、航海長をうながし、速力をあげて南下した。

原少将は生粋の水雷屋で、少尉時代から駆逐艦や軽巡を歴任してきた。体は短軀のほうだが、肝の太さ、声の大きさで、水雷屋仲間では有名であった。気は短いが、竹を割ったようにさっぱりした気性は、〝雷親父〟といわれながら、部下から親しまれている。

「おれはどうせ車引き（駆逐艦乗り）さ」と、水雷戦隊司令官になったことを心から喜んで

いる。

二十七日の朝には、敵艦隊出撃の報に、椅子から躍《おど》りあがり、ようし、徹底的にやってやるぞ――と叫び、顔を紅潮させ、攻撃態勢の命令を、つぎつぎに発令していった。

しかし、既述したとおり、南遣艦隊（マレー方面攻略部隊）から支援のために派遣されていた第七戦隊司令官・栗田少将とのあいだに、意見の錯誤を生じて、好機を逸し、憤懣やる方ないところであったが、連合艦隊参謀長よりの内報で、当方面の全般統制については、七戦隊司令官が統轄するよう指令された。

現在、原司令官の直接指揮下にある主な兵力は、バンタム湾方面に、第五水雷戦隊の旗艦、軽巡「名取」のほか、第五駆逐隊（「朝風」「春風」「旗風」）、第二十二駆逐隊（「皐月」「水無月」「長月」「文月」）と、第七戦隊二小隊の「最上」「三隈」と、駆逐艦「敷波」が行動している。

メラク湾方面には、南遣艦隊より派遣された第三水雷戦隊の第十一駆逐隊（「初雪」「白雪」「吹雪」）、第十二駆逐隊（「白雲」「叢雲」）などが配備についていた。

五水戦に所属している駆逐艦は旧型で、主砲は十二センチ、魚雷は六年式五十三センチである。三水戦の「吹雪」型も主砲は十二・七センチだが、魚雷は九〇式六十センチで、六千メートルの駛走距離であった。

戦時急編成の旧式駆逐艦を集めた水雷戦隊と軽視する向きもあるが、これに乗り組む猛者たちの技量と士気はきわめて旺盛で、武器の能力が劣るところは、持ち前の駆逐隊魂で、至近距離まで突撃して魚雷を発射することと、だれしもが決意していた。

「艦橋ッ、『吹雪』から緊急電、バビ島の北東に敵らしい影二つ見ゆ、〇〇〇九」

電信室の伝声管から引きつったように報じてきた。

「おうッ、つかまえたか」

第五水雷戦隊の旗艦・軽巡「名取」──五水戦は旧式と軽んじられながらも、原司令官のもと、車引きの気骨を発揮した。

原司令官はにんまりとした。

「隊内電話、艦橋にあげろ」

通信参謀が電信室に言って、レシーバーを自分でもつけた。

「セサ（首席参謀の略称）、『吹雪』はいちばん東の哨区だったか」

「バビ島の西です。哨戒区三です」

海図台でプロットしていた由川首席参謀は、黒いカーテンで燈火をさえぎった中から、大声で答えた。

「敵巡洋艦二隻見ゆ、わが位置、バビ島の西二カイリ、敵針二百四十度、〇〇一八」

「吹雪」からの無線電話の声が、ボリュームを一杯にあげ、旗艦の艦橋にけたたましく響いた。

「艦長、第五戦速」

参謀の進言より先に、司令官が自ら戦隊速力を指令した。

「第五戦速」

「名取」艦長・佐々木大佐は、大声で下令した。

「針路九十度にします」

航海長は艦長と司令官に聞き、向首した。

「こちら『春風』、六十度の方向に敵巡二見ゆ、距離八千、わが針路三百十度、〇〇二九」

「司令官、集結させます」

首席参謀が兵力の集結を行ない、敵に対して有利な位置に占位してから、水雷戦隊の突撃をする準則を進言した。

「おうッ、今夜は一匹ものがさず、叩きつぶすぞ」

司令官は、自ら双眼鏡を当て、凝視しながら大声で答えた。

「右三十度、巡洋艦二」

右の一番見張員が興奮して悲鳴のような声をあげた。

「各隊集まれ、針路百三十五度、速力二十八ノット」

麾下各隊、各艦に電令が飛んだ。

「われ、敵を追尾しつつあり。敵、右に変針。〇〇四二。われ魚雷戦を行なう」

「吹雪」からは、緊迫した電話がつぎつぎと入る。

「魚雷戦用意。十一駆逐隊は後につけ」「七戦隊二小隊は主隊とする」

五水戦司令部からの指令が飛び、各艦は速力をあげ、旗艦の針路に入り出した。

各艦の占位、行動の報告が、いっせいに旗艦の艦橋に集中し、わあんと湧きたつような騒

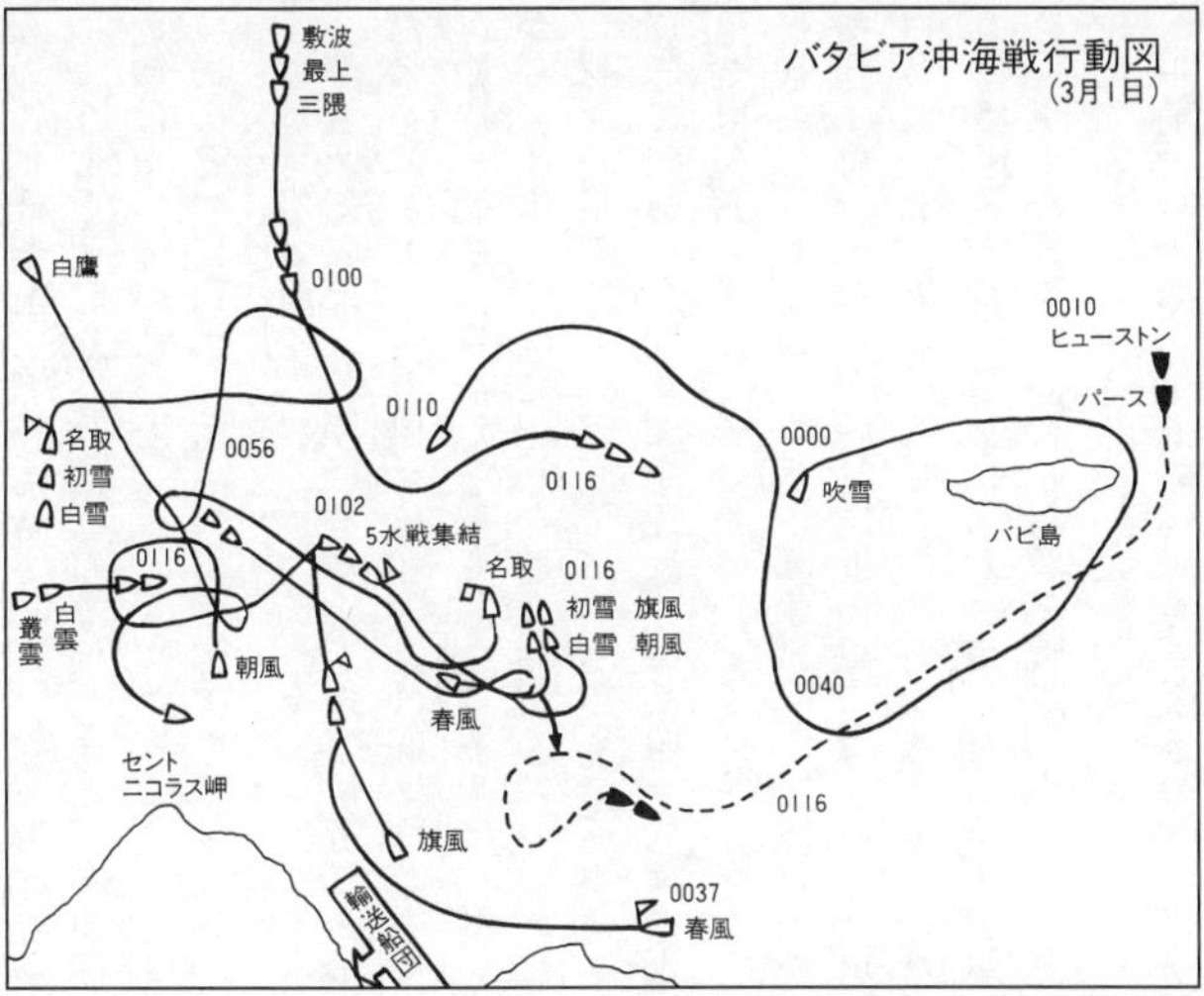

バタビア沖海戦行動図
(3月1日)

音の中に、静かに針路を指示する艦長と航海長は、そっと立っている道ばたの地蔵の影のように落ち着いている。

「名取」の各砲台と発射管の、発砲や発射準備よしの報が、砲術長と水雷長から、艦長に報告された。

「敵巡、発砲。方向、わが輸送船団の模様」

十五センチ双眼鏡についている見張長が、甲高く叫んだ。

「セサ、ただちに、各隊ごとに突撃させッ」

当初の決心は兵力を集中し、いっきょに決戦に持ち込む作戦であったが、海域はせまく、船団泊地に近いうえに、敵はすでに船団に突撃したようすなので、各隊ごとに適切な運動で、敵を攻撃することとした。

だが、この戦法は、味方同士で衝突し

たり、同士打ちの危険も大きいが、護衛隊の指揮官としては、船団に被害の及ぶことを、なによりも重視しなければならない。また、各駆逐隊の集結を待つ時間的余裕のないほどに、危機は迫っていたのだ。

「『吹雪』発砲」「敵巡、『吹雪』を照射」

左の見張員も叫んだ。

第五駆逐隊は、船団にもっとも近い位置にあった。敵が高速で船団に突っ込む態勢をとったのをみると、「春風」は船団との間に煙幕を展張し、「旗風」が照射して射撃を開始した。敵の一番艦は探照灯を照らした「旗風」に対し、二十センチ砲を集中して猛射を浴びせたが、「旗風」には命中しなかった。

敵との距離は、三千五百メートルまで近づいていた。「春風」「旗風」「朝風」の第五駆逐隊の司令・野間兼知中佐は、海兵四十八期、水雷戦隊でいちばん若い司令であり、各艦長も少壮気鋭の勇士ぞろいだった。

彼らは、戦時急造ロートル水戦——と陰口をたたかれているが、その鼻をあかす好機とばかり、勇みに勇み、満月に近い昼のようなジャワ海を、敵の重巡の浴びせる弾雨の中、真っ白い波を高々と後に残し、一団となって突進した。

メラク湾方面の警戒にあたっていた。第十二駆逐隊の「白雲」と「叢雲」も、集結するため、東方の戦場に急行した。七戦隊二小隊の「三隈」「最上」と駆逐艦「敷波」も、戦場に進出するため、南下していた。

午前一時十分、第五駆逐隊と、敵巡の交戦は苛烈をきわめ、巨砲の集中砲火は、先頭の司令駆逐艦「春風」と、二番艦「旗風」をつつむ。さらに高角砲、機銃もまじえての曳痕弾が「春風」に命中、舵が故障して外方に回避したため、魚雷発射の時機をなくした。つづく「旗風」も、至近弾の大水柱を浴び、魚雷の発射は不能となったが、三番艦の「朝風」が三千七百メートルまで突っ込み、右同航態勢から、魚雷六本を発射した。

旗艦「名取」は、反転して東に逃げようとする敵の先頭艦を、探照灯で照らして砲撃し、四千八百メートルまで突進して四本の魚雷を発射した。

午前一時十分ごろには、七戦隊二小隊の「三隈」「最上」と駆逐艦「敷波」も戦場に到着したが、駆逐隊の突撃がつづいているので戦闘に参加できず、襲撃終了まで待つほかはなかった。

「名取」は魚雷を発射した後、煙幕を展張しながら左に回頭した。

「よしッ、も一度突撃だ。駆逐隊を集めろ」

原司令官は、首席参謀に怒鳴った。

「発射終了の駆逐隊は『名取』に合同せよ」

通信参謀は信文を各隊に送った。

「三隈」「最上」および「敷波」は、敵の頭を抑えるような態勢をとり、観測機を発艦させた。このころには、第一根拠地隊から派遣されていた敷設艦「白鷹」も戦闘に加入し、二門しかない十二センチ砲で砲撃して、これを命中させる奮闘をした。

敵は必死になって逃げきろうと、あらゆる火砲をもって「名取」と駆逐隊を砲撃した。しかし、命中弾をうけて大被害が発生したらしく、敵の陣形が乱れだした。

わが方も、「白雪」と「春風」が被弾し、それぞれ八名の死傷者が出ていた。海戦はまだ序の口である。

敵の頭を抑えるように同航していた重巡「三隈」「最上」は、一万二千メートルに近づいたところで、九三式魚雷を六本ずつ発射した。

七戦隊はバビ島に三カイリまで近づいたので、反転して砲撃を開始した。

敵は午前一時二十分ごろには、もっとも近距離にあった第六駆逐隊（「暁」「響」）と第十一駆逐隊に猛射をあびせていた。最初の襲撃を失敗した第五駆逐隊の「春風」「旗風」は左に反転して魚雷戦を再興した。敵も右に転舵して反転した。

「春風」は衝突するほど突っ込み、六本の魚雷を発射、つづいて「旗風」も六本発射した。「春風」が発射した二分後、敵の一番艦に、魚雷命中の大水柱が立ちのぼった。

敵の二番艦に、「三隈」「最上」の二十センチ砲弾が命中しはじめ、敵艦の各所に火災が起き、砲塔が自爆する惨状となって、速力は急に落ちてきた。

七戦隊二小隊を指揮する「三隈」艦長・崎山釈迦夫《しゃかお》大佐は、「我今ヨリ敵ノ止メヲ刺ス」という勇ましい電報を全軍に送り、近接して、沈没寸前の一番艦に集中砲火を浴びせ、午前一時四十二分にこの艦を撃沈した。この艦は、スラバヤ沖海戦から逃れ、チラチャップに向かっていた豪軽巡パース（六千九百八十トン）であった。

いちばん遅く戦場に到達した第十二駆逐隊も、この一番艦に対し砲撃をくわえ、さらに一、二番艦に九本ずつの魚雷を発射して、それぞれ命中した。

一番艦の沈没後、二番艦はまったく沈黙し、幽霊船が火を吐きながら浮遊しているような光景で、全員の将兵は息を呑んでこれを見つめた。

「三隈」の崎山大佐は、駆逐艦「敷波」に対し、止《とど》めの魚雷を発射するように命じた。「敷波」の送った一本の魚雷は、米重巡ヒューストンをジャワ海深く永遠に葬った。時に二時六分であった。

旗艦「名取」の艦橋でも、つぎつぎに命中するわが方の砲撃と雷撃に、「やったッ」「また命中だ」「万歳ッ」と、喚声と興奮で騒然と湧きたっていたが、だれもこれを制止する者はない。やたらに隣の者の肩をたたき、叩き返され、十二センチ望遠鏡を奪い合った。

原司令官は、勝利感よりも、凄惨な敵の最期をおのれの身に置きかえ、無常感と安堵で急に疲れが出て、がっくり椅子に腰をおろし、両腕を組んで眼をつむり、上を仰いだ。流れ落ちる涙を部下に見せまいとして……。

「司令官、戦闘を終結させます。船団の警戒配備につけます」

しばらくしてから、自分の心を整理するように、由川首席参謀は、いつもの元気で明るい顔をとりもどし、司令官に指示をあおいだ。

原司令官は、黙って、こくりと頭を動かしただけであった。

旗艦「名取」は、各隊、各艦よりの戦闘速報がつぎつぎと報告され、ふたたび騒然となっていった。

防衛庁戦史室編纂の戦史叢書によると、このバタビア沖の海戦時、シジヤン島の南方海面にあって、警戒行動中の第二号掃海艇は、三月一日午前一時三十五分、右舷罐室に魚雷が命中して切断、転覆した。

また、輸送船の多くにも、同時刻ごろ魚雷が命中し、佐倉丸は沈没、龍城丸、蓬来丸、龍野丸が大破するという被害を出した。

ことに、龍城丸には今村軍司令官が乗船していた。軍司令官は、重油のおおう海面を、救命胴衣だけで約三時間も泳いだのち、四時半ごろになって救助された。

この被害は、第七戦隊の射点、射線方向や、魚雷の性能などからみて、同隊の第二次発射の魚雷によるものであることは確実であった（後日、陸軍の上陸地付近で、九三式魚雷の尾部が引き上げられた）。

しかし、本件は、敵巡洋艦のわが船団泊地攻撃につづいて侵入した敵魚雷艇によって被害をうけたものと、一般には信じられていた。これには裏話があって、海軍側が謝罪したので、今村軍司令官が快く了承し、この事件を公《おお》けにしなかったからだという。

しかしながら、この戦闘は、五十四隻にのぼる多くの輸送船を護衛し、泊地進入が終了した直後に、その泊地のすぐそばで、島嶼に囲まれた狭い海域における重巡と駆逐艦の高速によろ海戦であった。しかも、夜間という視界不良の中で戦われたのだ。

乱戦の中で味方同士の相撃ちや、衝突事故のなかったことは、これを運用した指揮官以下、一乗組員にいたるまでの技量の優秀さ、不屈の精神によるところが大である。大戦中、数多い海戦の中で、ひときわ輝くものであろうと信ずる。

ともあれ、こうしてジャワ島の攻略は、大詰めをむかえ、南方資源の確保をめざした蘭印作戦は、順調に進捗していったのである。

第五章　ソロモンの波濤

にびいろの海

　わが国が開戦に踏み切った主な理由である南方資源確保のための要地攻略作戦は、初動戦略どおり、すべてが順調に進んでいった。

　そのため、政府、軍の首脳はもちろん、全国民も勝利に酔い、わが皇軍の進むところ敵なく、戦争とはこんなものかといった楽観的な気分にみちみちていた。

　軍は驕慢増長し、とどまるところを忘れ、つぎつぎと戦線は拡大し、大軍は南に、北に、西に、東に、怒濤のように動員されていった。

　わが駆逐艦「雷」は、蘭印、比島攻略作戦が一段落したため、艦の修理と、乗員の補充や休養のため、半年ぶりに内地に帰った。

　帰路も、単艦でのんびりと航海するわけではなく、南方から内地に回航する輸送船の護衛をしながらの行動である。だから、敵潜水艦に対する警戒を、片時も怠ることはできない。緊張の連続であった。

　呉に入港したとき、二河河畔の柳は緑に映え、季節は早春であった。酒は本場で最高だし、そして一別以来、軍事郵便をもらった女性に心から迎えられ、たった一夜の逢瀬《おうせ》ではあったが、半年間の戦塵がいっぺんに吹きとんだような気分である。

呉に入港して驚いたことは、人間は街に溢れており、一見、戦勝気分といったようすだが、商家の店頭からは品物がまったく姿を消し、店も閉めて暗い夜の街となっていた。

出撃前には、乏しいながら商品も見られたが、あれから半年もたたないというのに、生活に必要な物資は、すべて配給になったとか。食堂や酒場の前には、兵隊や工員の長い列がつくられていた。

これを見ると、われわれが、不平たらたら食べていた〝梅干し〟と、乾燥野菜の味噌汁と、麦飯でも、日に三度、満腹していたのだから、一般の国民からみると、贅沢でうらやましいことなのかも知れない。

花街では、今度はミッドウェーを占領し、来年の正月まではアメリカ本土に上陸する――というデマがひろまっていた。軍事機密が洩れている疑いもある。

軍港内はもちろん、柱島沖、安芸灘などには、軍艦と輸送船が無数に停泊していて、つぎの作戦準備を急いでいる。

「雷」は、横浜にある三菱横浜造船所に入渠して修理を終わり、昭和十七年五月二十日から北方部隊に編入されて、アリューシャン方面作戦に従事するため、横須賀を出港した。

北方は、従来、第五艦隊の担当であったが、その主力は旧式軽巡の「多摩」および「木曽」の二艦に、君川丸という特設水上機母艦と、特設巡洋艦の粟田丸、浅香丸だけという弱い兵力であった。

それでも、艦隊と名がつけば、中将の司令長官、少将の参謀長以下、ずらりと参謀を並べた司令部だけは存在していた。

アリューシャン方面攻略作戦の発動で、その第五艦隊にも兵力が増強され、重巡「那智」を旗艦として、重巡「摩耶」のほか、第一水雷戦隊がこれにくわわったのである。

第六駆逐隊の司令駆逐艦「響」── アリューシャン作戦で大破し、ソロモンに出撃した「雷」ら3隻とは、行動を異にする。

第一水雷戦隊は、司令官・大森少将が旗艦「阿武隈」に座乗して、一水戦からは第十七駆逐隊と、二水戦からの第十八駆逐隊の二隊を率いて、機動部隊に随行し、ハワイを奇襲して以来、われわれ「雷」とは別行動をとっていた。

また、第六駆逐隊においても、第一小隊の「暁」「響」は南方部隊本隊にあったので、われわれは司令の顔をみることがなかった。

半年にわたって別行動をとっていた第六駆逐隊は、ここにおいて四隻全部が顔を揃えることになり、旗艦「阿武隈」のもとに、北千島の北のはてに位置する幌《ほろ》筵《むしろ》で合同した。

呉の花街での噂は正しく、ミッドウェー攻略作戦が推進されることになり、これと表裏をなすアリューシャン攻略作戦も、同時に発動されたのである。帝国海軍の全勢力を結集して、古今未曾有といわれる雄大な作戦の幕が、切って落とされたのだ。

これをもっていっきょに米国海軍を撃滅し、講和への道を引き出そうという山本連合艦隊司令長官の苦肉の策でもあった。いうなれば、この作戦の成否に、日本の興廃存亡のカギが秘められていた。

北千島、アリューシャン海域は、夏だというのに防寒具をつけなければならず、太陽が寸秒たりとも顔を出すことはなく、濃霧で、四、五百メートルも離れると、僚艦の影すら見失ってしまう。

北海の時化《しけ》は一日として止むことなく、巨大なうねりと山のような波に、二千トンばかりの駆逐艦は木の葉のように翻弄される。灼熱地獄に苦しんだジャワ海が恋しくなるほどである。

鉛色の海は、いくら眼を凝らしても、視野の中に、まったく何も見出すことはできない。東に向かっているのか、南に航海しているのかもわからない。ひどい濃霧のときは、前甲板から後甲板がかすかに望めるという程度である。たいていのことには音をあげることのないわれわれも、心の奥底まで灰色に染まったみたいに、明るさを失ってきた。

ともあれ、キスカ攻略作戦は順調で、無抵抗、いや無人のキスカ湾に、七月五日、第一水雷戦隊は入泊した。

しかし、油断大敵とはよくいったもので、その翌日、いちばん湾口近くに投錨していた第十八駆逐隊が、米潜水艦の魚雷で攻撃された。ハワイ攻略の猛者である「霰」「不知火」は轟沈、「霞」は、艦橋から前部を切断する大損害をうけた。また、第六駆逐隊の司令駆逐艦「響」は、空襲で被爆大破した。

この責任を感じた第十八駆逐隊司令は、切腹したが一命をとりとめた、という噂も聞いた。北海の陰気な天候とともに、ますます気の滅入るようなニュースをたてつづけに聞くことになった。

「雷」は、前半分が千切れた駆逐艦「霞」を曳航することになった。

この「霞」は、一昨年、同じ戦隊仲間として戦技訓練をしたことがある。そのおり私も、委員付として「霞」に赴き、射撃の成果などを記録したのであるが、帰艦するさい同艦のボートのエンジンが火災を起こし、大勢の同僚が火傷を負って、海中に飛び込んで泳いだことがあった。丸一等水兵、添田一等水兵らは、いまだに火傷の跡を残しているという因縁つきの艦であった。

濃霧と巨大なうねりの難所を千数百カイリ、半分になった駆逐艦を後ろ向きに引っ張って走る航海は、大変な仕事である。

曳索は四十ミリもある太いワイヤロープを四百メートルの長さに伸ばし、四ノットから六ノットという超微速で曳《ひ》かなければならない。ちょっとでも速力をあげようものなら、切断した個所の応急処置部から浸水するという。しかし、第十八駆逐隊を仕留めて意気揚《あ》がる敵の潜水艦が、たえず接触しているらしい。

いままで真後《まうし》ろについていたとおもっていると、うねりに流されて、わが「雷」の前方に、急に飛び出したりする。操艦をあやまると、太いワイヤロープがスクリューに巻きついて動けなくなってしまうので、艦橋と後部の見張りが強化され、連日、二交代の苦闘が数日間つづいた。

キスカ湾から幌筵の片岡湾までは「雷」が曳航し、片岡湾からは「電」が引き継ぎをして、「雷」はその護衛となり、八月十三日に大湊に入った。

大湊に入って陸の緑のあざやかさを目にすると、心から内地の美しさが胸にしみた。

大湊には多くの駆逐艦が入港していたが、たまたま桟橋で、同郷の後輩である栄君に出合った。彼の話では、ミッドウェー沖で「赤城」「加賀」「蒼龍」「飛龍」の四空母と、重巡「三隈」が沈んだので、乗員は全員、とうぶん上陸が許されないだろうということであった。

われわれも上陸を許されず、せっかく楽しみにしていたのにと、失望は大きかったが、それにもまして無敵艦隊が全滅するという思いがけない結果を耳にし、この戦争の前途の困難さを思わないではいられなかった。

駆逐艦の墓場で

大湊から横須賀に帰り、対空火器の増設工事を終えた第六駆逐隊は、ソロモン方面の部隊に改編された。ミッドウェーの大敗北をきっかけにして、南太平洋では、連合軍の反撃が日ましに激化し、重大な局面を迎えはじめていた。

緒戦大勝利と悦にいり慢心していたが、フィリピンやジャワでの戦闘は、わが方が、持てる兵力のほとんど全部を注ぎ込んでいたのにたいし、連合国側は、いわば植民地防衛軍で、国の総力をあげての戦力ではなかったのだ。

わが海軍は、前進基地としてラバウルを選び、昭和十七年一月二十三日にここを占領し、港湾や飛行場の整備を進めていた。さらに、ラバウルから五百カイリ先のガダルカナルにも飛行基地を設営しようとしていた。

これに対し連合国側は、十七年三月には戦争指導の組織を確立し、本格的に戦争遂行の行動を進めてきた。

わが方は、南方資源地域と日本本土とを防衛し、米豪を分断する線を、トラックとラバウルの線に設定した。連合国側は、南太平洋からニューギニア、蘭印、比島と進攻して、日本が占領した資源地域を逐次、奪還していけば、直接、日本本土に上陸して莫大な損失を出さずとも、日本は自然に自滅するという戦略から、七月初旬には、ニューブリテン、ニューアイルランドの攻略を進めてきた。

そこでわが方は、米豪分断戦略のニューギニア作戦をいちじ中止して、いままでに占拠してあったラバウルとガダルカナルなどの整備強化を急ぐことになった。

この地方を南東方面とよび、これまで弱小の第四艦隊の所掌であったが、事態の緊迫により、第八艦隊を急設した。

第八艦隊は、三川軍一中将が司令長官に就任し、旗艦「鳥海」（重巡）、第六戦隊（「青葉」「衣笠」「古鷹」「加古」以上重巡）、第十八戦隊（「天龍」「龍田」以上軽巡）、第六水雷戦隊の軽巡「夕張」と第二十九駆逐隊（「朝凪」「夕凪」「追風」以上の旧式駆逐艦）で編成された。

八月七日、連合軍は南太平洋方面指揮官ゴムレー中将の指揮のもとに、海兵一コ師団を基幹とする反攻軍を、空母三、巡洋艦四、駆逐艦多数が支援し、ガダルカナルとツラギに砲爆撃をくわえた。ツラギにあったわが軍の水上機は全滅し、米海兵隊は八日から上陸して、わが軍の警備隊を猛攻してきた。

ガダルカナルおよびツラギには、飛行場を設営するために、門前海軍大佐以下千二百二十一名と、岡村小佐以下千三百五十名の設営隊と、海軍警備隊百五十名がいたが、この小兵力では、抵抗する間もなく、ほとんど無抵抗のまま上陸を許してしまった。

この報に接し、ラバウルにあった第二十五航空戦隊が出撃して、米空母サラトガから発進した戦闘機と交戦したが、十二機を撃墜された。遠距離からの行動なので、滞空時間が十五分しかないという制約もあって、敵の反攻を阻止することはできなかった。

八月八日夜、サボ島付近で第八艦隊は、クラッチレー少将の指揮する米豪連合艦隊と会戦し、敵の重巡四隻を撃沈、重巡一、駆逐艦一を大破する戦果をあげたが、ガダルカナルの泊地にいる敵輸送船団を攻撃することなく引き揚げた。大本営はこれを大戦果として発表し、第一次ソロモン海戦と呼称した。

この海戦の帰途、重巡「加古」は、米潜水艦の魚雷により沈められた。この期間、フレッチャー少将の率いる米第六十一機動部隊は、当時ガダルカナル海域を離れていたので、わが方は大事にいたらなかったともいえる。

わが第六駆逐隊は、このように風雲急を告げつつあるソロモン海に、増援部隊として、急遽、派遣された。あらたにつぎのような兵力が増強され、外南洋部隊と呼ばれたのである。

第三水雷戦隊＝軽巡「川内」、第十一駆逐隊、第十二駆逐隊、第十九駆逐隊、第二十四駆逐隊。

第四水雷戦隊＝軽巡「那珂」、第二駆逐隊、第四駆逐隊、第九駆逐隊、第二十四駆逐隊。

第六駆逐隊＝第一水雷戦隊所属＝「暁」「雷」「電」

この外南洋部隊の上部指揮系統は、南東方面部隊指揮官であり、従来の第十一航空艦隊司令長官・塚原二四三中将が就任、司令部はラバウルにあった。

われわれ増援部隊が集結する間にも、米軍の増勢はつづき、戦局の指導権——すなわち制空および制海権は、彼に帰してしまった。

ソロモン方面の戦局の急変に、大本営陸軍部も座視しているわけにはゆかず、急遽、増援をはかり、八月十八日、グアム島から内地に帰る途中であった一木支隊（歩兵第二十八連隊の一コ大隊基幹、支隊長一木清直大佐）を駆逐艦でガダルカナルに急派した。

一木支隊は二十日夜、米陣地に対し攻撃をかけたが、あえなく全滅し、連隊旗を焼いて支隊長は自刃するという惨状に終わった。

さらに、パラオから川口支隊（歩兵第三十五旅団長、川口清健少将）を送り、川口支隊は九月十二、十三日の両日に総攻撃をかけたが、すでに陣地を強化し、重火器の集中砲火をそそぐ米軍の前に、今度も大敗を喫してしまった。

ガダルカナル連敗の報は、緒戦以来、楽勝に馴れた統帥部に大きな衝撃をあたえた。

ガダルカナルは、ソロモン群島中、南東端にあって、全長百三十七キロ、幅四十五キロの火山隆起島である。北にフロリダ島、東にはインディスペンサブル海峡を隔ててマライタ島が、南東三十五カイリにはサンクリストバル島などがある。

島の東端から中央部を、高い山脈がつらなり、海抜三千四百四十メートルもある山もある。北側の海岸は、この山脈の麓から七キロないし十三キロにわたって原野となっており、これを大規模に開発した椰子林が点在している。

沿岸にはタシンポコ、テテレ、テナル、ルンガなどの村落があったが、いまは無人となっている。海岸は狭いながらも、珊瑚礁のない砂浜なので、錨地とすることができる。テナルにはシドニーとの間に六週間ごとの船便もあって、付近の重要な港であった。

南側は平原となっているが、測量も行なわれていない無人地帯である。

この島も、この地方特有の高温多湿のため、山地はジャングルが深く、風土病も多く、人間の生活には不適なところであった。

ともあれ、ガダルカナルという島の名前さえ知らなかったわれわれは、北の果てからこの南の海に投入されたのだ。

＊

ソロモン方面に進出した第六駆逐隊は、「響」がキスカで空襲をうけて損傷し、修理中のため、三隻となっていた。

司令は山田勇助大佐になり、「雷」の艦長も工藤中佐から前田實穂少佐に交代していた。

砲術長の田上中尉、航海長の谷川中尉も、大尉に昇進して新型駆逐艦に転勤し、航海長は松梅誠治大尉（神戸高等商船学校出身、予備大尉）、砲術長は西山顕一中尉となり、主計長など士官の大部も交代した。

単縦陣で高速航行中の水雷戦隊。東京急行とよばれて、ガダルカナル島輸送に従事した駆逐艦は、出撃のたびごとにいくらかの損害を強いられた。

その他、下士官兵の交代もあったが、あらたに二十五ミリ機銃を六門搭載したので、これの配員として二十数名が増加した。

わが「雷」の中継所は、相も変わらぬ顔ぶれであったが、ここにきて戦闘の様相が一変してしまったのには、みんな呆然としていた。

蘭印やフィリピンで戦ったときは、わが方の制空権絶対の下で、強力な戦隊が集中して、圧倒的に優勢な態勢で会戦し、ゆうゆうと勝ちをおさめていたから、いまにして思えば、われわれはスポーツを楽しむぐらいの安易な気分であった。

ところが、ここソロモンでは、ラバウルを出て一夜あけると、敵機の執拗な攻撃をくうのであった。その孤立無援の海上を、連日のようにガ島に向けて物資を輸送するというのが、われわれ駆逐艦に課せられた主な仕事となった。

「けッ。天下の水戦も〃丸通〃かヨ。空にゃ飛行機がブンブン飛んでやがる。みんなアメ公のじゃねえか。ラバウルの航空隊の奴ら、酒ばかりくらって寝てやがんじゃねえのか」

鬼沢兵曹も十八番の虎造節に乗せずに、モロ茨城弁で吐き出すようにいった。

毎日のようにスコールは襲うが、肌寒くて浴びる気にもなれない。暑いことは暑いが、雨が多いので、上甲板に待機所も仮設することができない。やむなく船内に寝転んでいるが、湿度が高いから、じめじめねっとりと室内に水滴がたれる始末だ。

北方部隊に変わったころから、われわれの気分も、なんとなく陰気になっていった。居住区や通路の床をとわず、あらゆる空間に食糧品などの物資を積んだので、常時、腰をかがめて通らなければならないし、掃除などはまったくすることができなくなったので、不潔きわまる生活となった。

食糧品の木箱の上は、ある班の食卓となり、だれかの寝台となってしまった。

昨年の秋、日本を出撃して以来、南方の熱地獄、冷霧と時化《しけ》の北海から、こんどは酷暑と雨のソロモンと、三度も環境が変わり、さらに、温愛慈父のような工藤中佐から峻厳冷徹な前田少佐に艦長が交代したことも、艦内の空気を陰気なものにしている。

以前は、厳しい哨戒の艦橋も、なんとなくほのぼのとした友愛がみち、笑いも多かった。

見張りが、竹竿やゴミを、潜望鏡と間違って報告しても、艦長はただちに対潜戦闘を令して、これに向かっていき、間違いが明らかになっても、見張員を叱りとばすようなことはなく、むしろ注意の細心さを褒《ほ》めた。これに励まされて兵たちは、あらそって異状の発見につとめたものである。

今度は、間違って竹竿などを、潜望鏡らしい——なんて報告しようものなら、

「馬鹿もの、いいかげんなものを報告するな」とくる。だから、だれもがいちおう洋上を眺めてはいるが、本気で見張りをする気も起こらなくなっていた。

かつては、艦長が先任将校に、兵隊たちに入浴をさせたらどうか——といったものだが、いまは先任将校の方から、兵に入浴を許します——といっても、兵は水を多く使うから駄目だ、士官室だけにしろ——とくる。

なにかと祝いごとを持ち出して、艦内全員で酒宴をすることも多かった。そんなときは、艦長以下、士官も、一兵も区別なく、お互いのテーブルを呑んでまわって歩き、大声で歌を怒鳴ってては気炎をあげたものだが、このごろは大声で歌でも唱おうものなら、先任伍長、ちょっと来い——とお呼びがかかり、規律をもっと厳しく取り締まらんか——と、油をしぼられる。

先任将校や他の士官も、艦長とあまり話をしなくなった。兵隊は、上司が自分たちを信頼し、愛情を持ってくれているかどうかということに関しては、動物的といってよいほどに敏感だ。

なんといっても、二千トンばかりの駆逐艦に乗っている二百数十人の兵隊は、艦長の「取舵」「面舵」の号令ひとつで、左へも右へも艦といっしょに進んでゆき、全員が火の玉のようになって、突っ込んでゆくのである。

それが駆逐艦の宿命でもある。敵機の爆弾や巡洋艦の集中砲火を浴びて、イチコロに沈むのも艦長まかせなのだから、自然と好き嫌いの感情が激しくなるのも道理というものである。

「好きなスーちゃんとは心中もしよが、嫌なカン助（艦長）とは別れたい」

鬼沢兵曹の虎造節も、このごろでは悲痛な嘆き節と化し、おまけにだれも笑わなくなってきた。

それに、海軍省とか大本営などには暇人《ひまじん》がいるらしくて、階級章を変えたり、階級の呼び方も、「上等兵曹」とか「水兵長」「上等水兵」と、陸軍と同じようなことになってきた。いままで何十年間も呼び馴染んできた「天下の一等水兵様」がいちばん下位に落ちてしまい、われわれの頭の中はこんがらがったり、がっかりしたりで、例のソラを突きあって、腹の底からバカ笑いし、なにもかも吹き飛ばすことも、あまりしなくなった。

もっとも、戦局が緊迫して、戦闘も複雑になったことも、大いに影響していただろう。このごろでは、しぜん兵隊同士で、喧嘩することも多くなった。

スラバヤ沖海戦やバタビア沖海戦は、大砲と魚雷だけの演習のような戦闘で、「雷」もまったく被害のない気らくなものであった。

しかし、ここでは、艦対艦のほかに、飛行機というスピードのものすごく速いやつと、海中からくる潜水艦という不気味なものを一手に引き受けて戦わなければならない近代戦となった。

それに任務も陸上の砲撃、物資や人員の輸送、揚陸、戦闘支援などと、多岐な毎日だ。夜間に、敵機の行動圏の中で、こそこそ作業を終えて、脱出してくるという、ネズミかモグラのような行動である。

これは、体力を消耗するし、はたまた敵から隠れて忍び歩きをするような戦法には、まったく気を腐らせてしまった。

しかし、われわれが悪態をつき、いやがっている〝ネズミ輸送〟も、ガダルカナル島にある陸兵たちにとっては、命をつなぐ唯一の手段なのであった。

出撃するたびに、どの駆逐艦かがかならず沈んで、再び姿をみせることがなかったし、また沈むまでにいたらなくても、大損傷でようやく辿りつく僚艦が日ましに多くなってきた。

白昼堂々の殴り込み

十月三日から十四日までの第十七軍の増強作戦は、連合艦隊も全力をあげて支援した。陸軍は第二師団（丸山政男中将）、第十七軍司令部、第三十八師団（佐野忠義中将）などがぞくぞくとガダルカナルへ上陸していったが、輸送船と護衛の駆逐艦の被害も続出した。

十月十三日の夜には、第三戦隊の戦艦「金剛」と「榛名」が、三十六センチ砲弾を一千発もガダルカナルの飛行場に撃ち込み、敵機の発進を制圧した。

十月二十四日、第二師団の主力をもって、米軍ヘンダーソン飛行場の周囲にある敵陣を総攻撃し、いっきょに殲滅しようとする作戦が再興された。

この第二師団の全兵力は、飛行場の南側のジャングルを遠く迂回して、飛行場に突撃しようとするものであったが、千古未踏のジャングルを切り開いて前進することは、言語に絶する難事であった。

山岳は峻険で、しかも連日の豪雨で泥濘となった道なき道を、糧食、兵器弾薬を背負っての進撃は困難をきわめ、山砲以上の重火器や弾薬を捨てることになった。

この総攻撃に策応して、わが第六駆逐隊に、ルンガ岬の近くに突入して、海上から敵陣を砲撃する任務があたえられた。この作戦には、ラバウルにある第十一航空艦隊の一式陸攻と零戦が、大挙して航空攻撃をかけ、第二艦隊と機動部隊の全兵力は、米機動部隊二群と決戦を求めていた。

この命をうけて、われわれは躍りあがった。煙草盆には急に、ソラつき仲間が集まるようになった。

「テキ（お前という意味）よ。今度は悪運がつかないから、覚悟してたほうがええぜ」

酒井兵曹がいつになく真面目くさった顔つきで、私の肩をたたいた。

「なあに、いつボカ沈くっても、こちとらチョンガーは泣くもんいないし、ちっとも心配ないさ。それより、舵長も嫁さんを後家にしてしまうのか、もったいねえな。もっとも、舵長がさんざん突きまくった後じゃ、だれも通用しねえもんな」

「なあに、俺のも大きいが、あとの奴のも俺のに劣るまいから、心ぺえなかんべよ」

今度は、眼をなくしたように細めていった。

われわれにも、迫っている危険は本能的に感じられるが、この艦が沈み、自分が死ぬということがどのようなものなのか、実感としてはつかめない。

十月二十四日の午後、挺身攻撃隊となった第六駆逐隊は、「暁」「雷」「電」の順にショートランドを出撃した。

明日の朝、敵艦隊と敵機の群がる根拠地に殴り込むという決死の行為にも、ぜんぜん悲愴感もわかないし、興奮もない。帽子を振って見送ってくれるなんていう艦もない。こんなことは、日常茶飯事のことになってしまっているからだ。

あちこちの島の陰に停泊している輸送船に、陸兵が蟻のように群がり動いているのが、妙に印象的だ。スコールの去った海は、強い太陽が輝き、濃い藍のうちに沈んで、島は陰鬱《いんうつ》に死んだように静まりかえっている。

「今度は弾丸がなくなるまで撃ちまくるからな」

温厚な三宮兵曹が、めずらしく昂《たかぶ》った声で、みんなの顔を見まわした。

「そうよ。弾丸がなくなりゃ、内地に帰れるからな」

女房子供のある柄沢が、三宮兵曹に調子を合わせるようにいうと、

「これだから世帯持ちはいやらしいな。弾丸なんて、ラバウルに行きゃ、五万とあらあ」

と、中沢がミもフタもないことをいった。

私は、苗頭盤にある陸上砲撃用の装置と、対空射撃用の切り換え状況、それに見越量を何回も確認しながら、試動をくりかえした。いままで、この計算機構をつかって射撃をしたことがないので、不安もあったが、機械を信用することにした。

駆逐艦の十二・七センチ連装砲は、もともと対艦の水上射撃用のものだった。それを、仰角を七十五度まであげるように改装し、指揮装備も新式なものに換装してあったが、信管の調定だけは砲側で人力でやるようになっている。

だから、射法も信管待ちうけ射法という、敵機の航過予想点に着弾爆発するといった、きわめて心細い射撃をしなければならないのである。

対陸上砲撃は、大仰角で発射し、弾丸を爆弾のように大角度で陸上に落下させる射法とな

る。これは、まったく演習したこともない射撃なのだ。

ともあれ、夜食もだんだんお粗末になり、たいていはオジヤで、たまにウドンだと喜んだが、一口たべて、そのまずさに驚いた。〝代用食〟といって、ドングリとかフスマが入っているという。

ガ島の兵隊を思ってみろ——と烹炊長はよくいうが、ほかに楽しみとてない兵隊たちにとって、このごろの食事には、不満も出ようというものである。

今夜も、全員戦闘配置のままなので、夜食は乾パンだけだ。お茶も出ないとこぼしながら、ボリボリ乾パンをかじりながら、警戒航行をつづけた。

陸軍部隊からの「飛行場に突入した」という報に、われわれ突撃隊にたいし、午後十一時五十七分、外南洋部隊指揮官から、「突撃隊は突入せよ」との命が下令された。

待機位置にあった第六駆逐隊は、この命をうけ、第三戦速に速力をあげて突進した。まだ日の出には間があり、暗闇のソロモン海は、三隻の高速で蹴ちらして高く残す波が青白く光って、夜光虫がいつまでも消えず、あたかも、われわれを葬る火のように無気味だった。

十月二十五日の午前四時四十五分になって、飛行場の占領は誤報であるとの電報をうけたので、山田司令は、いちじ突入をひかえ、針路を北にとった。そして、約一時間後、外南洋部隊指揮官から、「所定のごとく突入」の令があった。

わが方が、ガダルカナル泊地に突入して砲撃したことは、これまでにも再三あった。しかし、それは戦艦や重巡が主体となり、多くの駆逐艦に護られ、しかも夜間、敵機の跳梁しない時間だけであった。

今回にかぎって、「挺身攻撃隊」と呼称し、日中の突入を画策した参謀や指揮官たちの腹のうちは知る由もない。

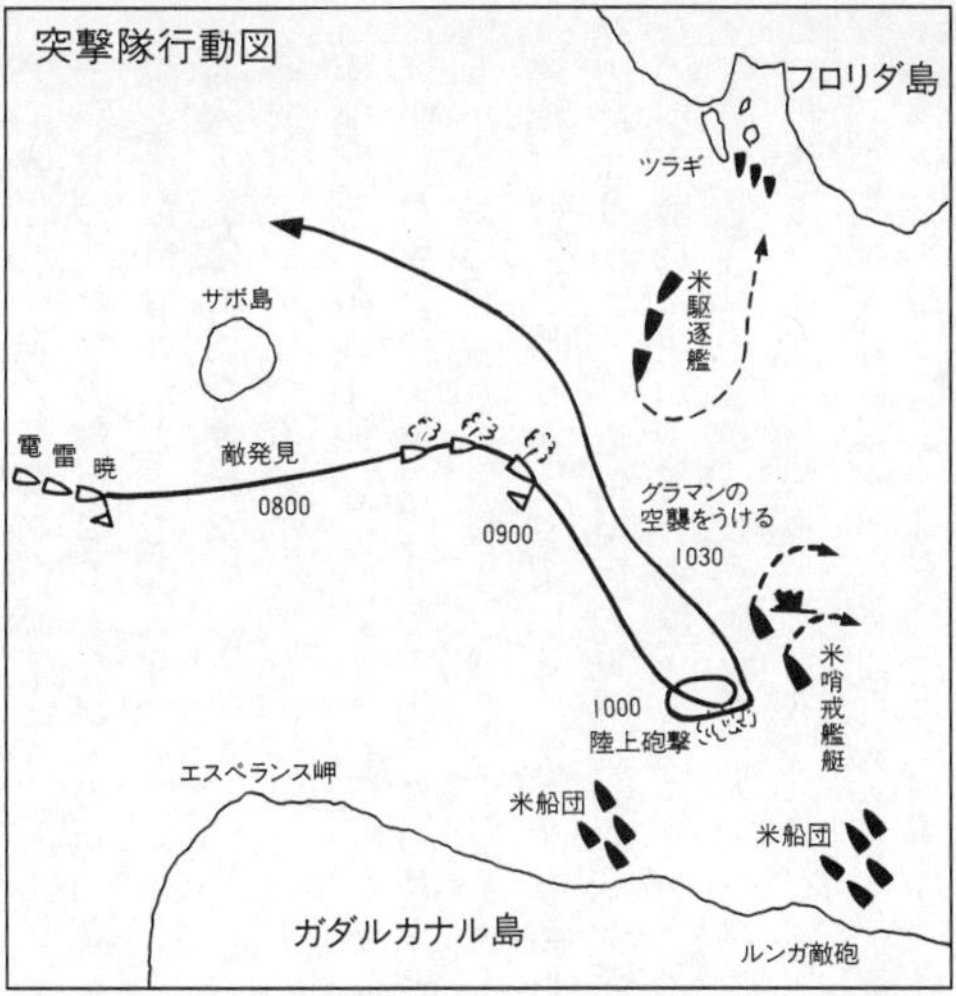

それはともかく、白昼堂々と入ってきたわれわれをみて、在泊していた敵は、味方と思ったのかもしれない。午前八時ごろ、ツラギから出てきた三隻の駆逐艦は、まったく警戒するようすもなく、近接してしまった。

戦闘——司令駆逐艦「暁」のマストに、信号旗がひるがえると同時に、「雷」の艦内に、

「戦闘、左砲戦、反航する駆逐艦」

と、下令され、ただちに六門の砲は、敵の二番艦に指向した。

「おいッ。対陸見越盤を対水に切り換えろ」

驚いた私が柄沢にいった。

あらかじめ、陸上砲撃の準備をしていたところへ、敵は駆逐艦だという。切り換えはスイッチをまわすだけの簡単なことだが、予想外なことに当面した瞬間、なにか大きな手違いでもしたのではないかと、心配になってくる。

「対水上射撃に切り換えた」

柄沢が、かすれた声で報告する。

「距離四千。敵速十四ノット」

緊張したキンキン声の国分が、砲術長の号令を伝令する。私が距離を調定した。敵速は、柄沢がやった。

艦橋は騒然と湧きかえっている。前の工藤艦長のときは、緊迫した場面には、かえってシンと静まりかえり、電信室内の電信長の交話が聞こえるほどであった。が、口やかましい現在の前田艦長にかわってからは、なにかというと騒々しいことおびただしい。

室内の暑苦しさなど、吹き飛んでしまった。わが艦は三十ノットは出しているらしく、敵との距離はぐんぐんちぢまってくる。

司令の指揮する隊統一砲撃がはじめられた。左砲戦になると、われわれのいる中継所は、自艦の発砲する衝撃で、椅子ごと叩きつけられるような凄いショックをうけた。電線や計器の裏につもっていた塵や埃が飛びちって、室内を薄暗くする。黄金色の閃光がどこからともなく入り、眼をくらまし、キナくさい火薬の臭いが鼻をつく。

「初弾用意。弾着」

中沢が満身の声をふりしぼって、伝声管に向かって怒鳴る。

「下げ五、つぎ」

着弾はとんでもない遠弾らしく、五百メートルの修正と、ふたたび試射の号令だ。

「下げ修正弾用意。弾着」

中沢が弾着時を報告する。

「下げ五、つぎ」

また遠弾だ。千メートルもの測的誤差はおかしい。

「おかしいな、こんな近距離で……。命中しないはずないがな」

三宮兵曹も首をひねった。

「測距長、アガって距離を間違ってんのじゃ」

そう言っているうちに、ハッと気づいた。

「おい的速盤、起動してんだろうな」

と、柄沢の顔をみると同時に針をみたら、黒針は零で止まっている。すぐに、

「的速十四だ、起動、起動」

と、柄沢を怒鳴りつける。

つぎの弾丸も、無駄弾丸だった。「暁」も「電」も命中なしだったが、敵の駆逐艦は、はじめて日本の駆逐艦だと気づいて、あわてて急変針、速力をあげはじめた。

「的速二十四、的変距黒五」

大幅に射撃諸元が修正された。

「魚雷戦反航」

魚雷も発射するらしい。これで大砲が命中しないうちに、魚雷でやってしまわれては、水雷科の奴らにすっかり頭の上がらないことになってしまう。ふっと、そんなことが頭のすみをよぎった。

「本射弾用意、弾着」

中沢の声もカラカラに乾いたように響いた。三宮兵曹も、祈るような眼で、パイロットランプを睨みつけ、柄沢は頭を下げてシュンとなっている。

「命中だ、急げ」

砲術長みずからが、伝声管から怒鳴った。

「そらッ、笹口、命中だ」

管制のブザーを押しながら、三宮兵曹が、例のニヤリと笑ったような、独特の表情をし、せき込みながら笹口に、各砲台への伝令をうながした。

次弾も命中したらしい。中沢の「弾着」の声の終わらないうちに、艦橋が「ワアッ、ワアッ」とどよめいている。

殺戮と破壊の祭典

「目標変え。反航の巡洋艦」

「ひやッ。巡洋艦だとヨ」

中沢が悲鳴のような声をあげ、いままで茹《ゆ》でダコのように真っ赤になっていた顔から、さっと血がひいた。私も、背中をすうっと氷のような手で撫でられたような思いがし、頭の中が一瞬、空白になったような恐怖感に襲われた。巡洋艦や戦艦の何十門という砲撃のすさまじさは、身にしみて知っているから、巡洋艦と聞くだけで身がすくむ。だれもがそうらしく、自分の持ち場で、計器盤の針だけを睨みつけ、痩せ我慢で堪えている。

「初弾用意、弾着」

「うわッ命中だ、万歳ッ」

艦橋で、主計長が躍りあがって嬉ぶ。

「急げ」

今度は初弾から命中だ。もっとも、距離は二千メートルの近距離だ。

「よし、舷窓を開けて命中したのを見よう」

修正のないかぎり、射撃装置は自動にしてあるから、手の空いている私が、三宮兵曹の頭の上にある舷窓を開けた。

「本射弾用意、弾着」

近距離なので、発砲して五、六秒で着弾する。

四十センチほどの円窓に、三宮兵曹、私、柄沢、笹口の眼が集中する。左の正横付近の射撃だから、敵艦ばかりか、対岸のツラギの状況までよく見える。

「やった。また命中だ」

「うわッ、いるぞいるぞ。駆逐艦に巡洋艦、輸送船がごまんといるぞ」

笹口がなかばあきれたように、嘆声をあげる。

「あれまあ、ほんにごっそり居やがるな。まるで横須賀の港みたいじゃんか」

柄沢がうまいことをいった。おびただしい数の輸送船が錨をおろしていて、各船の煙突から煙が吐き出されている光景は、たしかに横須賀の工廠近辺のそれに似ているような感じもする。

揚陸艇がぞくぞくと陸と船の間を走りまわっている。敵の巡洋艦も、駆逐艦も、飛行機も、ぜんぜん攻撃してくる気配はない。

あまりにも堂々と侵入して、自在に暴れまわる三隻の駆逐艦など物の数に入らないのか、それとも胆っ玉がひっくりかえって、砲撃をうけた船が逃げ出すのに、精いっぱいなのかもしれない。

「なんだよ、お前らばかり喜んでいやがって。おれは手がはなせねえから、クソ面白くねえや」

中沢が怒りだした。

「用意、弾着」

「うわっ、全弾命中だ、火災だ。やっ、爆発だ」

笹口が躍りあがった。

「用意……笹口、馬鹿野郎……弾着、人の気になってみろ」

中沢は、報告とぼやきと、いっしょくたにしている。

一本煙突の大きな特設巡洋艦のドテッ腹に、われわれの撃った六発の弾丸が吸い込まれるように命中した。パパッと、黄色い火炎がはしった。一呼吸おいて、黒煙が艦をつつんだ後、火柱が天に沖するように吹きあげた。

息をのみ、瞳をこらして見まもっていると、黒煙の中にあった船は姿を消し、悲しげな白い煙が水中から高くのぼった。

「撃ち方待て。特設巡洋艦轟沈」

砲術長の西山中尉が、晴れやかに、浮き浮きした声で下令した。

「陸上砲撃用意」

これでもまだ、敵の反撃はきわめて散発で、陸上からと錨泊している駆逐艦などから、ボカン、ボカンと撃ってくるが、いずれも見当はずれで、わが艦にはとどかない。

「陸上砲撃用意」

このあいだに、突入目的である陸上設備を砲撃するらしい。私は、先ほど復旧した対陸射撃用のカムに切り換えた。

各砲からは、「零式弾用意よし」の報告がとどいた。号令官の三宮兵曹が、「対陸、射撃用意よし」と報告した。

ルンガ岬付近の敵陣にたいし、陸上にいる着弾観測班の誘導で、司令の統制のもとに、三隻の駆逐艦あわせて十八門の砲が、大仰角に指向し、砲撃を開始した。

垂直に落下するように、見越角は自動的に計算されるから、発砲から弾着までの時間は非常に長く、間の抜けたような射撃だ。

調理員は直接に戦闘に関係ないので、勝ち戦さということもあって、中継所の外で、烹炊長や岩田、田中などが、高見の見物と洒落《しゃれ》こんでいる。

「えいぞ、えいぞ」とか、「うわっ。やった、やった」「そらッ、大爆発だ」などと、手をたたき、足を踏み鳴らして気勢をあげている。ときには、窓から中継所に首を突っ込んで、応援したりしている。

「あいや、今度はゼロ戦が来たぞ。今度は空中戦をおっぱじめた」

岩田がまた首を入れて、われわれに知らせた。

「えいぞ、零戦。強いや、敵のやつ逃げてったぞ」

今度は烹炊長が顔を出した。

「そうら、零戦が翼をふって、こっちに来るぞ」

田中がいったとたん、バリバリッ、キューン、ガアンと、ものすごい機銃掃射の轟音がきこえたと思ったら、弾丸が、艦の後部から前部にかけて、縫うように命中した。敵機はマストすれすれに突っ込み、さあっと前から上昇した。

それまでオダをあげていた三人の主計兵が、艦橋と前部煙突の間に積んであった玉葱《たまねぎ》と馬鈴薯の箱の間に、先を争って頭を突っ込んだ。

零戦と思い込んで、手を振って喜んで迎えたのが、敵機グラマンの急降下ときたのだから、魂消《たまげ》たのも無理はない。しかも、主計兵らしく玉葱の間に頭を突っ込み、尻を丸出しにした格好がいかにもおかしいが、いまは笑うどころでない。

中継所の外板を、三宮兵曹のちょうど両脚の間をぬって、私の背中から十センチぐらいの

グラマンＦ４Ｆ戦闘機──敵泊地に突入した「雷」は、砲撃により戦果をあげたが、グラマンの掃射で戦死傷者をだした。

ところをかすめて、海図台の方に貫通している。すぐには再度の襲撃はなかったが、恐怖心がどっと身体中をつつみ、化石のように竦《すく》んでしまった。

いまごろになって中部にある二十五ミリ機銃が、「暁」を執拗に反復攻撃している敵機を射撃しはじめた。

「対空戦闘」

号令がきたが、こんどは対陸射撃用を対空射撃のカムに切り換えなければならない。砲台は対空弾を準備しなければならない。

対陸上射撃と、敵の緩慢な反撃に、油断もあって、先ほどのようにすみやかに「用意よし」はこない。

「ひやっ、この穴みろ。すこしでもどっちかに寄ってりゃ、おれと二人が串刺しになるところだったぜ」

三宮兵曹はしばらくして落ち着きをとり戻したが、青い顔で私にいった。

「おれの猫背も、こうなりゃ、まんざら悪くあんめえい。命を助けたぜ」

私はひきつったようなつくり笑いで、みんなの顔を見まわしたが、だれも笑うものはいない。みんな、阿呆みたいに口を開けている。無理もない。開戦以来、身近にはじめて敵弾の洗礼を受けたのである。

中部にある機銃だけが、狂ったように撃っている。敵機の機銃掃射も執拗で、「雷」の甲板をバリバリッ、キュンと射抜いていく。

対空弾の準備がようやくできた砲台から、「用意よし」の報があった。

高見の見物気分の「対陸上射撃」が一変し、狂騒といってよい戦闘状態に入った。十二・七センチ砲と機銃の連続射撃の音が全艦をつつみ、耳がガーンと鳴って、なにも聞こえなくなってしまった。

弾幕と曳痕弾の火は、いままで青かった空を、夕暮れどきのように塗り替えてしまった。味方の零戦の姿は一機もなく、上空に乱舞する敵機はグラマンだけである。

第六駆逐隊は、各艦ごとに回避運動をつづけながら離脱をはかった。全力運動の機関室は、蒸気管の継《つ》ぎ目から蒸気が噴出する個所もある。汽罐はいまにも破裂するかとおもわれるほど、圧力一杯となった。

掌罐長・夏目中尉以下の罐部員は、眼をひきつらせてバルブを握り、ゲージを睨んで、流れ落ちる顔の汗を拭うことも忘れている。

「三番砲被弾、旋回手戦死」

悲痛な報告が伝令の笹口の耳に入った。

「班長、鈴木兵曹、戦死ですと」

申しわけないというように、笹口が三宮兵曹に小声でいった。

「馬鹿ッ、そういってきたのか」

温厚無類の三宮兵曹が激昂し、笹口の頭をボカリとひとつ殴りつけた。

「いえ、三番砲被弾、旋回手戦死、射撃に支障なし、です」

「はじめからそう報告しろ。指揮官、三番砲被弾、旋回手戦死、射撃に支障なし」

うわずった声で砲術長に報告した。

このころになると、艦橋でも被害が出たらしく、異様な気配と、なにかを怒鳴るだれかの声が聞こえていた。

そんなとき、私が突然、

「ソロモン祭だ」

と叫んだので、みんながぴくりとして私の顔をみた。

ガアン、ワアン――と、耳から頭にひびく砲声の激しさが一つになって、ふっと、私の脳裡を幼いころの秋祭りの日がかすめたのである。

兄弟や友らと連れだって、鎮守の森に近づくと、若衆の打つ太鼓の音や、子供らのあげる喚声が、ワアンと混じり合う音が私たちを興奮させ、みんなでいっせいに社《やしろ》まで駆けていった記憶であった。

幼時の想い出は楽しいお祭りの騒音だが、この〝ソロモン祭〟は、殺人と破壊の祭典なのだ。それなのに、これが似ているなんて思い出したことが不思議である。

こいつ、頭がおかしくなったのではないか――というような表情で、みんなが私を見つめている。

しかし、戦闘と内地の祭りとの間に、共通するものがあろうがなかろうが、私が〝ソロモン祭〟といいはじめると、周囲の者の間に、理屈ぬきにこの言葉が流行するのであった。もったいぶった周囲の者の間に理屈をこねまわし、議論してみたり、自分一人が気どってみたところで、どうにもならない戦場なのだ。

連日、緊張、不安、恐怖、絶望といった人間のもっとも嫌な苦痛につつまれ、そのうえ、睡眠不足や重労働の生理的な負担がのしかかっている。ひょっとすると、われわれは、すでに人間ではなく、兵隊というまったく異質な生物に変わっているのかも知れないのだ。だから、局外者から見たら、馬鹿らしい、下らないと思うことでも、そうだと信じ笑ったり、怒ったりする。

立場をかえていえば、このような環境で生きているためには、そのように変身しないと、発狂するか、自殺するか、どちらかを選ぶことになるだろう。

それぞれの戦闘配置にじっとしがみつき、自分の責任操作をするだけの機械でなければならないのが、海の兵隊の宿命なのだ。どのようにあがき悶えても、ここから逃れることも、隠れることもできないのだ。

だからわれわれは、兵隊という、人間とちがった動物にならなければならないのだ。そして、ほかの者はどうであるかは知らないが、私の場合は、変身することがきわめて速く、環境に順応できる性格をもっているようであった。

あふれでる涙

突撃隊指揮官の第六駆逐隊司令は、猛烈な敵機の攻撃のもと、しかも陸軍部隊の総攻撃は失敗して中止されたという状況では、長時間にわたってこの海域に行動し、陸上砲撃を再興することは無理であると判断し、離脱することを決意した。

さいわい第六駆逐隊は、ツラギとサボ島のあいだをぬけて、敵機の攻撃を振り切ることができた。「雷」では、「撃ち方止め、被害状況調べ」と、射撃をいちじ中止して、戦闘を整理することになった。

中継所の外の、艦橋から降りる階段で、ガタンという大きな物音がした。そして、ボソボソとだれかが話す声が聞こえた。

私が扉を開けてみると、信号の阿部三等水兵が艦橋の旗甲板で戦死し、その遺体を、担架で同僚の信号兵二人が運搬しているところであった。

この二人も、九月に乗艦した新兵である。阿部と三人で信号旗を掲揚する作業をしていると、阿部が敵弾をうけて即死した。信号長に遺体を戦時治療室に運ぶように命じられ、ここまで来たが、二人とも腰が抜けてしまったということらしい。

青い顔で、夢遊病者のように、階段の上と下にぺったり尻をおろし、ぽかんと口を開いて、私の顔を見上げている。

「どうしたんだ。こんなところでまごまごしやがって」

私は大声で二人に気合いをかけたが、彼らは口をパクパク動かすだけで、声にはならない。

「おい柄沢、手をかせ。信号の奴ら、腰を抜かして戦死者をうちの入口に放ったらかしておきやがる。下まで運ぼう」

と、声をかけると、

「しょうがねえ奴らだな。それ、目をさませや」

といいながら出てきた。そして、下の段の高瀬三水の顎に、二、三発、鉄拳をくらわせた。

私は上の段の内田の尻を蹴飛ばして起こし、

「ほら、手をかすから、しっかり担げ」

ようやくのことで、阿部三水を下へおろした。

阿部三水は頭部貫通の即死だったが、その死に顔はまったく平常の寝顔と変わりがなかった。まだ幼い面影を残した死に顔であった。

治療室には、三番砲の鈴木兵曹も運ばれていた。彼の場合は腹部の貫通死で、眼球をむきだし、恐怖と苦悶にのたうった物凄い形相である。弾丸が命中した個所で、死に顔がこのように変わるのであろうか。

鈴木は、この戦争がはじまる前、最後の公用使として私と二人で佐伯に上陸したとき、

「いよいよ、これが終わりかな」

と私がいうと、

「なあに、どこでどうなろうと、ひとり身のわれわれは気らくなものさ。それよりも、早く仕事を終わらせて女郎買いでもやるか」

と、捨て鉢めいたことをいっていた。

一昨日、ショートランドを出港するとき、彼は後部員だったから前甲板の錨を揚げる作業には関係ないのに、わざわざ前甲板まで出てきて、ギョロリと特徴ある目玉をぐるぐるまわ

しながら、おいッ、呉の彼女から手紙きたろ——などと、ソラを突きにきた。

「この野郎、よっぽど暇らしいな。こちとら錨あげにヒーヒーしてるのによ」

と、私が海水をぶっかけると、へらへら笑いながらもどっていった。

その彼が、いま目の前に白目をむいて転がっている。

あのとき、同年兵と私と栗林に、別れにきたのかもしれない。私は無言のまま、頭を下げただけで配置に走った。じっと見ていると、涙が流れ出そうだったからだ。

彼は、ごつい顔に似あわず、すごく気のいい男であった。同期五人のうち、金沢は巡洋艦「大淀」に、山田は砲術学校にと、九月に内地を出港する前に「雷」から退艦し、ここで鈴木が死んだ。

残ったのは、栗林と私の二人だけになってしまった。親しい友の戦死は、神経が鈍磨している私にも、強い衝撃をあたえた。

われわれ第一次突撃隊の第六駆逐隊は、軽微な損害をうけただけであったが、第二次突撃隊の軽巡「由良」や駆逐艦「秋月」などは、敵機の攻撃をうけて、「由良」は沈没するという被害を出したため、突入することができなかった。

われわれの第一次突撃隊は、さらに夜間に、再度、突撃することになっていたが、敵機動部隊が出現したという報に、海上部隊は総力をあげてこれと決戦することになり、ガ島の陸軍への協力は打ち切りとなった。

突撃隊の任務は、陸上砲撃と敵機動部隊を引き寄せる囮《おとり》の両方を受け持たされたのだ。この囮も成功し、待望の敵機動部隊の出動となった。

われわれがルンガ岬沖で戦闘しているとき、わが機動部隊は、ソロモン諸島東方海域で敵をもとめて行動していた。

十月二十五日午前十一時十五分、索敵機から、「レンネル島東方に、戦艦二、重巡四、軽巡一、駆逐艦十二発見」の報があった。

この海面の全般指揮官である第二艦隊司令長官の近藤中将は、機動部隊に、「成シ得レバ攻撃セヨ」と令したが、機動部隊指揮官の第三艦隊司令長官・南雲中将は、敵との距離や、日没時の関係から攻撃を断念した。

このときのわが部隊は、午前八時ごろ、敵機の接触をうけたので、わが方の意図が判明したものと思い、反転北上中であった。

敵発見の報にわが方は、午後四時に反転し、再度、南下をはじめた。

十月二十六日、午前零時五十分ごろ、空母「瑞鶴」が低空から侵入してきた敵機の攻撃をうけたが、損害はなかった。司令部は各部隊にまた反転を命じ、それぞれ高速で北上した。そして、日の出の午前四時ごろから各部隊は索敵機を出した。

午前四時四十五分、「翔鶴」の索敵機から、「敵大部隊見ユ、地点八度二十二分南、百六十六度四十二分東、空母一、ソノ他十五、空母ハサラトガ」という急報が入った。ただちに待機中の艦爆、零戦を各二十機と、艦攻二十機を発進させた。

この攻撃隊が敵に向かっている途中で、敵もわが方を攻撃するため、爆撃機十五機を飛ばしていた。両者は直接、出合うことなく、途中ですれちがった。敵味方とも同じ時刻に、それぞれ攻撃隊を発進させていたのであった。

敵の攻撃機は、「瑞鳳」から発進した零戦九機によって、そのほとんどを撃墜された。わが零戦隊は、全機が機銃弾を消耗してしまったので、母艦に着艦した。

敵はわが方より先に、機動部隊の頭上に来襲し、「瑞鳳」は発着甲板が破壊されたので、戦線をはなれて北上し、トラック基地に向かった。

わが第一次攻撃隊は午前七時、敵空母ホーネット、エンタープライズに攻撃を開始した。前進部隊に配備されていた第二航空戦隊の「隼鷹」からも、攻撃隊が発進していた。

旗艦の「翔鶴」に、敵の爆弾四発が命中し、飛行機の発着艦は不能になった。ミッドウェー海戦の戦訓で、飛行甲板や格納庫などの防御施設を改良してあったので、「翔鶴」は火災を最小限にくいとめることができ、最大戦速の三十一ノットで避退した。

この海戦は、彼我ともに互いの艦影を視認することなく、相互に発進させた航空機だけによって戦われた戦闘であったといえる。

空母ホーネット、駆逐艦ポーターを撃沈、空母エンタープライズ、戦艦サウスダコタ、防空巡洋艦一に損傷をあたえ、航空機七十四機を撃墜し、ソロモン海域の敵空母部隊を一掃した。

わが方は飛行機百機を喪失し、空母二、重巡一、駆逐艦二に損傷をうけた。

大本営はこの戦闘を「南太平洋海戦」と呼称し、例によって例のごとく、大戦果と発表したが、ガダルカナルの戦局全般は、ますますその深刻度をふかめていったのである。

第六章　火炎と砲弾の雨

ネズミ輸送の日々

駆逐艦「雷」は昭和十七年十月二十八日、ショートランドに帰投し、戦死者を島で荼毘《だび》に付して、内地に帰る船に、遺骨を依託した。

酒保の開かれるのを待って、栗林と二人で塩鮭の頭をかじりながら冷や酒をがぶ呑みしたが、ちっとも酔いがまわらない。くどくどと、戦死した鈴木のことを、何回もくり返しくりかえし語りあって、夜を明かした。

ガダルカナルの陸軍部隊・第二師団による総攻撃は失敗し、壊滅的な打撃をうけていた。私の郷里の会津若松部隊の歩兵第二十九連隊は、左翼隊となり、連隊長・古宮正次郎大佐は、みずから軍旗を捧げて突撃し、戦死した。

これを援助した歩兵第十六連隊も、連隊長・広安大佐以下大部分が戦死し、右翼隊の歩兵第二旅団長・那須少将以下、大半の各級幹部を失うという惨敗であった。

とくに、歩兵第二十九連隊は、二千五百四十四名のうち、戦死五百五十二名、戦傷四百七十九名、行方不明一名という損害をうけていた。

その後、陸軍部隊は後退して戦線の整理をはかった。ガダルカナルの戦局は好転せず、日がたつにつれて敵はますます兵力を増強し、制空権はまったく彼に帰し、わが方の頽勢の気配がいっそう濃く感じられてきた。

ガ島の陸軍司令部は、ガダルカナルの地形の複雑さ、けわしさなどによる部隊間の連係行動の困難さなど、機宜に適した臨機応変の処置をとらず、しゃにむに飛行場を奪還すべく、正面攻撃だけに固執していた。

十一月二日、陸軍の増援部隊を、在域駆逐艦の全力をあげて輸送することになった。

わが「雷」は、軽巡「天龍」、駆逐艦「村雨」「春雨」「夕立」「時雨」「白露」「有明」「朝雲」「白雲」「暁」とともに、陸兵三百四十名、糧抹八百個、弾薬（十センチ榴弾四百発、十五センチ榴弾五百六十発）、燃料ドラム罐四百四十八本を各艦に搭載して、タサファロング方面に揚陸することになった。コリ岬方面には、駆逐艦「浦波」「敷波」「綾波」「満潮」「望月」が揚陸することになった。

「雷」には少将を長とする三十名ばかりの陸兵のほか、十五センチ榴弾、燃料ドラム罐、糧食などを搭載した。陸兵たちは、携行品のほか、戦友にとどける——といって、靴下に米を入れ、身体のまわりにいっぱいにぶら下げていた。

糧食は米のカマス俵と、塩を半分ぐらい厚くまぶした塩鮭だけだ。食事のお粗末さに不平たらたらのわれわれも、これすらないというガダルカナルの陸軍の兵隊をおもい、「烹炊長の言うとおりだ、あまり贅沢もいえんな」と、あらためて反省したものである。

これら糧食を甲板に積みあげるわれわれは、この糧食が何百名かを飢餓から救うであろうことを思い、どうか無事にとどいて欲しいものだと、心から祈らずにはいられなかった。一昼夜そこそこの航海であったが、揚陸地点付近は珍しく波浪が大きかった。わが「雷」のカッター二隻と、内火艇二隻、折り畳み式浮舟を降ろして、物資の積載は終わったが、陸兵は船酔いで起きあがれない者も大勢いた。小隊長に叱咤され、決死の面持ちで、よろめく足を踏みしめながら、彼らも各艇に分乗した。このころには日没もすぎ、海は暗黒にとざされ、波頭が白く見えるだけである。

敵の哨戒機が三機ほど出現して、右の方の「天龍」や「村雨」などの漂泊地点に、ときどき吊光弾を投下していたが、わが艦や「暁」の上空にはこなかった。

一号内火艇の艇長となった私は、第一カッターを曳航して、艦から指示された方向に、真っ暗な海を突進していった。ほんとうに真っ暗闇で何も見えない。エンジンの火花だけが、やけに赤く吹き出すので、敵機に見つけられはしないかと、気が気でない。

ときどき、敵が打ちあげる照明弾に、「雷」か「暁」かはわからないが、すうっと姿を現わすので、まだ心強い。艇内の陸兵も、艇員も、息をのんで頭を伏せ、じっと動かない。

ふたたび照明弾が落下したが、今度は駆逐艦の姿は映し出されなかった。もう四十分以上は航行した。艦から方向を指示されて向首したとき、おりよく波に直角であった。だから、とにかく波に直角に、直角にと直進することを心がけて、舵を操《あやつ》った。

磯波らしく、返る波が大きく感じられたので、上陸地点に近づいてきたと判断した。暗闇の中に螢のように、懐中電燈の小さな光が、くるくると、円を描きながら点滅している。

「おれは、運がいいぞ。いつもこれだ」

思わず、身体中からしぼり出した大声で、暗闇に怒鳴った。実際に幸運だった。三マイルばかりの近い距離だが、短艇羅針儀はあまり正確でなく、暗くて目標も方向もまったくわからないから、コースがはずれて敵の陣地にでも乗り揚げたら、それで一巻の終わりだ。ふだんは、神仏など想ったこともなかったのに、このときばかりは神仏をたのみ、波の方向をみて進んだ。

四十分ほどの時間であったが、ひどく長い長い時間に感じた。物資と人間を満載しているから、上陸のさいはよほど注意しないと、波をうけて横転してしまう。

「あっ。磯波だ。陸岸だ、危ないぞッ。浅いぞ」

前部で見張りをしていた宇井一水が叫んだ。宇井は銚子の漁師で、身体中にクリカラモンモンを彫っており、酒を吞むと手がつけられないほど狂暴になる男だが、荒っぽい海の上の仕事には役立つ奴なので、今日も艇員として連れてきたのである。

「おおい、中野兵曹。カッターを放すぞ。方向はまっすぐだ」

私は、曳航してきたカッターの艇長である中野兵曹に怒鳴って、機関をとめ、索を放した。深さを測るようにいうと、測鉛線をすばやく入れた宇井が、一メートル四十だと報告した。錨を入れるように艇員に命じておいてから私は渡辺一等機関兵に、エンジンを停めないように指示した。そして、陸兵にむかって、

「ようし、陸さん。船はこれ以上、近づけない。水深は一メートル四十だ。おりて物を運んでくれ」

といったが、彼らは高い白波におどろいて、降りようとしない。

「まごまごしてると、内火艇がひっくり返るぞ。敵機に見つかると機銃掃射だ。早く降りろッ」

と怒鳴ると、

「小隊長につづけ」

という声がして、私の弟ぐらいか、まだ童顔の少尉が軍刀を頭上にさしあげて飛び降りた。いったん波のなかに転んで全没したので、ハッとしたが、彼はすぐに立ち上がって、「大丈夫だ、早く上がれッ」と、元気よく兵たちを励ました。

この自分たちの小隊長の姿をみて、陸兵たちはつぎつぎと海に飛び込んだ。

「それっ、物をおろせ。早く運べ。時間がないぞ」

私は艇員と陸兵の双方に気合いを入れ、せきたてた。

内火艇には糧食と十五榴の弾丸だけだったので、作業は比較的容易で、早めに終わった。

「これで終わりだな。おおいッ、陸さん。物はこれで終わりだ。頑張れや」

闇にむかって怒鳴ったが、物資の運搬に夢中になっている彼らの返事はなかった。

「よおし、カッターを捜せ。カッターを引っ張って帰らなくちゃ」

私は艇員に命じ、みんなで、

「おおいッ、一カッター」

「おおいッ、中野兵曹」

と叫びながら、内火艇の錨を揚げ、あたりを捜しまわった。しかし、なかなか見つからない。

「中野の奴、乗り揚げたか、横波をくらってひっくりかえったかな。本艦を出るときには、終わりしだい、各艇ごとに帰るようにいわれてきたが、まったくしょうがねえな」

私はどうしようかと、一瞬、迷った。命令はなかったが、第一カッターには同分隊の友ばかり、九名が乗っている。放棄すれば助からないかも知れない。

こちらだけ助かって、彼らを見殺しにすれば、いつまでも自分の心の重荷になるのではなかろうか、というようなことが頭をかすめる。しかし、時間をなくすると、こちらも置いてきぼりをくってしまう。このとき陸岸から、

「何々参謀が帰るから、待ってくれ。位置を知らせ」

という声がするのを聞いた。懐中電燈の管制した赤い光をちらっと振り向けると、すぐに「了解」という合図があって、陸軍の将校と、傷病者ら十名ほどの兵隊が、波をかき分けながら走り寄ってきて、乗艇した。

兵隊たちは、よかったな、助かったな――と、将校に聞こえないように、低い声で私語しあっている。

時間は定められた時刻を四、五分すぎていた。出発するとき、指示した時間に帰れないときは、最寄りの陸軍部隊に合流し、次回の揚陸まで待つようにといわれていたから、第一カッターは断念して、全速で引き返すことにした。

「雷」の近くまできたときには、艦はすでに静かに動きはじめているところだった。艦長はキンキン声でなにやら喚きちらしていたが、先任将校以下が総員で、人間を乗せたままの艇を引っ張りあげてくれた。

艇の底が水面を切ると、すぐに「雷」は速力をあげはじめ、タサファロングを離れて、先行していた「暁」の後についた。

第二内火艇と第二カッターは、われわれの第一内火艇より先に帰還していたが、中野兵曹以下八名の第一カッターは、結局、放棄されてしまった。

私は、第一カッターを曳航してこなかったことが気にかかってしようがない。上官や同僚は、

「仕方がない。戦争だから、それぐらいのことはあるのだ」

「大の虫を生かすには、小の虫を殺すということもあるんじゃないか」

などといってくれたが、どうにも気が重くてしかたがなかった。

その後も、われわれ駆逐艦は三交代ぐらいの割合で、このような輸送をくりかえしつづけた。一隻の駆逐艦で約四十トンぐらいしか運べないから、十隻が一度に完全に成功しても四百トンで、この程度の糧食では、ガダルカナルにいる全兵士の三日分の食しかないということであった。

しかし、在島の兵士たちにとっては、まさにかろうじて命をつなぐ綱であり、また、見捨てられていないという確証でもあった。われわれは〝ネズミ輸送〟と嘲笑したが、彼らにとっては、重大事であったのだ。

つぎの揚陸便のとき、さいわい中野兵曹以下八名は帰ってきた。が、たった三日間、ガダルカナル島にいただけだというのに、全員がマラリアにかかり、顔は黄色くむくんでいた。

「置いてきてしまって、悪かったな」

というと、

「いや、こっちがついてなかったんだ。あまり岸まで近づきすぎたので、横倒しになって、カッターを起こすのに往生したよ。気にすんな」

中野兵曹は、私の肩をたたいて笑った。

戦艦に伍して

ますます強化されてくる連合軍の防衛網に、わが方の駆逐艦の損害は激増し、補給の実績もあがらず、重大な局面を迎えることになった。

ここで、陸軍の第十七軍司令部は、正攻法による輸送計画をたてた。

第一次（十一月上旬）＝輸送船十隻。

第二次（十一月十日、十一日）＝輸送船九隻。

第三次（十一月十五日、十六日）＝輸送船十一隻。

これによって第三十八師団の主力のほか、戦車や重火器、大量の弾薬と糧食などを輸送しようとするものであるが、この作戦を成功させるには、敵の飛行場を制圧しなければならなかった。

陸軍の持つ火砲だけでは効果がないことから、海軍側はこの輸送計画には同意しなかった。

しかし、戦況は一刻も遷延《せんえん》することは許されないので、第十七軍司令部と連合艦隊司令部の折衝によって、戦艦による飛行場の砲撃が決定され、これに呼応して、いっきょに輸送船を送りこむことになった。

十一月七日、連合艦隊参謀長名による計画の伝達が指揮下の各隊に入った。

「船団は左により実施せしめらるる予定

一、進入は一回に限りZ日（十一月十三日と予定）二二〇〇頃とし、なるべく多数の輸送船を使用（要すれば上陸点を異にす）

二、Z－《マイナス》1日夜、十一戦隊の制圧射撃を行なう（四水戦を警戒隊としZ－3日以降、前進部隊に復帰）ほか大巡の射撃を行なう

三、前進部隊はZ－1日までにガ島北方に進出支援

四、おおむねZ－3日以降、航空撃滅戦を強化

五、その他、前回に準ず」

十一月十二日の夜、第十一戦隊の戦艦「比叡」「霧島」が挺身攻撃隊となって、その三十六センチ砲弾をもってヘンダーソン飛行場を砲撃して壊滅させ、一挙に主導権もわが方に奪回し、連合艦隊の主力は救援に出撃してくる敵機動部隊にあたり、これを撃滅しようという作戦である。

わが第六駆逐隊も、この作戦部隊に部署された。

十一月九日、連合艦隊の主力はトラック島を出撃し、挺身攻撃隊の支援行動に入った。

机上に描いた作戦計画は雄大なものであったが、十月二十五日の南太平洋海戦で、「翔鶴」と「瑞鳳」は損傷し、その他の空母も整備のため内地に回航中で、機動部隊といっても、この作戦で使えるのは、「隼鷹」一隻という貧弱なものであった。

ガ島を砲撃すべく出撃し、乱打乱撃戦のはてに沈没した戦艦「比叡」――直衛をになった「雷」も、甚大なる被害をうけた。

基地航空部隊も、逐次、損耗の結果、戦力ははなはだしく低下しているので、直衛飛行機の傘のない艦隊にとっては、敵機に対する不安が大きかった。

この作戦にさきだち、十一月三日から十二日まで、ラバウルとブインの航空基地から、零戦と艦爆で、米軍の艦船を攻撃することになっていたが、連日の悪天候のため、十一月五日の一回だけの攻撃に終わってしまった。

十一月十日になって、新鋭の第二十一航空戦隊もラバウルに配備され、戦力の低下した第二十五航空戦隊とともに作戦することになり、十日、零戦十八機がガダルカナルの敵飛行場を攻撃した。つづいて十一日には、零戦二十六機、陸攻二十五機で飛行場や在泊中の艦船を爆撃した。

敵輸送船一隻、駆逐艦一隻を撃沈するほか、敵機二十五機を撃墜したと報告したが、わが方も十一機が未帰還という被害をうけた。

十二日、ルンガ泊地に米輸送艦六隻、巡洋艦六隻、駆逐艦十一隻が入泊しているとの報に、陸攻十九、零戦三十機で攻撃することになった。

しかし、待ちうけていた米戦闘機二十数機と交戦し、敵機二十を撃墜し、巡洋艦三隻を撃沈、輸送船三隻を撃破炎上させたという戦果を報じたが、陸攻の未帰還十二機、五機は海上に不時着という大損害をうけ、基地航空部隊の兵力は、ほとんど損耗しつくしてしまった。

挺身攻撃隊の砲撃で、ガダルカナルの米軍航空基地を壊滅させ、敵の艦隊を撃攘することは、たんに今次の輸送を成功させるにとどまらず、わが国の存亡にもかかわる重大な分岐点となった。

わが方の動きは、各島におかれた連合軍の監視員からの報告などで、米軍は詳細に知ることとなった。そして、米軍側もヌーメアやエスピリツサントの基地から、まだ修理中の空母エンタープライズや戦艦二隻のほか、全兵力に近い巡洋艦、駆逐艦を、ガダルカナルに急派した。

十二日、わが航空機が攻撃したのは、この増援部隊であるターナー少将の指揮する巡洋艦、駆逐艦の護衛する輸送船団で、これには米陸軍の歩兵連隊が乗船し、十一日にルンガ泊地についで、揚陸していたものであった。

われわれ挺身攻撃隊は、十二日の未明に前進部隊からはなれ、南下進撃を開始した。

陸軍の増強部隊である佐野忠義中将の第三十八師団一万一千名、海軍陸戦隊三千名、戦車や重火器などを搭載した十一隻の大船団は、第八艦隊司令長官・三川中将指揮の巡洋艦六隻、駆逐艦六隻に先導され、第二水雷戦隊司令官・田中少将の指揮する十二隻の駆逐艦に護衛されて、行動を起こしていた。

この作戦に動員された連合艦隊の兵力は六十一隻を数え、まさに国の存亡を決める作戦であった。

射撃隊は十二日の夜、警戒隊形をとり、高速力で進入を開始したが、猛烈なスコールに襲われ、かつ闇夜のため視界はきわめて悪い中、マライタ島とフロリダ島の間のインディスペンサブル海峡に進入した。

射撃隊の十キロ前方には第四水雷戦隊が先行して、前路掃海と警戒をおこなっていた。サボ島とラッセル島の間には、第二十七駆逐隊が警戒行動をとっていた。

＊

十二日の未明、南下を開始したとき、駆逐艦「雷」では総員が戦闘配置についた。

艦長以下の主要幹部が、九月に内地を出港のとき、大幅な交代があったことはすでにのべたが、艦長の前田少佐は、前の工藤艦長と対照的な人であった。新艦長は、水雷戦隊の参謀から転じた少壮俊敏の人で、何度もいうように、寡言な工藤中佐とちがって口やかましい。

われわれの配置である射撃指揮中継所には、艦橋からも伝声管や電話も通じているので、艦橋の動きも手にとるように聞こえる。

「早く舷窓を閉めろ」とか、「航海長、艦位は大丈夫か」「見張員、『比叡』は確認しているか」などと、艦長が一人でキンキン声を出し、甲高くわめいている。

ふたたびスコールがきたらしく、鉄板一枚ばかりの甲板に、ドウッという雨脚の音が響く。

「戦闘」

艦長からの命令が、射撃指揮中継所にも伝令された。午後九時ごろのことである。

毎日、聞き馴れてしまった号令であり、十時間近くも暑苦しい室内に閉じ込められていたわれわれは、またか——といった緊張を欠く緩慢な動作で、機械的にのろのろと、しまりのない操法をとった。

緩慢といっても、馴れきっている個々の動作だけは、いつもの通り、弾薬を砲側に定数だけ備えたり、魚雷の装塡などの作業は、まったく変わりなくおこなわれていった。

ただ、心の緩みは、戦闘服装をきちんと着けていないというようなところに現われていた。作業服の上衣を着けない、防毒マスクを装着しない、帽子を脱いで鉢巻をするといった油断があった。

それに、今回の作戦の概要を知ると、戦艦二隻が三十六センチの砲弾を、何千発も敵飛行場に見舞う光景を見物できるという、遊山気分が流れていた。

前にも、後にも、大艦隊がひかえているし、敵は空母がいないから、ガ島の飛行場さえ叩き潰してしまえば、〝ソロモン祭〟にもならないだろうとわれわれは信じ、戦艦の射撃がはじまったら、交代で見物しようと話していた。

夕食のとき、舵長の酒井兵曹が、

「おい、テキよ。今夜はよい花火大会を見られるぜ。戦艦が、三式弾を何千発も撃ち込むんだってよ。見物できず、かわいそうだな」

とひやかして、艦橋にのぼっていった。だから交代で見物しようということになった。

ゼロ距離の死闘

射撃隊は予定地点に達したが、サボ島も、射撃目標も視認できない状況なので、阿部司令官は射撃不能と判断して、反転を令した。

射撃隊が警戒隊形のまま、反転運動を起こしたころになって、スコールが去り、視界はやや開けてきた。

ルンガ岬にあった観測班の船橋大尉から、ガ島飛行場方面は天気良好——という通報が入った。これで阿部司令官は、射撃を実施することに決心し、ふたたび反転を令した。

戦艦戦隊と直衛隊が、警戒隊形のまま反転するのには時間がかかるので、砲撃予定が四十分くり下げられた。「雷」の艦橋でも、「反転だ」「中止だ」「再反転」「延期だ」というように、無線電話の交信は騒然と交錯し、艦長は相かわらず気が狂ったように怒鳴りちらし、艦橋内を歩きまわっている。

いっぽう米軍側では、キャラハン少将が指揮して、重巡、駆逐艦など十三隻を率い、単縦陣でわが方と決戦する態勢をとって、レーダーで二万五千メートルの距離にあるわが艦隊を捉えていた。

時刻は、十一月十三日の午前一時を過ぎようとしていた。

「戦闘」と、同じ号令がまた下令された。

「なんだ。何回、戦闘の号令を下しやがるんだ、もったいぶりやがって」

私は、暑さと眠さに不機嫌になっていたので、思わず不平をいった。

「ほんによ。早いとこやっつけて頂戴よてんだ。毎晩、毎晩たたき起こされちゃ、身が持たねえよ」

隣の柄沢も、腫れぼったい眼をしょぼつかせて、合槌《あいづち》をうった。

笹口はいつものとおり、目覚めているのか眠っているのかわからないような細い目を赤くして、しばたいている。

中沢の奴は、食い物か女の話でも出ないときは、こっくりこっくり居眠りできる、調法な生まれつきである。三宮兵曹にポカリと殴られても、そのときだけは目をあけ、きょとんとした顔で、みんなの顔を見まわすが、すぐに寝入ってしまう。

ガガン、ダダッダン——突然、「比叡」が撃《う》ったのか、敵弾が命中したのか、われわれは身体が腰掛けから放り出されるような衝撃をうけた。

「左三十度、敵巡洋艦数隻」

見張長の山口兵曹が、緊張した声で報告していた。

「なに、敵巡洋艦。その方向には四水戦がいるはずだ。しっかり確かめろ」

艦長がいらいらした声で怒鳴った。

山口兵曹は見張りの名人だ。かつて、セレベス海の闇の中で、三千メートルにある潜望鏡を発見したことがあり、目測も測距儀ぐらい正確だというので、前艦長や航海長に絶大な信頼をうけていた。

その山口兵曹の報告なのに、現在の艦長は、いかにも参謀出らしく、前方にいる前路掃海隊の四水戦や、戦艦二隻のことなど、陣形ばかりを、頭の中に描いているのであろう。

このとき、敵の重巡がいっせいに「比叡」を砲撃したのだった。

「戦闘、左砲戦、左魚雷戦」

あわただしく号令が下令されてきた。艦長から目標の指示がないまま、
「距離三千、苗頭なし、的速三十」――「撃ち方はじめ」――「急げ」とつづくが、その号令も両軍の砲声にかき消されて、とぎれとぎれで、よく聞きとれない。
ガンガンガン――わが「雷」も砲撃を開始した。とにかく、方位盤の針と砲の針は重なっている。

双方の艦隊が三十ノットの高速で近づき、敵はわが方の警戒隊形の中に突っ込んできた。もう司令部からの交信は、混乱して受信できない。
「比叡」が最っ先に、前部の艦橋が炎上している。各艦ごとに相手を見つけて、殴りあう子供の喧嘩のような、収拾のつかない乱戦となってしまった。

第3次ソロモン海戦図

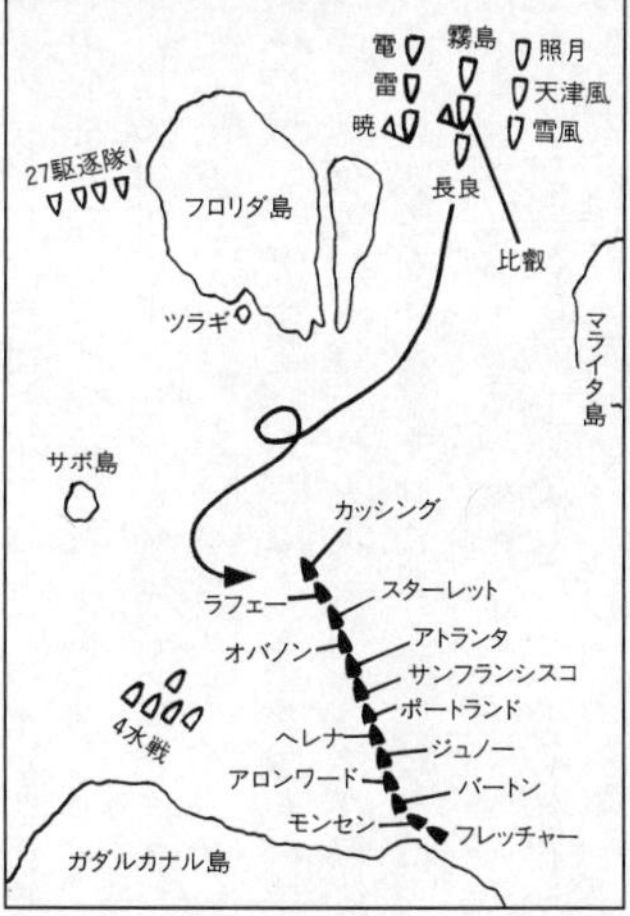

もっとも敵側に近接していた「暁」は、敵の駆逐艦の魚雷をうけて、真っ先に轟沈した。

わが「雷」も、「比叡」「霧島」と敵艦隊の間にはさまれた形で、しかも近距離での戦闘なので、敵と味方の砲弾が全部、頭上を越し、魚雷は艦底を走りまわるといった、乱戦の真っただ中に巻き込まれてしまった。

「巡洋艦に魚雷命中。次発装填」

「雷」の発射した魚雷九本のうち、六本が巡洋艦に命中した。この巡洋艦は旗艦アトランタで、司令官のスコット少将も戦死した。

水雷長の声が、ビンビンと艦橋から響いてきた。中部にある二十五ミリ機銃も発射している。

狭い海域で、三十隻におよぶ多くの艦隊が、手のとどくような近距離のなかを高速で走りつづけての夜戦だ。砲炎や火災、照明弾や探照灯の光が交錯する。真っ赤な視界の中を、炎上して火を吹きながら、走りまわる黒い艦影に、機銃の曳痕弾が火花の糸を描きながら吸い込まれてゆく。

「比叡」だけが取り残されたように、高い艦橋から炎を吹き出し、ゆっくりと同じ場所で旋回している。

炎上中の艦が、一瞬、黄金色に輝いたかと思うと、その艦は沈み、すうっと夕暮れどきの薄闇にもどる。どの大砲も砲身が焼け、真っ赤になって上下に動いている。

自分が生きているのかどうか、わからなくなってしまった。息がつまって、全身が化石になってしまったようだ。

いっさいの思考は吹っ飛んでしまい、ただ自分のさだめられた動作をくりかえしたり、叫んだりしているだけだ。頭髪をはじめとして、身体中の体毛が一本、一本、逆立《さかだ》っているような感じだ。

収拾のつかない混乱の中で、いちばん近くに見つけた敵艦を、本能的に砲撃して走りまわっている。

「目標を変え、右九十度巡洋艦、撃ち方はじめ」

距離、苗頭などの射撃諸元はこない。零距離射撃だ。方位盤射手は、右の真横に現われた奴に照準を合わせて引き金を引いた。

「響」にかわって第六駆逐隊の司令駆逐艦となった「暁」――乱戦の渦中で、敵の魚雷を受け、真っ先に轟沈してしまった。

「雷」は自艦の発砲と敵弾の命中で、上下左右に身ぶるいしながら突っ走っている。

「衝突するぞッ……取舵いっぱいッ」

艦長が悲鳴のように叫ぶ。

「取舵いっぱいッ……もどせ、針路四十度」

航海長の号令も必死だ。

敵と味方が発射する数百門の大小の砲の発砲音や、空中を飛びかう音、命中爆発音、息をつくこともかなわず、頭もあげられない轟音が渦巻いている。

ふっと、見たこともない両国の花火大会の壮観な光景が頭の中をかすめた。やっと思考が返ったらしい。

二回目の魚雷を発射した直後、ゴゴーッと、われわれのいる中継所に、紅い火炎と火薬独特の臭いとがとび込んできた。その瞬間、大音響がして、椅子から放り出された。あわてて起きあがろうとしたら、つづけて二、三回、同じように床にたたきつけられた。

ズズンと、艦が左右に激しく揺れ、パッと全部の電灯が消え、いままでの騒音がピタリと停まった。シーンと無気味に静まり返った。

沈黙から二、三秒して、おびただしい火と煙が室内に侵入してきた。私は無意識のうちに足元を見た。

先ほどの無気味な静寂は、深海の底に引き込まれたときのような感じで全身をつつんだので、とっさに艦が沈み、浸水してくるとおもった。だから、無意識のうちに足元を見たのであろう。

そのとき、室内の電灯がパッといっせいに点《つ》いた。しかし、苗頭盤は動かない。パイロットランプも、旋回受信器も、整備灯も消えたままだ。

「駄目だ……方位盤は使えない」

私は悲痛な声で叫んだ。

室内に入ってくる火炎は細くなったが、煙はどんどん室内に充満しはじめた。

「おい、防毒マスクを着けろ」

三宮兵曹が大声をあげた。

戦闘服装は、事業服を着て、防毒マスクを背負うことになっている。しかし、ここ再三の戦闘に馴れきり、また暑いこともあり、とくに今夜は、戦艦といっしょだというので、陸上砲撃を見物する気分であったから、上着を脱ぎ、マスクも棚の上に置きっ放しで横着をきめこんで、だれも装着していなかった。

「ごほん、ごほん」

「ひゃあッ、たまらねえや」

いちばん外側にいた私が、棚から防毒マスクを取ってきて、みんなに手渡した。むせながら、みんなが防毒マスクを着けた。私も最後の一つをつけたが、これは肝心な連結個所がはずれている。すでにみんなは着け終わって、ほっとした表情で私をみている。

「畜生ッ、だれのだ。はずれたままにしてやがる」

怒ってはみたが、あわてているから、手が震えて、なかなかうまく結合できない。

こりゃ、俺は、ここで窒息死か――という嫌な予感が、すうと身体の中を吹き抜けた。時間にしたら、何秒という間であったのだろうが、すごく長いような気がした。「死」を考えるいっぽうで、じつにふしぎなことであったが、なんとなくいっさいが滑稽に思えてきて、

「ハッハッハ」と、私は声に出して笑い出したのである。

赤き炎の舞い

「雷」は大きな被害を受けたらしく、各部からの連絡もなく、こちらからいくら呼んでも応答もない。艦橋も、指揮所も応答なく、しんと静まり返っている。

われわれ五名だけが、生き残り、他の者は全部、死んでしまったのだろうか。また、おかしくなってきた。絶望的な恐怖は、笑いを生むのであろうか。いや、この私の癖は、子供のときから、これが最後だ――というような緊迫したときに、起きる虫だった。

ふと、みんなの顔を見まわしたら、三宮兵曹も、弾着時計係の中沢も、伝令の笹口も、魂

の抜けたような青黒い顔で、眼玉をむき出して私を見た。

私はひきつったような笑いをうかべながら、柄沢の頭を拳でコンコン叩いた。すると、

「こりゃ全滅か。笹口、応急の伝声管で各砲を呼んでみろッ」

三宮兵曹が、ようやくわれに返ったかのように、笹口をうながした。

笹口が応急用の伝声管にとびつき、「各砲、各砲ッ」と、大声で連呼したが、ぜんぜん応答なしだ。

「よおし、中沢は一番砲、柄沢は二、三番砲に行って状況を調べ、電話か伝声管が使用できたら、それで連絡しろ」

三宮兵曹が命じると、二人は防毒マスクのバンドを締めなおし、中継所を飛び出していった。

このころになって、艦橋がなにやら騒がしくなってきた。

「班長、班長ッ」

泣いているような声が、指揮所に通じる伝声管から聞こえた。

「なんだッ、国分どうした、指揮所は全滅か」

というと、

「私一人しかおりません。そっちに降りていってよいですか」

と、泣き声でいっている。

「馬鹿野郎、お前一人いてもしょうがないじゃないか。こっちに降りてこい」

というと、間もなく転げ込むようにとび込んできた。

「二番砲塔大破、火災は鎮火したが使用不能、三番砲は小破で使用は可能。前部は火災中」

　柄沢から報告がきた。

　彼は、新兵のときから四年も陸戦隊で弾丸の下をくぐってきただけに、このような惨烈な中でも、落ち着いて適切に処置のできる頼もしい男だ。

「笹口、電話と伝声管の両方で、もう一度、三番砲を呼べ」

　三宮兵曹がいった。まもなく、今度は、

「おおい、こちら三番砲」

　と伝令の小川二水が答えてきた。

「三番砲、使用可能か」

　とたずねると、

「可能」

　と言ってきたので、私が、

「艦橋ッ、艦橋ッ」

　と怒鳴ると、

「おおう、こちら艦橋」

　と応答があった。そこで、

「一、二番砲破損使用不能、三番砲は使用可能なので、独立撃ち方、独立発射をする。目標の指示をおねがいします」

　と命令を仰いだ。

正常な場合は、艦長から射撃指揮官、中継所、砲台と命令が流れるのだが、国分の報告では、指揮所は砲術長以下がやられたらしい。

いまの応答は先任将校の声らしいから、艦橋はいちおう幹部は生きているらしい。そこで、私は応急処置として、艦橋から直接命をうけて、射撃を続行しようとしたのだ。

この伝声管は平常は使用しないし、そのうえ、あまりにも激しい戦闘と、被弾火災という惨劇のため、艦橋ではしばらく気づかなかったらしいが、近くにいた先任将校がたまたま気がついて応答したものらしい。

「中継所、砲術長だ」

今度は艦橋から呼んできた。

「おい国分、砲術長は生きてるじゃないかッ」

入口の扉のところに座り込んで、頭をかかえて震えている国分を怒鳴りつけた。

「いや、各砲がやられ、方位盤が使えないから、一番砲の消火に行ったんだ」

先ほどまでは、すさまじい弾丸の雨に肝っ玉がひっくり返って、何を言ったのか憶えがないという。われわれは室内だから、直接、戦火をかぶらないが、方位盤と指揮所は艦橋の最上段にあり、いちばん高いところで戦さをするわけだから、無理のないことだ。

ともあれ、三番砲は使用可能——と報告したら、砲術長は、よし指揮所に行く——といって、指揮所にあがっていった。

「おい、お前も早く行け」

伝令の国分を急《せ》きたてて追い出した。

砲塔を見にいった二人のうち、柄沢は帰ってきたが、中沢はなかなかもどってこない。

「あ奴、やられたのかな」

私がいうと、

「あいつに限って、危ないとこに行ってやられるようなことをするか」

という柄沢の返事がかえってきた。そういってるところに、ふんが、ふんが——と這いながら、口をぱくぱくさせて、中沢が帰ってきた。

「どうしたんだ、どこかやられたのかッ」

と問うと、

「ふんが、ふんが」

手を左右に振って、中沢は耳を指さした。

「どうした、耳をやられたのか」

柄沢が耳をみてやろうとすると、中沢は、

「鼓膜をやられて、何も聞こえない」

今度は、はっきりといった。すると、

「なんだ、この馬鹿野郎。たまげて腰抜かしたな」

といって、柄沢が背中を思いきりどやした。

「なんで耳が聞こえないのが、口まで駄目になったんだい」

柄沢が笑いとばすと、みんなも格好のおかしさに吹き出した。

「雷」の状況は、われわれが笑い合っているどころではない深刻な被害をうけていた。

「総短艇をおろせッ、総員離艦用意」

先ほど艦橋に連絡した伝声管から、艦長が直接、悲痛な声で令してきた。

散発的ではあるが、一番砲塔の給弾室に残っている装薬（発射火薬）が、ドカン、ドカンと誘爆し、火災は消えない。

「雷」は戦場を離れたのか、それとも他の船が全部沈んでしまったのか、本艦に対しての砲撃はなく、火災で空と海が赤く染まって輝くだけで、遠くの方は闇に静まり返っている。

「指揮所、艦橋から総員離艦用意の令があった」

砲術長に報告すると、

「何ッ、よおし、すぐおりる。各砲に伝令」

と返ってきた。

「よおしッ、一カッターをおろそう。どんなことがあっても、おれたちだけは最後まで頑張るぜ」

私は自分の気持をそのまま、みんなにも吹きこむようにいった。

「笹口、おまえは、烹炊所に行って、今夜の夜食の握り飯が残っているだろうから、持てるだけ持ってこい。おれは居住区に行って、みんなの貴重品袋と酒を持ってくるから」

といって、私は下に降りた。士官室通路は、足首まで没するほどに消火水が流れ出している。

弾丸や装薬をかかえて、海中に投棄しようとしている水雷科の先任下士の石田兵曹や、井口兵曹にあった。

「総員離艦用意といってるぞ」

と怒鳴っておいて、私は居住区に飛び込み、すばやく班員の財布の入っている袋を肩にかけ、一升ビンの酒を三本だいて、中継所に駆けもどった。

笹口は、ザルに山盛りにした握り飯と、食罐一杯の沢庵を運んできた。

前甲板に出て、カッターのおろし方をはじめたら、

「カッターおろし方待て」と、頭上から先任将校が怒鳴った。

「艦長、本艦はまだ全速が出ますし、舵も故障していませんから、まず消火作業を行なってみてはどうですか」

先任将校が艦長に進言している。

「いや、消火はもう困難だ。一番弾庫が爆発する前に総員退艦だ」

艦長と先任将校のやりとりをきいて、私は作業の手をとめて艦橋を見上げた。

艦長は、一番砲台と弾薬供給室の火災の消火がはかどらず、弾丸や装薬が自爆し、火災が艦橋までおよんできたので、艦全体が自爆寸前の大被害だと誤認しているらしい。

現場の状況は、まったく艦長に報告されていない。二番砲はすでに消火している。

「とにかく、船はまだ浮いてるんだから、一番砲の消火に行こうや」

カッターをおろすのをやめ、その近くにあった消火栓からホースを引っ張って、上甲板から一番砲塔に向けて消火水をかけた。近寄ってみると、下の給弾室と弾庫には、たくさんのホースで消火しているようだったが、砲塔にはだれも手をつけていない。

砲員長の飯泉兵曹が、砲塔の前に座って、気が狂ったように大声で喚いている。下からも水をかけるように艦橋に頼み、上と下からの放水で、ようやく消し止めることができた。

砲塔員かなし

一番砲塔の中の状況を確かめようと、全身に水をかぶって入ろうとしたが、ものすごい熱気で、とても入れない。しばらく冷えるのを待ってから、遮光した薄暗い懐中電灯をかざして入った。

蒸気で視野はさだかでないが、弱い懐中電灯の光に映し出された光景に、おもわず息をのんだ。

自分の眼をこすり、頭をふって、おのれが正気であるのを確かめた。

右砲の照準口から入った弾丸が、すぐに炸裂したらしく、旋回手の久保兵曹は座席に座ったまま、胴の上半分がすっぽり飛ばされている。

その隣の出口二水は、立ったまま首がなく、手輪を握った姿勢である。

左射手の佐藤兵曹、右一番砲手、二番砲手、三番砲手、四番砲手、五番砲手の六名は、射撃配置のまま、首と手足が壊れた人形のように吹き飛んで、胴だけが五十センチぐらいに焼けちぢんでいる。

右砲の砲尾にも、二、三名が、同じ格好で転がっている。どうにも信じられない。一メートル六十センチはあった身体が、こんなに小さくちぢんでしまうなんて。そう思って田口一

「雷」は大きな被害をうけて、19人の戦死者をだした。写真は、かつての一番砲塔員で、左より磯部一水、飯泉兵曹、佐々木兵曹、金沢一水の面々。

水の身体にふれたら、皮膚がべっとりこっちの掌にへばりついてきた。

「うわッ」と悲鳴をあげ、砲室から下の給弾室にかけおりたら、ここにも給弾手が二人、渡辺二水か河野二水かまったく見分けられないように、黒焦げになって、消火水の溜まった中に浮いている。

もう一人は全身が焼けただれているが、まだ息があるらしく、私の裾をつかんだ。びっくり仰天したが、「どうした」と聞いてみても、口がきけるはずもない。すぐ隣が戦闘治療室になっているので、引きずって士官室前の通路に出た。

ここも消火に使った海水があふれ、消火栓から水が出っ放しのままになっている。

この水の中にも、五人の重傷者が倒れ、苦痛にうめきながら、転げまわっている。この海水に負傷者の血が流れ、混じりこみ、この海水全部が血のように見え、まさに血の海だった。負傷者が何人なのか、見当もつかない。士官室の中も一杯で入り切れず、士官の私室や入口の通路に、ごろごろ運び込まれている。

軍医長と看護兵曹の二人では、手がまわらないので、主計兵の岩田や森が手伝っている。息はあっても、ほとんどの者が全身爆傷で、主に一番砲塔、二番砲塔の砲員だ。

生存者と戦死者と、被害の概略の状況をたしかめ、いったん私は、中継所に帰って報告した。

先ほど、中沢が腰を抜かした顚末《てんまつ》は、つぎのようなことらしい。

中沢は、一番砲塔へ行くために、いったん下に降りたが、給弾室に敵の二十センチ砲弾が三発も命中して、炸裂火災中だったので引き返し、上甲板から砲塔に近づいた。そのとたん、運悪く何発目かが誘爆して、鼓膜をやられ、腰も抜けたというのである。

中継所に引き返した私は、笹口の持ってきた夜食の残り飯を、手も洗わずに食べた。水のかわりにと、自分で運んできた冷や酒を、ラッパ飲みにして息をついた。

そのころになると、強烈だった火災もようやく消えていた。そして、三十六ノットの高速でつっ走ったが、戦場を離れきったのは、夜もしらじらと明けるころになっていた。

以後、第二哨戒配備となり、被害個所の復旧修理や、戦死者の整理をすることになった。

一番砲塔長で先任伍長の飯泉兵曹は、右足切断傷のために、出血多量で戦死していた。二番砲塔長の酒井兵曹は、私が顔を出したときに、

「おれは大丈夫だ。ほかの者をたのむ」

と静かにいっていたが、上半身の爆傷と右手切断で、いまは眠ったように死んでいるのが、

信じられない気持だ。

治療室になっている士官室のいちばん奥で、だれか「君が代」をくりかえし唱っている者がいた。

一番砲の斉藤一水だった。彼も全身爆傷で、もはや治療のしようもなく、身体中に食用の油を塗りたくってやるだけだった。

「どうした斉藤、元気を出せや」

といいながら、私が近寄ると、水が呑みたい——というので、とっておきの、サイダーを口に当ててやった。すると、ニッコリと笑い、呉の彼女によろしく……なんて冗談いう。

これは大丈夫かも知れない——と思い、私は他の者のところに行った。すると、ふたたび「君が代」を唱い出した
地の底から、途切れとぎれに湧いて出てくるような、風にかき消されるような、悲しく痛ましい得体の知れない声だ。いままでに私は、こんな歌声を聞いたことがない。

「君が代は、君が代は……なりて」

と、最後はふりしぼるように声を張りあげて、斉藤はガックリと息絶えた。私は、彼の魂の声を聞いたと思った。

この斉藤一水は、私が一等水兵の古参のとき、新兵として乗艦してきた。

新乗艦兵教育の指導官付として教育に当たった私だったが、しばしば手を焼くほど鈍重で、手先も不器用なので、みんなにからかわれることも多かった。が、身体は頑丈で、相撲やボートを漕がせると、なかなか大したものであった。

秋田の出身だが、あれから三年がたって一水になり、舌たらずでひどい訛《なまり》の秋田弁をまる出しのまま、若い水兵たちを指導する立場になっていた。

光（斉藤光という）も一人前になったな——と、つい昨日、話したばかりであった。木訥《ぼくとつ》で生真面目だから、戦死のときは君が代を歌うのだ——という修身のごとき教えを、心に留めておいていたのであろう。

とにかく、壮烈な戦死であった。まったく頭の下がる立派な戦死であった。

斉藤の隣に寝ていた菅沼二水も、斉藤の君が代を聞いて、すこしの間、合唱していたが、日没のころには、お母さん——と、一言いって死んだ。

まだ十八歳の若い志願兵が最後に見たのは、故郷静岡に在《あ》る母の面影だったのだろう、これも静かで立派な戦死だった。

一番砲右射手の田口二曹が、いちばん苦しんだ。全身火傷のほかには傷はないが、全身がひどく腫《は》れあがり、顔の皮がべろりと垂れさがって、目鼻が見分けがつかないほどだった。

「腹が破れるよう。キン玉が破れそうだよう」

と、とても正視できないような七転八倒の苦しみ方だったが、つぎに見に行った時には、すでに静かになっていた。

居住区にも、負傷者がいっぱい寝ていた。軽傷者だとおもっていたが、夜明けごろになって、息のなくなった兵が四名もあった。

「雷」はこの第三次ソロモン海戦で、水線上に二十センチ砲弾を六発のほか、十四センチ、十二センチ砲弾も多数あび、戦死者十九名、重傷者五十七名で、およそ乗員の大半が傷を負った。

とくに被害のひどかったのは、一番砲塔、給弾薬室、二番砲塔、機銃台、前部探照灯付近であった。

一番砲、二番砲は、前述のとおり多くの戦死者を出した。先任伍長の飯泉兵曹、先任下士官の酒井兵曹も戦死し、三宮兵曹が先任下士官になるというように、砲員の三分の二が失われてしまった。

朝食は、昨夜の握り飯の残りであったが、これは旨い——とばかり食べはじめた。が、だんだん変な臭いが鼻につきだした。

「あいやァ、負傷者や、戦死者を介抱したときのまま、手を洗わなかったわ」

いままでは無我夢中のまま戦闘の中をとびまわっていて、腹も空いていたから気づかなかったが、よくよく自分の手をあらためてみると、血糊と油と、焼けただれた人間の皮膚がへばりついている。それに気がつくと吐き気がしてきた。

血の海の中を、負傷者を抱えて走った服や、靴も、そのままだった。着替えるような暇もなかったが、一応こうして落ち着き、腰をおろして飯を食べる段になって、悪臭に気づいたわけだ。

亡き戦友に敬礼

ガダルカナル島では、まだ激しい戦いがつづけられている。一番砲はどうにか修理して、使用できるようになり、減員操法で射撃するようにした。

いっぽう、増援の陸軍部隊が乗船した船団十一隻は外南洋部隊、主隊（「鳥海」「衣笠」「五十鈴」、第八駆逐隊）、支援隊（「鈴谷」「摩耶」「天龍」「巻雲」「夕雲」「風雲」「満潮」）に護衛され、前進していった。

十一月十三日午後十時三十分、「鈴谷」と「摩耶」が、ヘンダーソン飛行場に二十センチ砲弾を九十八発撃ち込み、敵の飛行場は火災を起こして大混乱となった。

しかし、十四日六時四十分ごろから二時間にわたり、敵機の攻撃をうけて、重巡「衣笠」は沈没した。軽巡「五十鈴」は中破し、重巡「摩耶」と「鳥海」が小破の損害をうけて、ショートランドに帰ってしまったので、船団の支援ができなくなった。

われわれ挺身攻撃隊が会敵しているころ、前進部隊主隊や東方哨戒隊などは、オントジャワの東方海面を行動していたが、十三日の午前になって、挺身攻撃隊の被害状況などが詳しく判明したので、挺身攻撃隊に対し、主隊に合同するよう命令がでた。

前進部隊は、十三日の夕刻までに集結した。

「雷」は大破のため、トラック島に回航し、修理することになったが、まだ残存する敵艦隊の撃滅と、飛行場を砲撃するため、前進部隊指揮官の近藤第二艦隊司令長官が直接指揮をとり、再突入することになった。

支援隊がショートランドに引き返してしまった輸送船団は、のべ百八機の敵機により、三回にわたって空襲をうけた。輸送船六隻は沈没、一隻航行不能、駆逐艦八隻が損傷し、上空掩護にあたった戦闘機の損害も甚大で、壊滅的な打撃をうけていた。

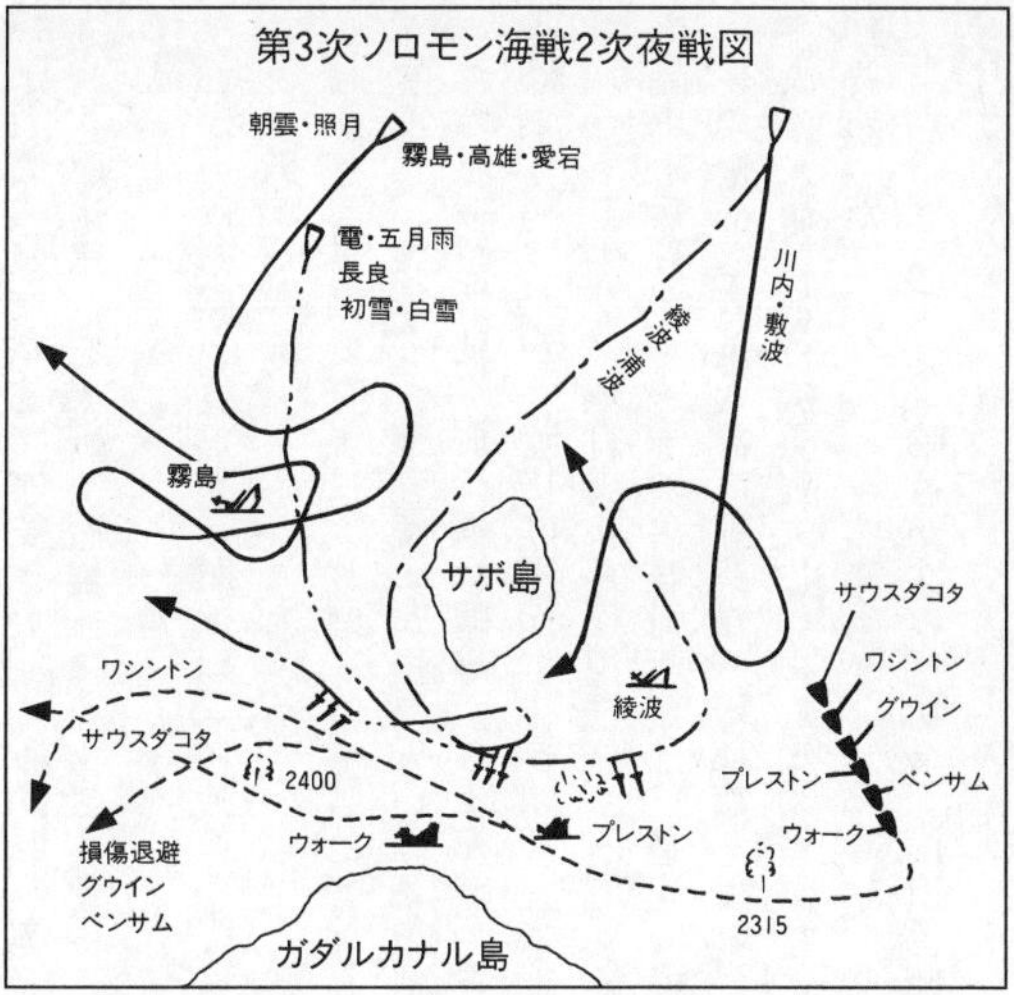

近藤中将の指揮する攻撃隊は、十四日の午後四時四十五分、「敵艦隊カミンボ沖を北上中」という報をうけたので、まずこの敵を攻撃することとした。

接敵中、先行の掃討隊は、午後九時十五分、サボ島の東方海面でリー少将の指揮する戦艦二隻、駆逐艦四隻と会戦した。

軽巡「長良」ほか駆逐艦は、南西に航行中の戦艦にたいし魚雷を発射し、戦艦サウスダコタに命中させ、それに損傷をあたえた。米駆逐艦プレストン、ウォークも魚雷で撃沈し、ベンサムも大破された。

米戦艦サウスダコタは傾斜がひどく、退避して戦線を離れ、「霧島」と米戦艦ワシントンの一騎打ちの砲戦がつづいた。

四十センチ砲九門、レーダーを装備した最新鋭のワシントンに対し、「霧島」は三十六センチ砲八門の旧式戦艦で、遂にワシントンのために沈められてしまった。

この海戦は、今次大戦中、戦艦同士で

戦われた初めてのものであった。わが方は、敵巡二、駆逐艦一を轟沈、駆逐艦一を撃沈、大巡一、駆逐艦一を大破、戦艦一に魚雷二本命中、別の戦艦にも魚雷三本命中と戦果が報告された。

わが方は戦艦「霧島」と駆逐艦「綾波」を失い、戦死二百四十九名、負傷八十四名ということであった。

しかし、米側の発表によれば、本海戦に参加したのは戦艦二、駆逐艦四隻で、駆逐艦三隻が沈没し、戦艦一、駆逐艦一が損傷ということであった。

この海戦の結果、飛行場を砲撃することはできなかった。この間隙に輸送船四隻が揚陸地点に乗り揚げたが、陸揚げ中途で夜が明け、米軍陣地からの陸砲、巡洋艦、駆逐艦による砲撃、ヘンダーソン飛行場から反復飛びたってくる航空機の攻撃のため、全滅してしまった。

陸軍の兵員と、若干の兵器弾薬類は、必死の揚陸作業の結果、確保しはしたが、輸送船十一隻の全部と、重火器、弾薬類、糧秣類を失い、戦艦二隻、重巡一隻、駆逐艦三隻を沈め、多大の人命と飛行機を喪失し、また艦の損傷など、甚大な犠牲をはらったこの作戦は、惨敗に終わった。

第六駆逐隊では「暁」が沈み、司令・山田勇助大佐も艦長・高須賀修中佐も、艦と運命をともにした。

＊

ともあれ、十一月十三日の「雷」の被害は、二十センチ砲弾やその他の弾丸が多数命中した。しかし、近距離での戦闘だったため、上部構造物に命中しただけで、火薬庫や機関室など致命的な個所の被害がなかったのは、不幸中の幸いで、沈没だけはまぬがれた。

しかし、上部構造物や砲塔は見るも無残な姿となり、右に少し傾いたまま、修理地に指定されたトラック島に回航された。

同分隊の親しい友がたくさん死傷した衝撃に、だれもかれも、寂《せき》として声もなく、まことに暗澹とした航海であった。先任将校の浅野少佐（十一月一日昇進）は、戦死者をトラック島まで運んで、ここで荼毘《だび》に付し、せめて遺骨だけでも遺族にとどけてあげたいといっていた。

しかし、赤道下の暑い中を冷房や氷もなく、三日、四日と過ぎるうちに、腐敗がひどくなったので、やむを得ず水葬することになった。

私はこの月の甲板下士官だったので、この葬礼いっさいの主役をつとめることになった。できるだけ遺品を残してあげようと思い、戦死者を後甲板に運んで、一人ひとりの遺体を確認し、爪や頭髪、身につけている物の一部を切りとった。

久保兵曹と出口上水だけは、砲塔で視認していたのですぐにわかったが、ほとんどが全身爆傷で、手や足がない者や、どれがだれの首か、手か、足か、判別ができないものが多い。

腐敗がはなはだしく、傷口からは白い蛆《うじ》がわんわんと動き、口や鼻からは黄色い汁が流れ出している。ガーゼを何枚も重ねてマスクにしたが、そんなものは役に立たず、馬鈴薯が大量に腐ったような猛烈な悪臭に吐き気がする。本来は自分でやらなければならない看護兵曹は、あまりの凄さに、どこかに行ってしまった。

私と何年間もこの艦で兄弟のように過ごしてきた戦友であり、四、五日前までは、互いに例のソラを突き合って暮らしていた、親しい人たちばかりである。

わが子、兄弟、夫、父のぶじを祈っているであろう家族に想いをはせ、涙がとめどなく流れて、持っているハサミがかすんでしまう。

「水葬の礼式」は、日没時に後甲板で行なわれることになった。

長期の戦闘行動のあとの大海戦であったから、艦内には祭壇をかざる何物もなかった。それでも、乗員がそれぞれ工夫して、心をこめた造花や菓子、団子などを白い布でおおった壇に供え、十九柱の白木の位牌と遺骨箱が安置された。

線香は、蚊取り線香をくだいて代用にした。乏しい飲料水の中から清水を出し、遺体を清めて毛布につつみ、十二・七センチの砲弾を二発ずつ抱かせて、軍艦旗でおおった。仲のいい水兵たちは、二人いっしょにしようという意見が出て、そうすることになった。

哨戒当直以外の総員が整列した。大部分の兵は、戦闘で負傷しているから、包帯をまき、片手をつったり、杖をつく者などばかりだ。

連日の戦いに、ヒゲが面をおおい、目はくぼみ、鬼をもひしぐような面魂の猛者たちが、交互に焼香しながら語りかける。

「この仇は、きっととってやるからな」

「おれたちもそのうち行くから、待っていろ」

儀仗隊の弔砲三発が発射され、それにつづいて「捧げ銃」、ラッパ「水づく屍」を吹奏するなか、爆雷ダビットから遺体がつぎつぎに海中におろされた。

「雷」は、ゆっくりとこのまわりを旋回し、総員が別れの敬礼をした。いつまでも別れを惜しむように、友の遺体は、青く深く澄む南太平洋に、軍艦旗の紅をあざやかにひるがえし、静かに沈んでいった。

太陽がすでに没し、海の果てが茜色に輝く南洋に、友を送ったわれわれの悲しみは、いつまでも消えることのない悲しみとなった。そして、いつまでもいつまでも、後甲板からはなれることができず、海を眺めつくしていた。

やがて「雷」は、横須賀に回航されたが、戦死者に名をつらねていた大塩一等兵曹は、海に転落した後、ガ島の味方陣地に泳ぎついたという。そして、駆逐艦に便乗して内地にかえり、横須賀工廠で修理中の「雷」に、ひょっこりと姿をみせ、少しばかり明るい話題をまいてくれた。

十九柱の戦友の遺霊をまつり、上部構造物のすべてが傷ついて、弾痕や火災のあともなまなましい姿を横づけした「雷」をみて、横須賀工廠の人たちは、

「よおし、おれたちも、夜も休まず突貫工事だ。一日も早く復旧させ、この仇をうってもらおう」

と決意を語り合い、ほんとうに不眠不休でがんばってくれた。

そのおかげで、短期間のうちに修理は完了し、「雷」はふたたび戦列に復旧した。

第七章　霧の中の艦隊

不本意なる現象

アリューシャン列島のキスカ、アッツ両島では、多くの人員と器材を送りこんで、航空基地を設営し、その強化を促進しようとしていた。

しかし、米軍側としても、腕をこまねいてこれを放置しておくわけがなく、両島を奪還すべく、水上艦艇や潜水艦、飛行機による攻撃を、基地と輸送船団にはげしく加えるようになっていた。

駆逐艦「雷」は、第三次ソロモン海戦で受けた被害の復旧修理や、人員の補充を急速に行なって、昭和十八年一月二十日、この方面の防備に増援された第一水雷戦隊に復帰し、幌《ほろ》筵《むしろ》に向けて出動した。

第六駆逐隊の司令には、高橋亀四郎中佐が着任していた。

わが「雷」の乗員は、大幅に交代し、戦前からの生き残りは、私のほかに四、五人という淋しさであったが、新しい仲間とも、すぐにうちとけあうことができた。

駆逐艦のように、二百名ばかりのどちらかというと小さな世帯では、人を欺《あざむ》いたり、裏切ったりして、互いに不信感を持つようなことはなかった。

ごくまれには、なにかのハズミで殴り合うこともあったが、すぐに仲なおりして、前よりもいっそう親密な間柄となった。だからいつも、一家族のような和が、つねに保たれていたのである。

今度は、応召兵や再徴集の下士官もたくさん乗ってきた。このため練度はガタ落ちとなり、航行中あるいは停泊中をとわず、訓練を怠りなくつづける必要があった。

真冬のアリューシャンは、連日、ものすごい時化《しけ》と、厳しい寒さで、訓練も思うにまかせない状況である。台風の墓場などといわれる海域だが、墓場どころか、低気圧がますます発達して、台風なみの暴風となる。

二千トンばかりの駆逐艦は、文字どおり一枚の木の葉のように、徹底的に翻弄される。

連日のように吹雪で、太陽の顔を見ることがない。波のしぶきが、艦橋も、砲塔も、無線のアンテナにまでとどき、それらがすべて凍りついてしまった。舷外にある物すべてを氷がおおいつくし、一番砲塔も氷のかたまり同然になって、ついには機能しなくなってしまった。

こうなると勝手なもので、一ヵ月前までいた、あれほど暑いと不平をもらしていた南太平洋が懐《なつ》かしくなってくる。赤道直下の南方から、一転して北緯五十度の北海にきてしまったのだから、無理もなかった。

意図的に発令したのかどうか知る由もないが、新しい乗艦者の多くは、青森県の大湊に勤務していた下士官たちで、出身地も北海道、青森といった寒さに強い北国育ちの者で占められていた。いわゆるズーズー弁が日常語としてとび交うことも、いままでの「雷」にはみられなかった図である。

防寒シャツ、防寒外套、フェルト製の防寒靴という鈍重な装備を、常時つけていなければならないので、軽快かつスマートを心意気とした駆逐艦乗りのわれわれとしては、不本意なことおびただしかった。

そのうちに、なんと虱《しらみ》が発生したという騒ぎまでが起きはじめた。

「畜生ッ。大湊の軍需部の奴ら、横着しやがって」

長岡兵曹は、さも憎々しげに純毛のシャツをデッキに叩きつけた。

いままで海軍に虱がいるなんていうことは、聞いたこともなかったし、体験したこともなかった。

防寒具はここに来る途中、大湊で積み込んだもので、まだ一週間ぐらいしかたっていない。だから、虱がわくというのは、中古品を、完全に消毒をしないでよこしたに違いない、ということになった。

スマートと清潔さが海軍のシンボルである。その海軍の、しかも水雷戦隊の精鋭駆逐艦「雷」に、虱が発生したということは、まことにショックであり、遺憾のきわみであった。

スマートさとは、形式ばかりでなくて、その思考や言行にも及ぶもので、これをわれわれは無上の誇りと思い、大切にしていたのである。

とくに、服装と容儀は厳しく躾《しつ》けられた。清潔を保つことは、狭い艦内生活を快適にすることであり、病気の伝染防止などに不可欠の条件なのである。

だから、貴重品とまでいわれた真水を使っても、定期的な洗濯や洗面は欠かすことなく行なわれた。わずかな水を、いかに上手に利用するかということも、先輩からうけつぎ、また後輩にも伝えてきた。被服も、決められた期限には、規定どおり支給された。

防寒具や防暑服なども、大半は新品だったが、小数の再生品がまじることがあると、これをいったんは解きほぐして、消毒して洗濯した後に再生した。これには、再生年月日に責任者印を押した布片がつき、一見、新品同様になったから、虱族を前任者から申し継ぐなんていうことはなかった。

現に、昨年の北方部隊のときにも防寒具をつけたが、そんなことはなかった。

「海軍に虱がわくようになっては、日本海軍も終わりだな」

水雷科の渡辺兵曹が、情けなさそうな声で嘆いた。彼は、昭和十一年から「雷」に乗り組み、シナ事変以来、この船の主《ぬし》的存在であるから、世相の変遷が人一倍身にしみて感じられるのであろう。

「ほんによ、海軍が菜っ葉服を着たり、兵長とか、上等兵とかいうようになってはおしまいだな」

私も何となくわが方の劣勢が感じられ、暗い顔で相槌《あいづち》をうった。

「だいたいよ、海軍省にお偉方の暇人が多いんじゃないのか。せっかく頭をしぼるんなら、敵に勝つことを考えりゃいいによ。この期におよんで階級章を改正したり、呼び方を改めたりして何になんの。それだけ余分に金もかかるだろうし、階級章や上等兵が戦さするんじゃねえもんな」

奥山兵曹も、声を荒くして仲間入りした。

防寒具を洗濯や消毒もしないで支給しなければ、間に合わなくなった補給線の心細さばかりだけでなく、応召兵や学徒動員の下士官などが、駆逐艦にまじりはじめたということは、人的な面でも、よほど逼迫《ひっぱく》したものがあるのだろう。

開戦の一年前ぐらいから、ソロモン海でやられるまでは、若さでいまにもはち切れそうな「雷」であった。しかも、「雷」から何年間も転勤したことがないという者ばかりで、なかでも徴募兵の連中などは、「雷」以外の軍艦には、ぜんぜん乗ったことがないという兵が多かった。

十八歳で志願して海軍に入り、六ヵ月間の基礎教育を海兵団でうけて、艦隊乗り組みとなり、二、三年もたつと、海軍の各科学校の普通科練習生として約七ヵ月の専門教育を身につけ、専掌特技兵として、各配置の中心的兵力として働くようになる。この時代が、二十歳ごろである。

それから二、三年して下士官となり、高等科または専修科などの教程をへて、下級幹部として、重要な配置について艦の生命を握るようになる。このころが二十五、六歳である。

これが三年、五年と同じ配置にあって、全身全霊をもって訓練にうちこみ、各人が技を競い合うのだから、その技量は練達していく。

しかも、周期的に人事補充の妙味を発揮しながら、徴募兵がうまく融け込むようになっているから、艦の練度がガクンと落ち込むようなことはみられなかった。

年齢が三十歳を越すような老兵は、特務士官、兵曹長のほか、先任下士官の一、二の人だけだ。

海軍砲術学校時の著者(後列左から3人目)と同班員たち。著者は卒業後すぐに乗艦したベテランだが、そうした乗員も次第に少なくなっていった。

士官も、もちろん若い人たちばかりで、艦長や機関長が少佐か中佐で、妻帯している場合もあるが、水雷長や砲術長、航海長などは、大、中尉の二十六、七歳という独身ぞろい。だから、何日間も不眠不休でも、身心に衰えの影も見せない。

虱が流行し、海軍上等兵殿となったいまは、どうだ。かわいそうに、いままで農業や商店のあるじとして働いてきた三十七、八歳のオッサン連中が、菜っ葉服を着せられ、リュックサックになった袋を背負って乗り組んできた。これには、驚き入るばかりでなく、みじめたらしくなって、胸が熱くなった。

下士官にしたところで、ずっと昔に、徴募兵として五、六年で除隊し、〝団門下士〟といって、栄誉的に除隊するときに昇進した下士官だから、専門的な教育をうけたわけでもなく、また在野期間も長く、おいそれと熟練した下士官として通用することはむずかしい。

駆逐艦や潜水艦などの仕事は、少年期から海に馴れ、艦に親しみ、厳しい自然にとけこんで仕事をおぼえ、技量を身につけて、五年はたたなければ一人前とはいわれない。陸軍の徴募期限は三年だが、海軍の場合は五年というのが、このことを指している。

兵器や機器も日進月歩し、複雑でむずかしいものにかわっていくので、これの取り扱いの練達も、容易ではない。これらをこなすのには、頑健な若い肉体と、柔軟な精神がなにより必要なのだ。

虱の出現や人員の補充状況などで、戦局の深刻さを肌で感じても、われわれは、さてこの先どのように進展していくのであろうかなんていうことは、深刻に考えてみることはない。ただなんとなく、腹立たしく、北洋の天候のせいもあって、暗くしずみがちになった毎日である。

時化と霧と吹雪が毎日つづく。上甲板の煙草盆に集まって、限りのない駄法螺《ぼら》をふき、腹の底から高笑いした南の生活のようなわけにはいかない。

いまや食事をしない新入りの乗組員が多く、食事当番をする者もいない。船酔いで動けないのだ。一ヵ月前までは、どんなに船酔いがひどかろうと、自分は血をはいて、もう何も出るものがなくてふらふらしていても、食事当番はやっていた。

先任下士官や班長が、自分で食事番をしないと、飯を食うことができないという班もある。

「駆逐艦も情けないことになったな。こんな旨い飯を食わず、寝てるなんてもったいない」

なんて、わざと大声で毒づきながら、先任伍長と先任下士と、班長の三人だけで食事をする淋しさだ。

甲板整列の復活

虱族の流行と船酔いで、当直も満足に立てないという士気の沈滞を回生しようというので、戦争に入ってからやめていた甲板整列を復活することになった。

甲板整列などとものものしい用語だが、海軍例規に定められた日課にあるものでない。海軍の伝統的な慣例である。

初夜巡検（夜の八時に艦内を巡視点検すること）が終了した後、各分隊ごとに上甲板など（機関科は機械室）に集合して、先任の一等兵が——いや、いまでは水兵長が、上等兵や一等兵をというところだが、どうも、この呼称はピンとこないので——二等兵、三等兵を並べてということにする。

その先任一等水兵が、わが分隊内で起こった一日のもろもろの事柄について反省会をひらき、注意をしたり、指示したりする兵隊同士の躾《しつけ》教育の場である。

整列するのは、一等水兵でもまだ善行章がつかない兵以下で、させる方は、二等兵であろうと善行章が一本つけば、列外で指導する立場になる。

わが友人の栗林兵長などは、一年間もこの特権にあずかった。よほどの大問題がないかぎり、下士官は出ることがなく、また善行章を二本、三本つけた大先輩の水兵も、もちろん出ない。

善行章は三年間ぶじ勤務すると一本が付与され、一日一銭五厘の手当がつくが、金銭よりもこの甲板整列で列外者となり、後輩に大威張りで文句をいったり、ビンタを食わせたりすることができる〝金看板〟を掲げられることが、なによりも嬉しいことなのである。

つまり、海軍で一人前として認められたことになるのだ。

ときには、上陸とか当直などの関係で、整列する者より、列外者のほうが多いなんていうこともあるが、この先任水兵が入れかわり立ちかわりして文句をいい、悪いことの批判をする。長いときには、消灯の十時以降もつづくことがある。

戦艦や巡洋艦のように、物事すべてを規則通りに施行するようなところでは、消灯時になると、「ランプ係」が石油ランプを艦内の通路などに灯《つ》けてまわり、そのあと、甲板士官や甲板下士官が、巡回火の元点検にまわるから、甲板整列も、それまでに切りあげられる。

礼儀、容儀、服装、作業ぶり、口のきき方から態度にいたるまで、些細にわたって指摘し、具体的に躾けるもので、海軍の伝統はこれによって培《つちか》われていった。

帝国海軍であるかぎり、どの艦、どの陸上の部隊、学校に行っても、まったく寸分の違いもなく、一つの型がまもられていたところは、この甲板整列の功績である。たとえば、甲板をはく箒の使い方ひとつ、あるいは甲板の洗い方ひとつにしても、同じなのである。

とくに甲板整列で槍玉にあげられるのは、先任、後任の区分である。

「先任者が、汚れ作業に率先して従事しているにもかかわらず、見ていて手を出さなかった」

「後任のくせに、先に上陸栈橋にあがった」

「上陸時のカッターで、先任者がハンドルメンについているのに、ダブルについてすましていた」

などと、きびしく追求されるが、つまりは、後任者は進んで物事に取り組めといったもので、もし反抗的な態度を示したりしたさいは、重大事件として指弾《しだん》をうけることになる。

整列者は直立不動の姿勢で、二時間あるいは三時間と立っていて、今度はおれの番か、あれは指摘をうけやしないかと、びくびくしながら並んでいる。それは長い時間に感じられ、早々と引っ張り出されて殴られた方が、よっぽどいいとおもうほど辛い時間だ。

「甲板整列さえなけりゃ、海軍も住みよいところだが」

と、若いころには、仲間同士で語り合ったものだったが、このびくびく震えながら、おのれの一日の行為を振り返って見るということは、けっこう自分の人格形成上に、意義があったような気もする。

だいたい全部の注意が終わったところで、制裁をうける。しかし、いつでも制裁があるというものでもなく、列外者のムシの居所でも悪いときとか、とくに不真面目なことに対してとか、ほかの下士官から、分隊員のだれだれは——と、名指しされたようなときは、厳しく制裁をうける。

制裁の方法としては、鉄拳か木製の精神棒というバットのようなもので、アゴか尻をたたかれる。

このように、悪かったと自分でも思いあたることで制裁を受けるから、それほどの反感や屈辱感がない。戦後、軍隊の悪として、この制裁がとりあげられたが、私自身、必要以上に陰気で、野蛮なものは見たことがなかった。

反省をうながし、直接、生理的なショックを強くあたえることによって、短い期間に軍隊の空気に馴染ませるのが、真の目的であった。

もっとも、私には、いまでも憤慨と口惜しい思いが残っていることがある。昭和十二年の二月ごろ、私は風邪をこじらせて気管支炎を起こし、「山城」の病室通いをしていた。薬をもらうために窓口で、おねがいします――と、薬袋を差し出したところ、袋の出し方が生意気だ――と、夏蜜柑みたいなアバタ面の二等看護兵に顔面を殴りつけられた。二日間も意識がなく、西瓜のように顔をはらして寝ていなければならなかった。

この看護兵の顔は、いまでも忘れないし、なんで殴られたのかも思い出せない。

もっとも、この兵隊は後で軍医中尉から、こっぴどく制裁をうけたと、優しくしてくれた今野二等看護兵が話してくれた。狂犬みたいな奴で、自分より後輩の兵隊を、だれかれの見さかいなく殴るのを楽しみにしていた手合いだという。

これ以外は、制裁に反発を感じたようなことはなかった。その多くは、サバサバした海の男同士のぶつかり合いであった。

二週間、一ヵ月と過ぎるうち、甲板整列や訓練の成果ばかりでなく、各員が船や作業に馴れてきて、少しはサマになりかけてきた。

苦しいことや、いやなことに遭《あ》うと、年寄りだから、身体がきかない――とか、娑婆《しゃば》ではこうだった、きつい――と泣き言をいったり、不平不満をぐじぐじ口に出す老兵の態度が、若いわれわれは気に入らない。

それに、家庭の暮らしむきとか、これからどうしようといったことなどは、いままではあまり話題にならなかったが、最近はこのようなことが多くなった。家庭生活とか、自由な市民の生活などを聞かされて、未知であるわれわれは、ただ戸惑うだけで、海の上で戦争しているのに、明日のことを考えてどうなる——と、捨てゼリフをいうほかはない。

われわれは、遠く日本から何千カイリもはなれた洋上で、二年近くも戦っているのだから、明日のことを考えたら、気が狂うだろう。

自虐的衝動でもなく、自暴自棄でもない。何度もいうが、戦争をしている海軍という鉄の箱《はこ》の中に生存しているわれわれは、いつのまにか、特殊な精神と生理に形成しなおされたのかも知れない。

お前の鼻は赤いな。あまり酒を呑まないのに、不思議だ——などという視覚的なものや、明日は内地に帰るといった空想のデマを話に持ち出し、想起する事柄を無限にひろげ、腹をかかえて笑い合い、それで満足する。

あまりに生なましい人間の実社会の息吹きを感ずる話題は、極力さけ、わざとくだらない話題だけを選んでいるのかも知れなかったが……。

アッツ沖の大水柱

第六駆逐隊も、開戦時は「響」「暁」「雷」「電」の四隻だったのが、「響」は、はやばやと空襲で大破し、修理復旧したが、水雷戦隊に編入されるまでの性能には回復できず、軍艦でありながら船団輸送の護衛専門みたいになってしまった。

「暁」は、先の第三次ソロモン海戦で、司令以下を乗せたまま沈み、無傷の「電」とわが「雷」の二艦だけとなってしまった。

第一水雷戦隊にいたっては、「阿武隈」を旗艦に、駆逐艦十六隻の威容であったが、いまは第二十一駆逐隊の「若葉」「初霜」と、第六駆逐隊の「雷」「電」に、第九駆逐隊の「薄雲」「朝雲」「白雲」という寥々《りようりよう》たる有様だ。

任務も、二隻ぐらいが交代で輸送船の護衛とか警戒などが主なもので、あの堂々の水雷戦隊はすでに壊滅し、過去の夢にしかすぎなかった。

敵の反攻が激化してきたアッツ島への船団による大規模な第一次輸送は、十八年三月十一日に成功し、つづいて三月二十二日には、北方部隊の全力をあげての護衛のもとに、第二次の増勢作戦が行なわれることになった。

北方の担当は第五艦隊で、司令長官細萱中将指揮のもとに、重巡「那智」を旗艦に、重巡「摩耶」、軽巡「多摩」と、第一水雷戦隊が、浅香丸、崎戸丸、三興丸らの船団を護衛して出撃した。

これらにまじって「雷」は、警戒陣形を組んで航行する艦隊の嚮導艦となった。この船団の中には、のちにアッツ島玉砕部隊となる山崎大佐以下の将兵も乗船していた。

このあたりの洋上は、一年じゅう荒天で有名なところである。とくに三月二十二日には、七百三十四ミリという物凄い低気圧におそわれ、風速二十五メートル、波とうねりは高く、左右三十度以上という動揺は、駆逐艦の限界であった。

この荒天が三日間もつづいたため、乗員はふらふらになるほどの疲労に陥った。アッツ島への進入は、二十五日の予定であったが、湾内も荒れており、荷揚げは不可能であった。そのため二十六日にくり下げられたが、天候は回復せず、さらに延期して二十七日ということになり、波浪をさけるため、艦隊はアッツ島の西北海面で待機することになった。

幌筵水道の第一水雷戦隊旗艦「阿武隈」──駆逐艦16隻を擁した一水戦も、相つぐ悪戦苦闘によって、壊滅寸前であった。

さて、三月二十七日は比較的、平穏な海面となり、日の出の早い北方では総員起床も午前三時で、「雷」では戦闘訓練を実施した。

この一時間ほど前の午前二時ごろ、船団の最後尾にあった「電」が敵を発見して、第一水雷戦隊司令部に報告した。

ところが、司令部では、三興丸と駆逐艦「薄雲」に合同するよう下令してあったので、時間的にみて、この第二護衛船団が合同しつつあるものと誤って推測し、水戦は戦闘行動に入ることもなく、第五艦隊司令部への報告も行なわなかった。

午前三時二十分ごろになって、「阿武隈」が米重巡オマハ型一、駆逐艦二隻を、つづいて三時二十六分にペンサコラ型軽巡一隻、駆逐艦二隻を発見した。

われわれは早期の訓練が終わり、飯までにひと寝入りするか――といいながら、兵員室におりて、寝転がったとき、「戦闘配置につけ」の号令があった。

「ちッ、海が静かになったとおもったら、今度は訓練、訓練か」

だれかがぶつぶつ不平をいった。

連続五日間も、船がひっくり返るような時化《しけ》にもまれたので、飯も満足に食うことができず、身体のほうも相当まいっている。

さらに、防寒着を着用しなければならないので、南方での戦いのように敏速な動作もできないし、また訓練か――という不満もあって、戦闘準備も緩慢だった。

このころ、私は号令官に昇格していた。中継所の顔ぶれをいえば、三宮兵曹が一番砲塔長になったので、私が三宮兵曹の後に、私の後任には、学徒動員された北島上曹が苗頭盤長となった。

ほかは二年来の柄沢、中沢、笹口と変わらないが、みんな、それぞれ昇任し、柄沢が二等兵曹、中沢と笹口が水兵長となっていた。中沢は笹口より一年先輩なのに、昨年十一月の昇任は同時だったので、

「笹口、戦争はええな。ポンポン進級し、いまでは俺と同等だもんな」

と、ことあるごとにそう皮肉めかしてこぼしている。

砲術長は変わらず、西山大尉だが、方位盤射手は新しく、三宮兵曹と同年の佐藤兵曹、旋回手が私より二年後輩の長岡兵曹と、すっかり若返った。

新兵のとき伝令だった上条兵長が塔旋に昇格し、伝令は国分兵長といった具合に、大幅な

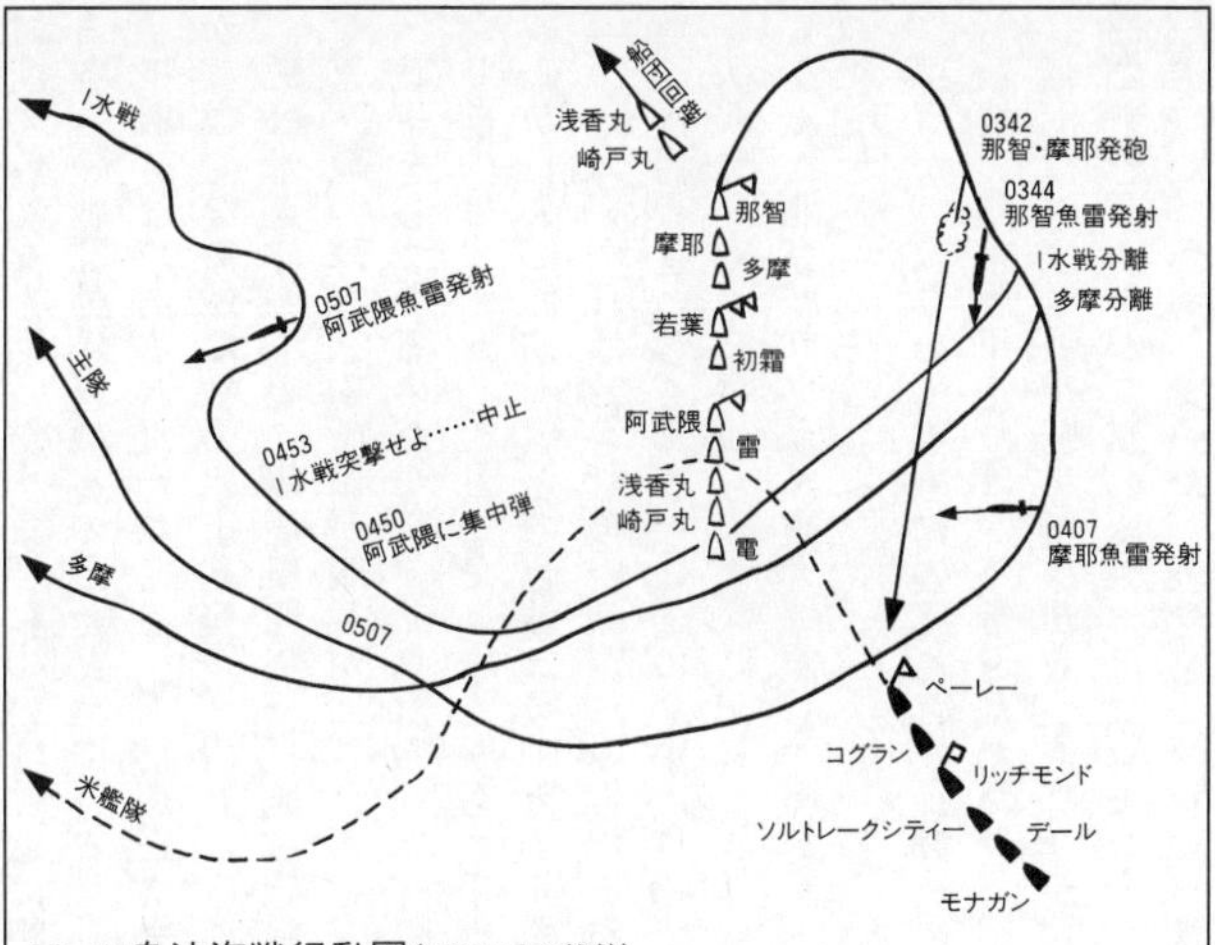

アッツ島沖海戦行動図（0507ごろの態勢）

異動があった。

また先任将校で、水雷長の浅野大尉は少佐に昇進して、「神通」の水雷長に転出し、後任は大槻中尉となった。航海士であった稲垣少尉が中尉になって、航海長に昇格している。

「戦闘――」

指揮所から号令があったが、各砲台からは、

「配置よし」の連絡もない。

「訓練ではないのか」

私は睡眠不足でにぶい頭をたたきながら、指揮所伝令の国分にきき返した。

「訓練ではない、戦闘」

国分が怒鳴ってきた。

「へえい、本物だとよ。潜水艦でも見つけたのかな。飛行機なら対空戦闘だもんな」

気乗りしないのは私ばかりでない。中

継所のみんなも黙ったまま、私のいうことに相槌をうつ元気もなく、なかば習性になっている各自の戦闘動作をのろのろととっている。

下級幹部であるわれわれでも、千島からあまり離れた距離でないことは知っており、まさか、こんな海域に敵の水上艦艇が、現われることはあるまいと思いこんでいる。だから、

「敵は米巡洋艦二隻、駆逐艦四隻、反航右砲戦の予定」

と、敵の陣容と砲戦側が明らかにされると、その意外さに驚いた。

戦争をしているのだから、千島だろうと、東京湾であろうと、敵の艦隊の現われるのは当たり前のはずだが、これまでは本土から数千カイリも離れた南方で戦っていたので、距離的観念が長大に伸び、敵との合戦は数千カイリの遠いところと思い込んでいたのかも知れない。

「ひゃあ、今日はおもしろい戦闘がみられるぞ。こっちは重巡二隻、軽巡二隻、駆逐艦四隻だ。視界もよいし、二十センチの命中が見物できるぜ」

柄沢が、やっといつものように元気を取りもどしていった。

「なんだ北島。ガタガタ震えてんじゃねえか。ソロモンじゃ、毎日ドカバンだ。こんなもんじゃねえぜ」

中沢が、はじめて実戦にのぞんだ学徒動員の北島に威張っていった。

敵情と砲戦側予定だけが下令されただけで、以降、ぷっつりと何もいってこない。

柄沢はいま、敵が弱小でわが方が優勢だから、おもしろい戦闘場面が見物できると、呑気なことを言ったが、私の脳裏にはソロモンでの凄惨だった場面がかすめ、背筋に冷たいものが走った。恐怖と緊張が、全身をつつむのを覚えた。

はじめて会敵したときは、戦闘の惨烈さに想像もおよばないもので、未知に対しての好奇心と、闘争心からくる興奮だけで、死に対しての恐怖心などは、生じる余裕もなかった。

しかし、戦闘の苦しく壮絶な体験を重ねると、今度こそは俺の番か——という、へんな宿命論におそわれる。現世におさらばすることになる死というものに対して、もどかしく未練というものに捉えられ、つぎつぎと不安や恐れが、胸の中を吹き荒れる。

「なんだみんな、青い顔して。しっかりしろ」

気合いをかけ、自分自身、痩せ我慢して強がりの笑みを浮かべてみても、落ち着くことができない。

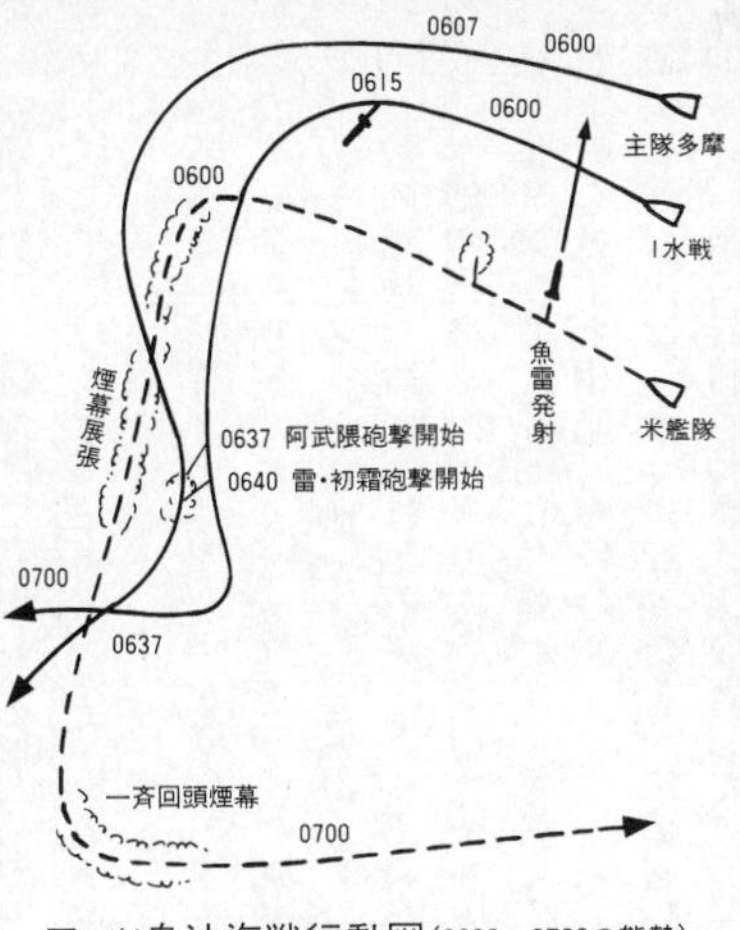

アッツ島沖海戦行動図（0600〜0700の態勢）

はやく「撃ち方はじめ」の号令がきて、砲撃をはじめれば、かえって落ち着くのだが、今日は特別に間合いの長い戦闘なのである。

配置について十五分ぐらい過ぎたころになって、「那智」と「摩耶」が三十二ノットに速力をあげ、距離をつめながら、二十センチ主砲の射撃を開始した。カタパルトから発艦した水上偵察機が、弾着観測のために、敵の上空に占位する。

「阿武隈」以下の第一水雷戦隊は燃料を

節約するため、一罐だけに落としていたので、急速に速力をあげることができず、午前四時ごろになって、ようやく三十二ノットが出せるようになる有様で、主隊との距離が開いてしまった。

主隊である「那智」と「摩耶」が発砲すると、敵の重巡も発砲してきた。敵はレーダー測的のため、命中精度が高く、先頭をゆく「那智」は、たちまち水柱につつまれた。

三時五十分ごろ、命中弾があったのか、「那智」の艦橋中部から黒煙があがった。「那智」と敵の重巡との距離は二万メートルぐらいだから、わが「雷」からは三万メートルはあろう。本艦の砲は一万三千ぐらいが最大だから、まだ射程外だ。

「雷」は先頭から七番目に位置しているので、敵弾のくる恐れはないから、重巡同士の遠距離射撃戦を見物と相成った。

最大戦速が出せるようになった第一水雷戦隊と、「多摩」は、主隊から別れて直近コースを通って、敵の針路を押さえようとした。

このころ米艦隊は、南西方向に変針し、煙幕を展張しながら、離脱をはかった。双方とも艦隊の運動は、旗艦に掲揚される旗旒信号で行なわれ、わが方が追撃する態勢となったが、敵も必死の高速で逃走するので、距離はなかなか縮まらない。

一時間ぐらい、このような状況がつづき、主力同士の遠距離砲戦をまじえていたが、一水戦に頭を押さえられるような形になった敵は、コースを北の方向に変えた。このころになると、われわれ一水戦に対し、敵弾が集中しはじめた。

「阿武隈」と「雷」の付近には大水柱が林立し、敵味方の魚雷が入りまじって跳ねまわり、上空には偵察機が舞い、信号旗がひるがえる。まさに名画の海戦場面そのものの光景であった。

午前六時、「全軍突撃せよ」の令があった。一水戦は「阿武隈」を先頭に、最大戦速三十四ノットにあげ、敵巡洋艦の集中砲火をおかして、突撃にうつった。

「左砲戦、左魚雷戦同航」

三時間近くじらされたわれわれに、ようやく生気が満ちてきた。それまでは、中途で用便に行き、帰りに艦橋までのこのこ昇っていって、見張りの眼鏡を借り、彼我の戦さぶりを眺めたりするほどの気らくさだったが、二十センチ砲弾が空中を跳び、十数メートルの大水柱が艦の周囲をつつむようになると、見物どころではなくなった。

突撃にうつった一水戦には、敵の全砲火が集中してきた。とくに先頭の「阿武隈」は、しばしば水柱につつまれ、まったく姿が見えないことがあり、撃沈されたのではないかと思われるほどであった。

このため、被弾運動をしようと速力をさげたし、さらに第二十一駆逐隊の「若葉」と「初霜」は、三十四ノットは出せないので遅れはじめ、全速力で逃走をはかる敵艦隊との距離は離れてしまい、近接は困難となった。このため、「突撃待て」が下令されたが、なお突撃はつづいていた。

午前六時四十分ごろになって、ようやく駆逐艦の射程距離に入ったので、「雷」も砲撃を開始した。最大距離の一万四千メートルでの射撃では、射撃精度もあらく、有効弾はなかなか得ることができない。

六時四十五分ごろになると、一水戦は敵に近接して、「阿武隈」「初霜」なども砲撃を開始した。敵の艦隊を中央に、主隊と「多摩」が北方に、一水戦は南に、はさむ態勢となってしまったので、一水戦は九十度、右に変針して主隊の北側に出ることになった。

このような態勢で、さらに一時間にもわたって同航戦がつづいた。七時ごろになって、敵は左に一斉回頭し、逃げ切りに成功した。わが方は、敵機来襲の虚報や、駆逐艦の燃料の残量、二十センチ砲弾の残量などを考慮して、追撃は中止となり、この海戦は幕となった。

後に、この海戦はアッツ島沖海戦といわれた。

この海戦後、優勢な兵力をもって、大量の砲弾や魚雷を消耗しながら、決定的な戦果を得られなかったことについて、関係者の間で、かなり議論のマトとなったようである。

だがしかし、実戦に参加もしない幕僚や学校教官らの振りまわす、それこそ机上の空論は、必死で働いたわれわれにとっては、腹立たしく我慢ならぬものであった。

長時間にわたった海戦のため、燃料を大量に消費したので、われわれのアッツ島への突入は中止となり、船団とともに幌筵に帰投した。

太陽が恋しい

再興を期して待機中の三月三十日の夜、低気圧の来襲で、泊地は風波がたかまり、風速は三十メートル以上も吹き荒れた。指揮官参集で旗艦「阿武隈」に行っていた司令を迎えるのに苦労し、内火艇を収容したのは、夜の十時ごろとなった。

夜半になって風はますます強くなり、艦長は走錨の恐れがあると判断し、急遽、錨を揚げることになった。

抜錨作業のため錨甲板に出たわれわれは、強風と甲板を洗う波に、海中に吹き飛ばされそうな危険にさらされて、各自、命綱《いのちづな》をつけて困難な揚錨作業についた。

風圧のため揚錨機の能力が限界を越え、抜錨がむずかしい状況のため、艦の主機関を使用して揚錨を助けようとした。最初は前進微速、六ノットを使用したが、この程度では艦首が風にたたないので、前進原速（十二ノット）とした。

錨はどうにか揚がりはじめたが、本艦の行脚《ゆきあし》が強くなり、狭い泊地に多数の艦船が錨泊していたことと、風波のため艦の操縦がままならず、近くに停泊していた駆逐艦「若葉」の前部右舷に、「雷」の艦首が衝突してしまったのである。

そのとき、われわれは風と波にたたかれながら、海中に落ちないように、灯火管制で真っ暗な甲板で必死になって作業をしていた。

「あっ船だ、衝突するぞッ」

と、大声で叫んだのは、掌帆長の大塩上曹だった。

この大塩上曹は、前にも述べたように、第三次ソロモン海戦のさい、爆風で海上に吹き飛ばされて、二日間も泳いで助かり、帰ってきた男で、いちじは「故海軍兵曹長」に昇進し、白木の遺骨箱と位牌で葬礼され、いまでも「故兵曹長」と呼ばれている強者である。

「危ないッ、逃げろ」

だれかが怒鳴り、下を向いていた私の背中を叩いた。ひょいと顔をあげたら、バアンとあがるしぶきの闇の向こうに、駆逐艦の艦橋が、のしかかるように近づいている。

「ヒヤッ！」

肝をつぶして、隣の小久保兵曹の背中を押して、転がるように艦橋の下まで逃げのびたときには、「雷」の艦首が「若葉」の右腹を音高く、ふかぶかと抉り取っていた。そして、火花が十メートル以上も高くあがるのを私は見た。

「艦首の破損状況を調べろ」

錨指揮官の高橋中尉が怒鳴ったが、とっさのことに、みんなはあっけにとられ、だれも動こうとはしない。闇の中をすかして見ると、一番砲塔から前は、千切れてなくなっているようでもある。

「何をぼんやりしてんだ。早く処置しないと、この時化《しけ》の海に沈没して、みんなオダブツだぞ」

先任下士官も怒鳴る。

「ようし、おれが行く」

私は身体の運動を不活発にする防寒靴をぬいで腹這いになり、波にさらわれないようにテスリの柱にしがみつきながら、前の方に出ていった。あとから小久保兵曹もつづいてきた。

艦首から四、五メートルほどバックリと下に折れ曲がり、いちばん先端の空所と、つぎの倉庫はつぶれ、三番目にあたる工作室の灯が見える。

「いやあ、物凄くやったな。工作室から前はぺちゃんこだ。下の方はわからない」

昭和18年3月30日、幌筵水道で「若葉」と接触して、艦首を損傷した駆逐艦「雷」——修理のために横須賀に回航された姿。

大声で報告すると、下甲板のほうは掌帆長が五、六名の兵を連れていき、浸水に備えて工作室の扉をしめ、補強にあたった。

一方、「若葉」は、士官室通路を、防水作業のために、ハンモックをかかえて走る兵隊の姿がみられるほどの大穴があいている。

ともあれ、苦労しながら防水作業を終えて、居住区に入ると、

「おい万歳だな、横須賀に帰れるぜ」

と、だれかが大声でいった。

「こんな陰気で、ガブる北の海はいやいや。早く帰ろうよ横須賀に」

などと、流行歌まがいの節をつけて唱う奴もいる。

乗組員の四分の一ぐらいが召集兵で、世帯持ちになってきたし、われわれだって、その気風にじょじょに馴染んできたのか、南の戦場にあるときには「帰る」なんていう話は、ソラを突くときだけであったが、二カ月も厳寒の海での濃霧と時化と風との暮らしには、まったくマイっていたので、一日も早く太陽のかがやく海に帰りたいという願望は強い。

貴重な戦力を、戦闘によらないで損失したなんてい

う責任感は、お偉方の考えることだ。艦の一部品のような存在でしかないわれわれ下士官兵は、「帰れる」という喜びはまっとうな情だから、万歳を叫んでも、だれも咎めようもあるまい。

頭髪を刈ったり、ヒゲを剃ることもできない猛烈な動揺の連日だった。ヒゲ面は我慢できるにしても、当直と飯を食うとき以外は寝ているが、右や左に動揺でずり動き、後頭部の髪がすり切れて、薄くハゲかかってきたのにはうんざりだ。

どうせ戦うなら、いくら激しかろうと、からりと晴れた南の海のほうが、死に華が咲くような気がする。

こんな陰気くさい海では死にたくない。

わが青春のとき

「雷」はいったん大湊に寄港し、浸水しないように、つぶれた艦首に不細工な鉄板の継ぎあてをして、われわれの願いどおり、四月三日、横須賀に向けて出港した。

大湊をでて親潮に乗り、一昼夜がすぎると、内地の花霞の香りが、沖をゆく「雷」の上までただよってきた。温かくなんと和《なご》やかに感じられたことか。上甲板にいるわれわれは、花の香りにむせ、酔ったように心底からしびれた。

もう鹿島灘のあたりにきているはずだ。明朝になれば観音崎を眼にすることができよう。

沈痛な面持ちの艦長に反し、兵隊たちはすっかり浮きうきした気分にひたっている。船酔った格好をみんなにひやかされながら、煙草をすっている。

「本日巡検なし、夜食うけとれ」

珍しい号令がかかった。

厳格な艦長の指示で、戦闘配置に全員がついてでもいないかぎり、どんな時化《しけ》のときでも、巡検は行なわれていたのだったが、今夜に限ってないという。

「船をブツケて、艦スケ、頭がおかしくなったんじゃないの」

余田兵曹が、嘲笑するように鼻の先でいうと、

「憎まれ艦スケ、泣き出しの巻よ」

と、渡辺兵曹もわけのわからないことをいって、嬉しがる。

「なあに、横須賀に入りゃ、事故の査問委員会に引っ張り出されるから、おれたちの心証をよくしようとするオベッカさ」

電長が知ったかぶりにいうと、みんながうなずいた。

「おいッ、夜食は汁粉だとよ。横須賀に帰れるというので、烹炊所の奴ら、まさか赤飯を炊くわけにもいくまいからさ。小豆と砂糖のありったけで、赤飯がわりの御馳走だとよ」

井口兵曹が汁粉のわけをもっともらしく述べたてた。

「いままで、ガブるからって飯を食わなかった者の分はないんだとよ」

奥山兵曹が、船酔いのひどかった長岡兵曹を横目で見ながら、ひやかした。

こんなに明るい笑い声が出るのは、何日ぶりであろうか。夜食も、当直員を交代して食わ

せてやるわけだが、下りてくる者は、申し継ぎもいいかげんに、

「ヘラヘラヘッタラ横須賀だ。艦長サンよ有難う」

などと、わざと艦橋まで聞こえるような大声で、ふざける奴もいる。

ちょうど私が交代に中継所に入ろうとしたときであった。ズシーン、ドスンと、大きな音とともに激動がおそった。あわてて中継所にとび込み、

「何だ、魚雷かッ」

と、指揮所の当直員に聞いた。

「魚雷でねえス。ノシ揚げたらしいス。陸の上です」

当直の国分は、せかせかしながら、いっこうに要領を得ない返事だ。

「後進一杯、後進、後進ッ」

士官室にいた艦長がわめきながら、艦橋に飛んであがった。私は艦橋の右の扉を開いて、前甲板に出た。

「防水、防水」

けたたましく伝令が艦内を駆けまわっている。

「あれ、陸上に跳び上がっちゃったじゃねえかよ」

私の後につづいて出てきた長岡兵曹が、素っ頓狂な声をあげた。

「わあッ。えらいことになりやがったな。まるっきり砂浜にあがってしまったや」

つぎに出てきた関谷兵曹も、たまげて立ちすくんでしまった。

われわれは、たとえ内地の近海であろうとも、敵潜水艦の奇襲攻撃に対しては、充分に警

戒も覚悟もしていたが、自分の乗った艦が、まさか海岸に自分で乗り揚げるなどとは、まったく予想外の出来事である。驚きあきれるほかはない。

月も明るく視界もよい。長くひろびろとつづく砂浜のそこに、灯台の光が点滅している。磯波が白く後部の三番砲のところを洗っている。

われわれの立っている前甲板は、まったく、砂浜の上だ。渚に直角に、へんに行儀よく、今晩は——と、かしこまって座っているようなユーモラスな姿で、ちょこんと乗っかっている。

「もういけません。幌筵では万歳したが、今度は山いかば草むす屍だ」

長岡が情けない声を出した。

「まったくよ、山いかばだ。いまの艦スケがきてから、ちっともツイてないぜ」

鬼沢兵曹がいった。

「こんな上まで乗り揚げたんじゃ、底はメチャメチャだろう。明日の朝は、横須賀なんていうわけにゃいくまいよ」

佐藤先任下士も、がっくりとしたように吐き出した。

「ここから上陸して、休暇を出しゃいいに」

鈴木老水兵長がいった。

「茨城県と千葉県の出身者に、墓参休暇を許すか」

余田兵曹がせせら笑った。

「総員、前部の倉庫の米袋を後甲板に運べ」

「一番弾庫の弾丸を三番に移せ」

先任将校の指揮で、口とはウラハラに、自分の乗艦の危急を救うことは、横須賀への帰港にかかわる——と、直感で知る兵たちの動きは速い。一人で米袋を二俵、弾丸は二発ずつ担いで走りまわる。

「前部員、竹竿で前をつきはなせ」

艦長が、艦橋から首を出して怒鳴った。

「ケッ、潮来《いたこ》出船じゃあるめいし、陸《おか》にのっかった駆逐艦が、竹竿でおりるかヨ」

だれかが憎まれ口をたたいた。それでも、いわれるとおり掛け声だけは勇ましい。ところが、よいこらよ——と、力は入れず、菜っ葉の小便だ。

艦長は、後進の機械をつかい、必死に離礁をこころみた。米袋や弾丸を後部にうつしたので、後部はぐんと沈み、うまい具合に、ときどき大きなうねりがスクリューをつつむので、じょじょに船体は浮いてきた。

何回もくりかえしているうちに、船は奇蹟のように、するりと海に浮かんだ。

「畜生ッ、おどかしやがる。竹竿でおりたぜ」

鬼沢兵曹が、やれやれと竹竿を艦上におさめた。

「それにしてもよ、なんでこんなところに乗り揚げたのかな」

みんなが首をひねった。

艦橋には、当直将校はもちろん、副直将校のほか哨戒員が大勢で、見張り警戒にあたっているはずだし、とくに今夜は、月も明るく、視界もよい。

燈台も確認できるのに、砂浜にたかだかと、どっかり座るほど、景気よくとび込んだとは、どうしてなんだろうと、首を傾《かし》げるのは、鬼沢兵曹一人ではなかった。とにかく、船底に損傷はなく、航海できるということで、みんなはほっとした。

後になっての話だが、当直の見張員は、燈台の光らしいと、早くから報告してあった。ところが、

「馬鹿者ッ、燈台は右に見えるはずだ。星だろう」

と、艦長に一喝されたので、その後、どんどん近づいても黙っていた。

ちょうど夜食の交代時機だったので、みんながそわそわしていたし、直前に陸影を見て報告したとき、当直将校が「後進一杯」を令しても、遅かったということである。

＊

途中、こんなハプニングもあったが、乗員の夢をのせて、「雷」は予定どおり、翌四月十一日の昼ごろに、横須賀海軍工廠の修理栈橋に横づけした。

そして、私の運命も、ここで大きな変転があった。予想もしない転勤である。四月十五日付で、土浦海軍航空隊付と発令されたのである。

四年間住み馴れ、再三にわたって生死の境をともにしてきた愛する駆逐艦「雷」と、多くの戦友と、そして、この艦にとどまっているであろうだれかれの英霊に、別れがたいものがあった。

帽子を振りあいながら離艦したのは、昭和十八年四月十七日であった。そして、その後、二度と私は、「雷」の英姿に接することができなかった。

駆逐艦「雷」は、昭和十九年四月十三日、山陽丸船団を護衛して、メレヨンに向けて航行中、敵潜水艦の攻撃をうけたので分離し、対潜掃討中、午後五時五分以降、消息不明となった。

当時の状況からみて、潜水艦の魚雷をうけて沈没し、艦長以下、全員が艦と運命をともにしたものと認定された。

私には、四十年も過ぎた今でも、「雷」の艦影をふくめ、戦死した友、別れた人々、若々しい上官の顔、居住区の生活、中継所の機器から電線の一本一本、烹炊所の賄い板など、あらゆるものが鮮やかに脳裡に浮かぶ。

思い起こせば、平和な生活、恋とか自由といったことが、実際にこの世にあることも知らず、戦争という宿業の中で、信ずるがままに、全力を打ちこんですごした変化の多い青春の四ヵ年が、私の駆逐艦「雷」での生活のすべてであった。

単行本　昭和五十九年三月「奇蹟の海から」改題　光人社刊

NF文庫

特型駆逐艦「雷」海戦記

二〇一四年八月 十八日 新装版印刷
二〇一四年八月二十四日 新装版発行

著 者 橋本 衛
発行者 高城直一
発行所 株式会社潮書房光人社
〒102-0073 東京都千代田区九段北一-九-十一
振替/〇〇一七〇-六-五四六九三
電話/〇三-三二六五-一八六四代
印刷所 慶昌堂印刷株式会社
製本所 東 京 美 術 紙 工
定価はカバーに表示してあります
乱丁・落丁のものはお取りかえ
致します。本文は中性紙を使用

ISBN978-4-7698-2255-4 C0195
http://www.kojinsha.co.jp

NF文庫

刊行のことば

第二次世界大戦の戦火が熄《や》んで五〇年——その間、小社は夥しい数の戦争の記録を渉猟し、発掘し、常に公正なる立場を貫いて書誌とし、大方の絶讃を博して今日に及ぶが、その源は、散華された世代への熱き思い入れであり、同時に、その記録を誌して平和の礎とし、後世に伝えんとするにある。

小社の出版物は、戦記、伝記、文学、エッセイ、写真集、その他、すでに一、〇〇〇点を越え、加えて戦後五〇年になんなんとするを契機として、「光人社NF（ノンフィクション）文庫」を創刊して、読者諸賢の熱烈要望におこたえする次第である。人生のバイブルとして、心弱きときの活性の糧《かて》として、散華の世代からの感動の肉声に、あなたもぜひ、耳を傾けて下さい。